泰山石敢当

不敢当

胡 超/著

天津出版传媒集团

天津人民出版社

图书在版编目（CIP）数据

泰山石，不敢当 / 胡超著. — 天津：天津人民出
版社, 2023.5
ISBN 978-7-201-19286-4

Ⅰ. ①泰… Ⅱ. ①胡… Ⅲ. ①长篇小说－中国－当代
Ⅳ. ①I247.5

中国国家版本馆CIP数据核字(2023)第059653号

泰山石，不敢当
TAISHANSHI , BUGANDANG

出　　版	天津人民出版社
出 版 人	刘　庆
地　　址	天津市和平区西康路35号康岳大厦
邮政编码	300051
邮购电话	(022)23332469
电子信箱	reader@tjrmcbs.com

责任编辑	章　赪
封面设计	明翊书业

印　　刷	三河市国新印装有限公司
经　　销	新华书店
开　　本	880毫米×1230毫米　1/32
印　　张	8.75
字　　数	200千字
版次印次	2023年5月第1版　2023年5月第1次印刷
定　　价	68.00元

虚构叙事和汉字的排列组合

传统和文化

之所以使用这个书名，纯粹是因为我对"泰山石敢当"印象深刻。小时候看到很多墙壁上镶嵌着一块"泰山石敢当"的石碑；即使如今不少房屋采用钢筋混凝土框架结构，在外墙的某个角落，也依然能看到这一行字。一个古老的风俗，就这么静悄悄地传承着。

一些学者认为，"石敢当"的风俗最早见于汉代，唐代最为盛行。"石敢当"的用意从最初的压不祥、辟邪，扩展到祛风、防水、止煞、消灾等多种功能。后世发现的唐代石敢当，刻有"石敢当，镇百鬼，压灾殃，官吏福，百姓康，风教盛，礼乐昌"等文字，是较为全面的总结。后来我逐渐了解到，"泰山石敢当"是流传广泛的风俗，远非我们所看到的一块石碑那么简单。自清代开始，"石敢当"因为牵涉祭祀和风水迷信，不断有人提议废除这一习俗。辛亥革命以后，包括泰山祀典在内的自然神崇拜被废除，"泰山石敢当"也被视为迷信。然而"泰山石敢当"的含义在抗战期间得到国家化和民族化调整，有人呼吁要把泰山定为国山，认为"泰山石敢当"可以作为一种文化符号用来凝聚民族精神。1938年第22期《抗战画刊》刊登了画家高龙生的绘画《泰山石敢当，勇士敌难冲》，把"泰山石敢当"绘成一位抗日战士。[①]近年来，随着非物质文化遗产保护工程的开展，"泰山石敢当"的信仰习俗受到广泛关注。与此同时，大概是字面缘由，"泰山石敢当"也逐渐被一些人视为"顶天立地的担当精神"。[②]

本书的写作由"泰山石敢当"这个俗语得到启发，实际上是想和一个古老的风俗建立连接，从而在当下探索传统话本故事的叙事方式和文字结构。

故事和话本

多年来，我的脑海中总是回荡着读书时教科书里的一个概念——散文要"形散而神不散"，估计现在文学系已经不再讨论这些早年的说法，但是我总把这种现代白话文里的"散"和中国传统话本联系到一起。所以我在写作时，总感到有一种力量牵扯着自己的笔意，那就是要偏离叙事和创作的主线，让文字飞扬跳跃、海阔天空。

当代小说理论十分发散，但对小说的评价却逐渐趋同。这和我自身从事的艺术领域颇为类似。总体而言，小说并不需要讲述故事，如同艺术不一定需要绘画，不需要构图和形体。而阅读很

---

① 参见：周郢，《"泰山石敢当"：从禁废到弘扬》，《齐鲁晚报》，2015年3月19日。
② 参见：《京城民居镇物——"石敢当"》，《人民日报》海外版，2005年6月25日。

多实验和先锋性质的小说，更是一桩考验文学史和文学理论功底的苦差事。

我常想起小时候看过的那些话本小说和传奇，说书人总是忍不住跳出来赞它几句，让我频繁想起各类戏曲的开场白、转场。西洋现代戏剧的一个源头意大利喜剧，也会有类似处理方式：大幕合拢，一个人或两个人在台前东扯西拉、插科打诨，快速交代剧情和转移场景。这种交代情节的方式，颇为"当代"，是叙事视角的转换，敢于将观众从剧情中不时地拉扯出来，其实这正是故事能否吸引人的底气。当然了，说到旁观者或者第三者视角，云冈石窟乃至更早的雕塑或绘画中，总是要在神祇故事的角落，填补上供养者的一家老小。依我看来，这未尝不是人类讲述故事的较早记录。

小说本来就是用文字进行的智力游戏，草蛇灰线的伏笔可以营造叙事的张弛跌宕，但东一榔头西一锤子也未尝不是顾左右而言他的逗趣。情节和叙事在局部的琐碎和细节中消失，一直到某一个互相映照的环节，故事的高潮突然在贯通中得以启示，这和古代观看绘画和书法需要逐渐展开手卷有相同之处。然而这种徐徐展开、中间还交头接耳评论几句的观看或者阅读方式，如今已不容易找到类似的欣赏心境和生活节奏。

中国现代文学和中国现代艺术一样，都是受西方文化影响并借鉴西方体系而建立的。但将中国小说与西方当代文学做对照，很难回避一个问题：用中国文字来写作，是否也要用西方的结构和观念来进行？是否真有某种当代的小说写作方法，能证明一篇小说是符合当代、国际、时尚标准的好小说？

现今，文学院系里讨论的术语越来越专业化和精英化，未曾入门的人想要参与讨论相当吃力。但是作为一个整天借鉴文学理论来对比艺术理论的从业者，我认为艺术领域的讨论可以作为视觉化的参考。绘画界早就有"绘画已死"的说法，因为画布上的平面构图已经被人类探索殆尽，即便无法想象的色彩和光影，电脑或者人工智能也能更为精密地加工成型。文学可能也有类似情形。千百年来人们对各种故事的追求和讲述，已经把小说的种种类型探索穷尽。人类的生命经验核心莫过于生老病死、七情六欲，无论多么悲欢离合、曲折坎坷，都万变不离其宗，只是肉体生存的时间延续。这些经历放到个人身上千差万别，但整合到整个人类经验集合体中，则是永恒不变的主题。今天人工智能已经能够写小说，也能组合文字和编织故事。在这种情形下，按照今天文字组合的形式写出具有新意的小说，并不容易。从这个意义上说"小说已死"并非过分。

或许是这个原因，英语和法语小说界较多出名的离散作家及少数族裔作家，一多半因为文字探索方式和题材内容的枯竭，不得不转而寻找具有新意的人生故事。因此，未来中国文学的突破者，或许将是那些具有独特文化背景及有着更多跨文化背景的创作者。

排列与组合

对于我这个散装写作者而言，这本书是最后一次贴近话本叙事传统的尝试。

　　中文的独特之处是它能够被不断拼贴、复制、挪用，甚至波普化，并不一定需要主语、宾语，却依然能够在句法上成立。相比较而言，英语主要依靠意群和内在逻辑，虽然也有词语排列而成的诗歌或者小说，但是真正要成为大规模的段落叙事，则很难持续以词语作为推进叙事的主体。换句话来说，中文字词的排列组合，是除了中国民俗传统这些具有文化符号意义的场景背后，尚有可能形成中文文学独特个性的潜力所在。在我的前一本书《天堂寨》里，我试图将同义词在同一句或者同一段落中高频出现，虽然有人认为堆砌，但未尝不是通过词语排列组合来营造某种趣味、节奏、文本特色和叙事意念。

　　正如本书书名"泰山石不敢当"所显示的那样，将俗语和不同色彩的词语重新组合，是本书的写作意图。但这种重构是土味的、古早的，它的核心依然是一个故事，沿着至为老套的框架推进，而不是探索性的文字，旨在寻找人性的普遍光辉和心理的个体经验。一如书中虽然提到"泰山"，但也可以是"华山""衡山"和"恒山"；虽然提到"石敢当"，但也可以是"采莲船""赛龙舟"和"阿细跳月"，都是最平凡不过的常见的故事套路。

　　作为一个虚构的故事，笔者倒是希望读者能够在翻阅过程中跳出来赞它几句或者吼它几声，无论叫好或者喝倒彩，都是话本时代的经典观看方式。

目录

CONTENTS

I

第 一 章

Chapter 01

缆车

1. 赵婷婷

登山缆车的吊索突然绷断，原本悬挂在吊索下的缆车迅疾地坠向山谷。

"哐当"一声巨响，血花四溅。

赵婷婷独自一人坐在缆车里，目光呆滞。

如果意念真的能够制造事故，她已经把前面缆车里的人，像这样摔下山谷，重复了千百遍。

说是缆车，其实该叫缆椅，在滑雪场常见的那种，由钢索固定住一个双人长椅。泰山缆车索道依着山势而建，一路上行，掠过谷地和山岗，到半山腰后凭空而起，陡地扶摇直上，跃升到泰山山顶。

从缆车上望下去，岩石蜿蜒连绵，在晨曦中反射着淡青色的微光。

这就是著名的泰山石。

在一马平川的沃野平畴中间，泰山这座石头山，已经像这样挺立了三千万年。

为了筹备这次泰山之行，赵婷婷又是上网，又是翻书，周末还去图书馆查资料，早已对泰山的历史和掌故烂熟于心。

泰山之所以伟大，说到底，不过是物以稀为贵。方圆几百里都是平地，土质松软，自古以来就易于耕作，是齐鲁大地的天然粮仓。而泰山壁立万仞、巉岩伟岸，兀然耸立。

一旦缆车掉落下去，撞击到坚硬粗粝的泰山石，肉体凡胎无疑会……

赵婷婷想到这一幕，自己都被这虚拟的场景吓得心慌意乱起来。她忐忑地握紧座位前的铁扶手，手心沁出来的汗水已经把它浸湿。山风涤荡，一股铁锈的气味隐隐约约钻到了赵婷婷的鼻孔里。

这个邪恶的念头太过残忍，赵婷婷仅仅假想一下，就口干舌燥、喘不过气来。潜意识里，她还颇为惶恐，她害怕自己险恶的念头被人看穿；但脑海里各种胡思乱想纷至沓来，有如潮汐起落、惊涛拍岸。

她下意识地扭头张望了一下。

在后面的缆车里坐着两个人：一个正侧着身子，忙着用手机拍照。另一个人，整个上半身都趴在铁扶手上，好像正发呆地看着远方的风景。这两个人并不关注在前面缆车里的赵婷婷。山风吹拂，一团团云雾在脚下和远处的山谷里涌动。雾气缭绕，两辆缆车前后相距二十多米，乘客都看不太清楚彼此的面容。

这多少让赵婷婷松了一口气。她在铁扶手上使劲蹭了一下自己的手心，确认这雾气、缆车和嶙峋山石都是现实。至于她头脑里的想法，不用担心暴露，任何人都看不到。

也就这一会儿的工夫，缆车已经翻上了一座山岭，到了山脊的平缓地带，离地面的距离陡然变为十几米。乱石穿空，纹理清晰可见。随着海拔上升，赵婷婷也有了新灵感。

她想：如果前面的缆车真的掉落下去，最好不要在这里。这里离地面不算太高，缆车掉落下去，大概率人能活着，顶多是重伤。而且山岗和荒草之间，隐约有小路的踪迹，不排除被人搭救的可能。

赵婷婷苦笑了一下，纵容自己再次沉浸在假想的缆车事故里。

她想起电视剧里常用的台词：这种地段，明显不是理想的"案发现场"。

缆车最好还是掉落到人迹罕至的山谷。偏僻地方，哪怕一时摔不死，等到救援人员翻山越岭姗姗来迟，也无力回天。

赵婷婷两腮的肌肉突然一阵抽搐。在不知不觉中，她咬紧了牙关，沉醉于幻想一段畅快淋漓的报复。不是吗？既然已经开始臆想，当然是盼望人家一摔就死。否则，单单缺条胳膊断条腿，脑门多个坑，背上多个洞，有什么意义呢？没准儿急救医生妙手神功，受伤的人过一阵子老树长新芽、枯木又逢春，那就更糟了。杀而不死，夜长梦多；歹戏拖棚，狗血的电视剧不都是这样的叙事方式吗？

新闻里常有报道，有的司机撞倒了行人，不但不抢救，还要反复碾压。千万别留活口，徒添各种官司口角，搞不好还捡回来个植物人，终生有看护的义务。

所以，一不做二不休；斩草一定要除根，做事一定要彻底。

赵婷婷抬头看看缆车，吊在长长的钢索上，有点像巨大塔架之间，悬挂着的一串小灯笼。那些耸立的塔架，粗壮牢固。巨大的水泥基座，坚不可摧。指望缆车和钢索的连接件突然断裂，导致整个缆车掉落下去，这种可能性实在很小。除非是整根钢索断了，或者某个塔架垮了，于是这一串几十个缆车全都一个接一个出溜着飞出去。当然，这样一来，自己坐的缆车也不能幸免。

赵婷婷叹了口气，心想还是算了。她并非不知，咒人出意外的祈祷相当邪恶。本来只是仇恨几个人，但是假如要整条索道都断掉，几十个游客不明不白陪着送命，那她可于心不忍。

此时的赵婷婷，更像是清宫戏里的老嬷嬷，为了给在冷宫里的妃子报仇，只能在暗地里做几个布偶，单等夜深人静之时，拿缝衣、做鞋的钢针，反复扎来扎去，聊以自慰。

想到这里，赵婷婷顺势将上半身趴到面前的铁扶手上，让自己不再纠结于缆车掉落的臆想。她使劲地盯着脚下不断变化的山景，看着形状各异的岩石；间或有几棵松树，在脚下一晃而过。大自然可真是鬼斧神工。

可为什么脑海中怎么也按捺不住缆车失事的恶毒念头呢？

赵婷婷被风吹眯了眼，眼底泛起了泪光。她知道自己心生这样的恶念不对，但这一切也不是全无缘由。

后天公司就要解雇她，不过公司的人都不知道她已经提前知悉这个消息。解雇并没有什么，真正让赵婷婷绝望的是自己见识了很多人的丑恶嘴脸。即便这其中的大部分人，她压根儿就不熟稔。隔一天就要被扫地出门，今天还须强颜欢笑做导游，可以借用唐诗来描述吗？

商女不知亡国恨？

教坊犹奏别离歌？

更惨的是，自己还不能表现出已然知情的模样。心里委屈死了，她还要装作没事一样。赵婷婷只能指望冥冥中有超自然的力量，来惩罚那些恶人。

这叫什么？

可怜夜半虚前席。

不问苍生问鬼神。

赵婷婷有限的一些文字储备，不足以表达她的感受。但是那种愤怒和仇恨，因为无从表达，反而让她更加抑郁。

突然解雇其实倒也还罢了，反正也就是一份工作，她压根儿就没打算在这里待多久。不就是一个小公司的前台嘛。那么点工资，还不如餐馆里包吃包住的服务员。

但是公司要解雇自己的决策过程，真是让人憎恶。那句话怎么说来着？简直像吞了一只苍蝇那么难受。

现在赵婷婷的肚子里，哪像吞进一只苍蝇，分明有成千上万只苍蝇，而且还开枝散叶、子子孙孙、无穷无尽，像钢琴曲《野蜂飞舞》描摹似的嗡嗡乱飞。

所谓恶心到极点，也不过如此。

尤其令人发指的是，这些公司管理层讨论要炒她鱿鱼，是通过一串邮件；在邮件中，人人都在指责她各种不称职，上纲上线且不说，还言辞刻薄、态度卑劣。这令人心寒。

最要命的是，这些邮件，一封不落地被赵婷婷看了。

有一瞬间她甚至觉得，这些人事先串通好了，一齐来羞辱她。

那一连串邮件的用语，不经意看，好像是老资格对小年轻的随口褒贬，不少句子读起来还像开玩笑，并没有恶意，但是由络绎不绝、群发群回的邮件，赵婷婷可以确定，这些邮件的遣词造句暗藏恶毒的用心，更不用提那些含沙射影，像一根根钢针，深深刺进了赵婷婷的心。

什么叫"衣着有时候不够得体"？

什么叫"太艺术气质了，跟公司高科技形象不符"？

能这样在背后说一个十九岁的小姑娘吗？

赵婷婷是在艺校学的舞蹈，学历是中专。从她读小学时候起，各路人马都暗示：艺术特长生，都是功课抓瞎、文化水平不高，堪称头脑简单、四肢发达。然而就算再没有文化，她也还是懂得邮件里这些指责的分量。艺校的老师多半没有什么弯弯肠子，说话向来直截了当。衣着不得体，换作长脸老师的大白话就是："穿得那么不要脸！"

想到这里，赵婷婷脸上一阵发热。

自己还是年纪轻轻的女孩子，居然被人诋毁衣着不得体。这个罪名多么严重，而且还是一群人在邮件里这么贬责。赵婷婷想起来就浑身哆嗦。

就连艺校那些最不吝啬寒碜学生的老师，轻易也不会这么说话。

她不由得思念起艺校的老师们。

在艺校的时候，赵婷婷恨透了不近人情的老师们，对一帮小姑娘管得严不说，还随时随地跟家长打小报告。一有什么风吹草动，就立刻请家长来学校，美其名曰"现在社会复杂，坏人多如牛毛，教育孩子不光是老师的责任，还必须让家长深度参与"。

有一次，不知道大长腿刘小雨在哪里联系了一个亲戚，招呼一帮小女生利用暑假时间去勤工俭学，还没出发就被人偷偷报告给长脸老师。作为班主任，长脸老师火急火燎，启动了对付原子弹袭击的应急响应，一口气给所有家长打电话，不管实习地点是本市还是外地，先把阵势闹大，按照最高等级危机处理预案，让家长们分头赶去车站、码头，围追堵截。长脸老师还要求，不管自己的孩子有没有卷入其中，全体家长一律到学校开会，有则改之，无则加勉。连在美国旅游的家长，也不得不在半夜里参加会议的网络视频直播，接受教育。

长脸老师这么折腾，压根儿就不怕家长反对，理由是：有病治病，没病预防。想不想保住女儿不堕落欢场？想不想让儿子远离毒品、远离小混混儿？丑话说在前头，家长之间就是要互保连坐，否则一粒老鼠屎，搅坏一锅粥。难道你们不怕孩子朝夕相处的同学，一转眼变成失足少年？然后，从物质到精神，渐渐毒害自己的孩子，最后互相祸害？"江湖人心险恶。"长脸老师的警世通言、喻世明言、醒世恒言，堪称是现代的《三言二拍》。只要出了校门，处处都是魑魅魍魉；离开父母，步步皆为牛鬼蛇神。"孩子们打小在培训班和艺校里长大，争强好胜的心思和路数，都跟外面的三教九流不一样。家长不动心思保护，其他人哪个有闲情逸致来负责任？"每回召开家长会，长脸老师说起这种话来，如高山流水般一气呵成。

可惜的是，她的一众弟子并非颜回、子路、公冶长和澹台灭明，不懂随时记录，本来有潜力流传后世的长脸"论语"，字字珠玑，句句箴言，却无法传播甚广，仅限内部参考。但是她宣扬的理念很受家长们欢迎。

长脸老师向来都有一连串的口头禅。比如，她从不担心艺校的学生将来毕业了，不能适应社会。社会上的人是有多傻呀？居然说艺校的学生幼稚简单，只会弹琴、打鼓，跳舞、唱歌。他们真的以为眼观六路、耳听八方很简单吗？观众、乐队，手底、脚下，必须面面俱到，不能错一丁点。这种完美表演都能全盘做到，这样的艺校生居然成了别人嘴里的弱智儿童？等毕业了闯江湖，有什么好怕的？！抓不到怕处，自然就不怕了。

长脸老师永远都在强调，在艺校读书的时候，学生应该简简单单，做个父母的娇宝宝。花骨朵一样的半大孩子，要卖也得卖个好婆家；犯不着现在就到处打晃，跟外面不三不四的阿猫阿狗混在一起，坏了身价。

长脸老师这些理念，是赤裸裸的大白话，简单粗暴，世俗无比，然而字斟句酌之后，却掷地有声，赛过黄钟大吕，说到家长们的心里了。

现在想起来，长脸老师那枯瘦的脸庞，一下子浮现在赵婷婷脑海里。以前，学生们觉得她像电影里维多利亚时代那些终身未嫁的家庭教师或者管家，阴森森，冷冰冰。但这个时候赵婷婷突然想起来，只觉得温暖亲切。

是的，江湖人心险恶。难得有人像长脸老师那样真心关怀、体贴过赵婷婷她们。

赵婷婷到上海这个公司做前台，满打满算也不过半年时间。刚开始的时候，她什么都不懂，磕磕绊绊过了几个月，好不容易弄明白了日常要处理的事务，对上海这座城市也逐渐熟悉起来。节假日的时候，她已经开始联络同样在上海工作的同学，结伴四处游玩。

正当她觉得一切开始走上正轨、自己逐渐得心应手、跟环境越来越契合的时候，她突然发现，同事们亲切的表象背后都是阴险狡诈。

那一长串贬责她的邮件，分明是毒蛇的牙、蝎子的钳和蜈蚣的腿。

孔雀胆。

鹤顶红。

氰化钾。

电视剧所普及的剧毒药物名称，无论古今中外，纷至沓来。

"衣着有时候不够得体。"

"做事没什么章法，连个通知都无法起草。"

"前台那里总是招惹同事去闲聊，影响团队效率。"

"社会经验不足，处事比较'稚嫩'，不太适合公司的业务发展。"

"太艺术气质了，跟公司高科技形象不符。"

很难想象，平常见面都是笑嘻嘻的同事，居然转身就在邮件里这么贬责她。何况还都不是一般同事，而是公司管理团队。

更让赵婷婷生气的是，在邮件里，这些人就差说：她罪该万死，在公司多停留一刻，就是给世界多一分祸害。可是，这帮人偏偏还决定，要等到下星期一才解雇她；先让她组织完这次管理团队的周末泰山之行。他们仿佛都没有设想过，万一赵婷婷知道自己被炒鱿鱼，如何还有心情带领大家旅游？

也难怪，对于公司来说，任何人都是流水线上的螺丝钉。这些管理者都觉得自己是公事公办，问心无愧。

工作了半年，赵婷婷对此颇有感触。公司就像走马灯，人来人往，进进出出，入职离职似乎天天都有。这就是上海。打工仔嘛，东家不打打西家。铁打的营盘，流水的职员，职场人士就是要不带感情地工作。这就是所谓的专业精神，所谓普若飞圣罗。

上班还没几天，赵婷婷就学会了professional这个英语词汇，什么事情都要做到普若飞圣罗。

不打听周围人的薪水，是普若飞圣罗。

把自己手头的事情做好，是普若飞圣罗。

就算是明天离职，也得做完今天该做的工作，交接好工作，不给后来人添麻烦，是普若飞圣罗。

但是，辞退一个前台，居然还要征求这么多人的意见，让这么多人评头论足，实属反常。

同事们在背地里鄙薄她赵婷婷如此不堪，却都能在明面上装得若无其事，还指望她周末免费加班，带队去泰山。然后等她筋疲力尽回来，星期一早上千辛万苦地爬起来上班，一进办公室就即刻通知她卷铺盖走人。这样对员工有意思吗？

赵婷婷的心都能滴出血来：公司能不能也普若飞圣罗一点？

再说这些人，心里对她都这么有意见了，还想让她卖命。这不是欺负人吗？这么看不惯自己，干吗还要忍受一个周末跟自己相处呢？

赵婷婷从心房到肺部之间的横膈膜，一阵扯痛。这种滋味真不是一般的难受。

不如随缆车掉下去死个干净痛快！

至少让在前面缆车里坐着的公司老板娘掉下去，摔得粉身碎骨。谁叫她收罗了这么一堆烂仔衰人！

赵婷婷想起来，她之前有几次专门汇报这次行程安排，同样是今天回邮件的这些人，个个都表达了赞许。即便在讨论解雇她的邮件发出前一个小时，她拿着赴泰山团建的行程单，最后一次向老板和老板娘汇报，分明也得到了表扬，以至于赵婷婷都产生了错觉：这么重要的事项，自己都能筹备妥当，算是自己不小的成就。

当然，她在准备过程中也走了不少弯路，但也因此学到了不少本事。她甚至隐隐觉得工作有了奔头，不那么想着辞职去当幼儿园老师。

现在想来真是可笑，她竟然误以为这些人对她的工作很满意。

这简直是血淋淋的现代注释版自作多情。

皇后娘娘要毒死一个宫女之前，多半还赐一碗银耳汤和一串项链。

所以说，人心就是这么无常。

口蜜跟着腹剑。

砂糖伴着砒霜。

她只是个小前台啊！看不顺眼，真心想批评，想修理一下，就不能平时就事论事及时提醒一下吗？某些人天天都从前台经过，打起招呼来，貌似彬彬有礼，普若飞圣罗挂在嘴上，却在背地里捅刀子、给这些不负责任的评语。这算哪门子前辈，哪门子领导？

赵婷婷想到这非人的遭遇，眼圈又红了。

虽然赵婷婷在想象中已经让公司的老板和老板娘掉落山谷无数次，好不容易找到了点快意恩仇的感受，但一转念想到这桩破烂事背后的险恶人心，她仍然情不自禁地哭泣起来。

云雾还未消散，前后缆车的人肯定看不清她的面容，但她还是本能地把胳膊肘撑在面前的铁扶手上，用手半掩着脸，假装出托腮远眺的样子。

没办法，舞蹈生的训练就是这样，你要随时随地注意自己的仪态。

奔涌而出的眼泪，却没能被手挡住，快速地滑过脸颊，从三四十米高的空中，落在缆车下面一坡泰山石上。

2. 王亮

这时候坐在后一辆缆车里的公司总经理王亮，不再眺望远方的风景。他目不转睛看着独自端坐在前面缆车里的赵婷婷，一时有点恍惚。

这些学舞蹈的女孩子，样子总是那么乖巧，虽然脊背挺得笔直，瘦削的下巴往外翘着，显得高不可攀，但是王亮知道，其实她们在很多时候都很简单。

王亮做梦都没想到，公司招来的新前台，竟然是这么一个气质出众的美丽姑娘。他每每进出办公室，赵婷婷抬起头来微笑着打招呼。平静单调的背景里，一张笑脸突然浮现，真的像英文习语描述的那样，一下子点亮了他的一天。

专业学舞蹈的女孩子，经过层层挑选，最终能够坚持下来的，毫不例外，都面孔小小，仿佛一只巴掌就能盖住，皮肤紧绷在少有肌肉的脸上，眼神灵动，笑起来就像花瓣抵不住春风的呼唤，蓦地绽放开来。

　　王亮每周都会出差几天，能待在上海江南开发区办公室的时间很少。但是，最近这半年来，他来公司的频率变高了。每次来到办公室，他都一改以前躲在屋子里的习惯，很愿意起来走走，去洗手间，哪怕只是去刷刷牙、洗个脸；或者去楼下便利店、咖啡馆，买些饮料和糕点，然后回到办公室，让前台分发给周围的同事共享。

　　他很快就明白，自己就是喜欢进出办公室的时候，能偶尔看到赵婷婷，看到她那突然被惊吓到然后又释然的甜美一笑。

　　王亮非常清楚，这种情感纯粹就是一个人对美好事物的喜欢。

　　一个像梦一样轻盈的十八九岁的跳舞女孩子，阴差阳错，来到这种朝九晚五无聊得要死的地方，做着前台这种看不到前途的工作，对赵婷婷来说是命运，对这个办公室来说，却是幸运。

　　王亮在民族学院读书的时候，校园内外常常有这样跳舞的女孩子出没。倒不见得都特别漂亮，但是跳舞的姑娘，走在一群女孩子中间，很容易被区分出来。多数时候，她们都展露着如天鹅一样优雅的脖颈，头发都往上梳着，紧紧地扎成一个小发髻；脖子后面，总免不了有一圈细软的短发，从橡皮筋的束缚中逃脱，调皮地垂下来。她们挺直着脊背，穿着平底鞋，像鸭子一样，在路上"噼噼啪啪"快速地走着，仿佛总在赶路。不用说，她们的背包里肯定装着练功服和舞蹈鞋，也许还有文化课本。

　　王亮在民族学院生物系度过的四年时光里，充满了众多舞蹈少女的轻盈身影。她们上课自成体系，生活节奏跟一般大学生不一样。所以在王亮的印象中，她们来去倏忽，翩若惊鸿。舞蹈系的学生，年龄比一般大学生明显小上一截，所以自有一种情窦初开、混沌而不知自身美丽的"傻"气质。正是这种混合着小天使与半大傻丫头的形象，塑造了王亮对女性美的初步萌芽。

那时候学校还没改名字，仍然叫民族学院。王亮从偏远的乡村考到北京，魏公村路两旁的高大白杨树，刚刚起步的中关村电子街，朴实和繁华兼备的都市，让他目不暇接。更独特的是，作为综合性大学的民族学院，舞蹈系的水准不亚于专业舞蹈学院；美丽动人的舞蹈系女生，足以让全校男生引以为傲。王亮自然也是仰慕者中的一员。只是舞蹈系的学生，好像生活在跟他们不一样的世界里。

王亮所在生物系的女生，用同学们的话来说，非常稀少，好比大熊猫一般珍贵；长相普通也还罢了，偏偏对外表也不甚在意，白大褂一裹就以为自建无菌室与世隔绝，橡皮筋一扎真的就能把三千烦恼丝束缚妥帖。她们在解剖台上挥刀自若，练就了不让须眉的气质，喂白鼠面不改色，杀青蛙宰活兔更是视若等闲；胆量过人之余，未免就少了几分娇俏模样。加上高中三年拼死拼活的理科学习，足以扼杀绝大多数女生的多愁善感。而且生物专业又是出名的死记硬背专业。几项一叠加，跟舞蹈系的女生比起风情，生物系的女生尚有不小的提升空间。

想到很久之前的往事，王亮不自觉笑了起来。那时候，他是乡下小子初进城，都市和校园充满了新鲜感。他花了很长时间，才逐渐摸索出了一套适合自己的校园模式。

王亮喜欢上了学生三食堂。

舞蹈系学生需要营养配餐，所以定点在学生三食堂吃饭。王亮最喜欢的则是一个人在下午一点钟去那里吃午饭。这样，他就可以顺理成章地拖延到食堂两点停止营业的最后一刻，等着练功完毕的舞蹈系学生们，踩着点来吃中饭。这时候，学生多半都已经去上课，而舞蹈系的半大孩子们占据大半个食堂，好像学校专门给他们预留了一个少年人的空间。

舞蹈系的女生多，汇聚在一起，自然声势惊人。

一群半大女孩子聊天，就像是几百只鸭子一齐呱呱，几百只麻雀一齐喳喳。她们最常见的话题就是，又胖了，又瘦了，谁又去电视台的晚会演出了，高年级的打算报考中戏和电影学院的谁谁谁都已经开始上表演培训课了，以及各种关于自己爸妈、自己宿舍、自己某个表哥表姐的家长里短。听她们聊天，永远都是这些事情，仿佛这些就是她们的全部世界。

她们自小跳舞跳上来，顶顶关心的永恒主题，第一就是坚决不能长胖；第二就是互相攀比练功时间，一个个在暗地里较劲，谁又多练了，谁又偷偷练了。倘若有人坐在旁边，听着女孩子们天天重复着一样的话题，多半会觉得幼稚好笑。只有王亮觉得她们天真烂漫，实在是可爱。

土里土气的王亮在汇聚五湖四海乃至世界各地精英的校园里一直怯生生的。令他震惊的是，大学并不是象牙塔，反倒跟都市一样，充斥着蝇营狗苟、钩心斗角、争名夺利的戏码。所以，他能在大学里看到这样一群不通世情、一心只想着跳舞、活在自己小世界的半大孩子，就仿佛是上天派来安慰他的精灵。上天仿佛是在告诉他：你的格格不入并非唯一。

乡村中学填鸭式的应试苦读、贫穷困顿的生活以及匮乏的社会经验，让他在大学里显得手足无措，而中关村方兴未艾的后工业时代消费主义，更是给一贫如洗的男青年带来了巨大的压力。所以舞蹈系那些稚嫩弱小的孩子们，反倒更贴近王亮的心灵。

他从来没有勇气也没有愿望去结识这些孩子，哪怕仅仅像偶遇一样，点头示意，打个招呼，但是在心里，他已经把那些孩子当成多年老友，看着他们一届一届进来，又一届一届毕业。

民族学院紧邻的隔壁，南边是北京舞蹈学院，东边是解放军艺术学院。这两所学校，加上民族学院的舞蹈系，构成了中国舞蹈教育最顶尖水平的铁三角。所以在民族学院附近，从来不缺学舞蹈的少男少女。三五成群的少女，挺着脊背，像一朵朵小花，散落在高大的白杨树之间，是王亮记忆里最美好的一页。那时候，所谓北京，对他来说，最美就是魏公村。

在魏公村附近的胡同旅馆里，常年租住着上艺考辅导班的学生。来自全国各地的孩子，很多还未成年，十二三岁的样子，结伴在校园里闲逛，脸上一副熟门熟路的自如。学舞蹈的女孩子最好认，她们背着卡通图案的书包，常常来不及换掉练功服和长袜，就在外面胡乱裹一件肥大的外套，冬天是大羽绒服，春秋则是大衬衣，夏天往往是写着某舞蹈班名称的T恤衫。在校园里除了常常看得到一群小姑娘勾肩搭背在嬉闹，还能看到她们的从各地前来陪读的妈妈。妈妈们往往也是凑在一起，柴米油盐酱醋茶地拉着家常，说着说着，就转向妈妈之间的永恒话题：如何备考，多少钱一节课，考上了如何，没考上又如何。

这些租住在地下室或者简易居民楼的"丑小鸭"们，要是有一天考上这三所学校的附中或者大学本部，从十二三岁到十六七岁的男男女女们，都好像一夜间长成了人形，开始翘着下巴，在学校里高傲地进进出出，模样气质也老练了不少；走在早已熟悉的校园里，如今更有主人翁的傲气。

许多年后，王亮已经走过了大半个地球。天南地北，山高水长，但他回忆起过往的时候，时常感念于心的地点，不是哈德逊河畔平静水流上倒映着的夕阳，不是京都岚山葱绿竹林中飘浮着的静谧，不是摄政公园蛇形美术馆的造化天工，永远是民族学院的学生三食堂。

年初，王亮在无意中看到了反映婆媳琐事的家庭电视剧，在一群年龄各异的女演员当中，有一个人的侧影夺目而出。她肩头下沉，颈项犹如天鹅一样微微弯曲。这形象一下子勾起了他的回忆。那肯定是个跳舞出身的女孩！

当她在电视屏幕上转过脸来时，王亮在心中一下子叫出了她的名字。

那个女孩最爱吃胡萝卜，十三四岁考上舞蹈系的时候，眉目虽然平淡，但依稀能看得出嫣然入画的潜质。她总是扎着个橡皮筋，不显山、不露水。

跳舞的孩子，彼此都是在暗地里比谁吃得少，即使跳舞非常消耗体力，必须补充足够热量。下课后涌到食堂，每个人嘴里都说"饿死了，饿死了"，但是真端起饭碗，饭菜到嘴边，却又极力克制自己。校园伙食，本就远非美味。而女孩子们一般用勺子翻来覆去，挑三拣四地吃点青菜，一碗饭能吃完四分之一就算是不错了。跳舞的学生来打饭，一个个总是说：少给点饭，少给点饭；少点这个，少点那个。打饭的师傅实在不耐烦，说："再少就什么都没了。"少男少女们"咯咯"笑作一团。食堂的清洁工也心疼他们，但又拿他们没脾气。只要他们起身走了，在厨余垃圾桶里，铁定是一堆的剩饭剩菜。

吃者无心，看者有意。对每个孩子爱吃哪几样菜，呼朋引伴，都叫什么名字，王亮很容易就能知道。电视上这个女演员，那时候一顿饭挑来拣去，也就吃几块胡萝卜，没想到现在都成大明星了。王亮上网搜索了一下电视剧。不错，主演就是当年在校园里时常擦肩而过的那个小女生。她后来考上了表演系，在演艺圈打拼了好多年，现在也三十好几了，风华正茂，接连演了好几个走红的电视剧。

误打误撞来到自己公司的赵婷婷，让王亮找到了一种重回魏公村时代的青春感。

每次他从前台经过，赵婷婷多半都在低头忙碌；只要听到有人走近，就习惯性地抬头问好，看到是同事的时候，更是嫣然一笑。这个时候，王亮自然也回报以微笑。由此生出的好心情，让他的步伐更为坚定，穿过密密麻麻格子间，一直伴随着他走回自己的办公室。他侧身进入自己办公室的时候，眼睛远远望过去，还能看到赵婷婷那轻松挽起的长发下面像天鹅一样曲线优美的脖颈。即便从艺校毕业了，赵婷婷还是保持着多年受训的姿态，坐得笔直。

现在，身处泰山山腰，即使雾气缭绕，前后相距有二三十米，赵婷婷的背影也还是那么挺拔，那么卓尔不群。

这个小姑娘，这会儿在想什么呢？

这时坐在王亮旁边的李大维凑了过来，说道："王总，往后靠点，我给你拍张以山顶为背景的照片。"

　　王亮正在回忆青年时代，不喜欢被打断思绪，不过他尽最大努力没有表现出来，反而夸张地展现友好，配合着李大维摆了几个笑容。

　　这个李大维，肥肥壮壮，至少外形不为王亮所喜欢。王亮并不歧视胖子。身形肥大的人，往往更容易打交道，其实在生活中多半比较受欢迎。王亮不喜欢他，主要是李大维长得不像在公司里打工做事的，反而像肥头大耳、养尊处优的老板。

　　好歹在北京念过书，王亮自认为对北京人还有些认识。像李大维这样的人，在北京特别多。一口京片子，说话不紧不慢，见人特客气，寒暄打招呼，谦卑得恰到好处，应酬往来，话语连绵，滔滔不绝。不熟悉北京人说话习惯的人，猛一听以为那是口才了得，头头是道；熟悉了，就觉得翻来覆去，那些开场白的笑话、插科打诨的段子都是炒来炒去的剩饭，偶尔说点天上地下的传闻，多半都是虚实相间、半真半假。这类老北京，天然最适合当捎客和中介。大公司或者大买卖，可能还真需要这种熟悉北京地头还擅长穿针引线的角色。王亮哪里能够预料，自己开了公司之后，小本生意，竟然也请来了这么一位大爷呢。换句话说，人家既不缺钱又不缺关系，用起来自然就没那种巴结迁就老板的感觉，虽然也领着薪水，可是李大维就没有那种被掐住脖子拼命工作的上进心。

　　王亮最近半年的烦恼，有很大一部分都跟如何用好李大维有关。解决这个问题也是王亮的老婆张芬芳的一再要求。这次管理团队来泰山团队建设，王亮得确保抓住单独相处的机会，跟李大维多沟通，了解他到底拿着些什么牌、想得到些什么。不然的话，请神容易、送神难，公司招一个人进来容易；想请一个人走，可不省心。他们夫妻俩都不想高薪养着一个闲人。虽然这个人可能有大用场，但是如果一直不知道怎么利用他带来收益，对于如今资金极度紧张的公司而言不是什么好事。

好不容易打拼出来的局面，万一有个核心人物惹来风吹草动，都有可能毁掉两年来的心血。如今人心叵测，谁都可能在背后捅你一刀。更不用提李大维这种有势力、有背景的人，没必要把他挤对成仇人。这是王亮两年来在生意场上以血肉之躯碰撞出来的深刻教训。

两年前，也是机缘巧合，国家提倡创业，各个开发区都竞相寻找企业入驻，给了特别多的优惠条件，办公室和员工宿舍都白给，还提供启动资金。王亮就是在上海某个机构组织的一次药学高科技交流活动中，跟招商的人接上了头；凭着美国生化学博士的背景以及在美国药厂工作八年的资历，他拿到了两千万人民币的启动资金。

有了钱，他自然就迅速海归了。

王亮和张芬芳决意破釜沉舟，卖了房子，从美国新泽西州回国，选定在上海注册公司，方向是新药研发。但是在这两千万资金里，居然有十分之一的份额被李大维私吞。王亮胃里一阵翻腾，脑海里突然涌出了一个可怕的想法：要是缆车坠落，把李大维这小子摔下山谷，就太好了。

3. 张芬芳

张芬芳总是教育王亮，在中国做事，什么时候都要懂得顺势而为。

现在大趋势是招商，鼓励科研人员创业。这不是天上掉馅饼吗？有两千万启动资金，再怎么着自己家也能落个百分之十、百分之二十吧。就算是两百万，也比在新泽西州乡村要强啊！

是呀！王亮琢磨着搬回中国已经很久了，只是一直没有合适的机会，或者说，不知道从哪里找机会。

王亮也曾借着各种人脉，让人介绍跨国药厂在中国分部的空缺职位，从美国或者欧洲外派回中国，拿着高额房租和生活补贴，做个所谓的跨国经理人。这是最顺理成章的一条路。只不过，好职位可遇不可求，国际上能够研发新药的跨国医药公司，多半是存续了百年的老字号，两只手的指头就能数清。加上想走这条路的留学生如过江之鲫，僧多粥就少。王亮跟许多公司接洽过，但几年来都没有找到外派回国的门路。话又说回来，美国和欧洲的大型跨国药厂，有好几个在上海有研发中心。毕竟中国还是有招商优势的。首先，人口多，方便开展大规模临床试验；其次，对于外企，中国有不少减税、避税的优待政策。

王亮回国的另外一条路就是进高校当老师。不过这条路也行不通，因为王亮的博士并没有读完。他只在宾州州立大学拿到了硕士学位，光靠这个没法当老师。他从民族学院去美国，第一站是路易斯安那州州立大学，先读了病理学硕士，然后再申请到宾州州立大学读药物学博士。但是这个专业的博士课程很难，即使头悬梁、锥刺股也读不下去。王亮自嘲，这实实在在是"不忍卒读"，就是无法忍耐到读完；最后只好拿了个硕士文凭，中途退学。美国大学都这样，无法完成博士课程的学生，一般读满两年，能够自动得到一个硕士学位。所以，他手握病理学和药物学两个硕士学位，找工作的时候运气不错，正赶上新泽西州建设医药产业走廊。新泽西州想凭借东北部地理位置的便利，重点强化医药产业，扩大原有的群聚效应。

医药企业的大跃进，突如其来，事起仓促。好多研究人员偏偏拖家带口，辎重繁杂，纵然机遇千载难逢，一时间来不及跳槽搬家。而王亮退学的宾州州立大学，距离那里不过三个小时车程，按照美国人的地理观念，那就是鸡犬相闻、一衣带水，简直是天涯咫尺，远亲不如近邻。企业招人招得急切，王亮行动又迅速，也算近水楼台先得月，很快就成为一个著名美国药厂实验室的分析员，一干就是八年。

等到归国大潮涌动，即使是安贫乐道的王亮，在新泽西州乡村的好山好水里自得其乐，也不免被卷入各种胡思乱想当中。

最初几年，张芬芳坚决不同意。

那时候北美留学生家庭当中，最流行的说法是：男生都盼望海归，回国过上灯红酒绿、莺莺燕燕的生活，补偿多年穷学生的缺憾。而阻挡这一代人回国的核心力量其实是太太军团。有道是：光阴似箭，日月如梭。不过也就几年工夫，所谓潮水退去，才知道谁在裸泳。早年勇敢返乡的弄潮儿们，如今都在各个高校和政府部门占据着重要岗位，并化身为成功青年，前脚跟后脚，纷纷返回北美招聘学弟学妹。供求关系瞬间转换。一般的留学生博士毕业，要是没什么亮眼的科研成果，想进国内一线城市的好学校还不受人待见。

早归者现身说法，自然令人眼红耳热。当年有人拿不到北美终身教职，拂袖而去，孰料西方不亮东方亮，咸鱼翻身，成为国内的科技新贵。人在北上广深，坐拥巨额资金，做研究也好，做企业也罢，左右逢源，顺风顺水。风景这边独好，钱多人傻速来，早已传为佳话。

所以，风气所至，对于现在的留学生，回不回国早就不是问题，而是如何本着投资收益最大化的市场法则，选择最合适的回国方式。

王亮看着与自己同龄的人都在祖国功成名就，偶尔也自嘲已经和机会擦肩而过，成为过气人物；报效桑梓之满腔热血，只得暂且冷藏冰冻。加上在美国的滨水大house里住得安逸，两岸青山相对出，一条大河波浪宽。没事游泳、烧烤，有事火锅、麻将，无为而治，待价而沽，王亮几乎变成美利坚严子陵、合众国姜子牙。正好比：

水边且待隆中对，宾州独钓寒江雪。

不承想，国内风起云涌，有了科技创业、万众创新的广阔新天地。而这一波创业大潮来势凶猛，再一次搅动了北美留学生的生活。

亏得张芬芳当机立断。

每每想到这里，王亮不禁由衷感激自己的老婆。如今在公司的重大事项上，王亮都愿意听张芬芳的意见。有人在暗地里嘀咕，认为他怕老婆、一切听从老婆指挥。但是王亮心里明白，自己只是从善如流。张芬芳的女性直觉，无往而不利。尤其是在重大关头的抉择判断，早就超越了是否正确或者明智的基本判断，而接近颠扑不破的普遍真理。

王亮研究生物多年，囿于工科宅男的艰苦环境，跟女性相处其实没有多少经验。只不过，到底是在和进化论一脉相承的领域常年濡染，对于母性动物的生存本能，他向来颇有信心，知道那是推动生物世界甚至是整个地球繁衍生息的本质力量。

男人也一样，有了安身立命的所在，还需要女人的生存本能来配合。在北美留学生里头，就算人人中产，工作顺利，薪水不错，但凡大龄单身汉，都少见买房置业；反倒是只要一朝告别单身，在老婆大人谆谆教诲之下，立刻生于忧患、死于安乐，生存基因大发作，铁定很快就买房居住兼投资，以迅雷不及掩耳之势变成小地主，再变成小房东，房又生房，子又生子，房子房孙无穷尽也，一派小富即安的祥和景象。

两年前毅然决然冲破舒适区，连根拔起将两口之家搬回中国，也是张芬芳拍的板。不然，就王亮这读书多年的习气，面子薄，又不善于自我推销，磨磨蹭蹭，错过了不少机会。

最初，王亮还有点谨慎，不敢在自我介绍中写博士。附近大都市如波士顿、纽约，常有国内招商团。张芬芳自作主张，去参加活动的时候，给王亮的名片里加上博士头衔。她只印了中文版，说是为了和国内交流，犯不着装模作样写一整版英文。

到了招商会、见面会、交流会等场合，王亮还有点羞涩。他读了两所大学，又是中国生物学者联合会里的活跃人物，前后几届认识的人着实不少；万一碰到谁找自己要名片，发现自己冒领博士头衔，那多尴尬。

张芬芳有点恨铁不成钢。她死命一掐王亮的胳膊，痛得王亮眼泪都流了出来。

突然河东狮吼，任王亮脾气再好，也有一股无名火熊熊燃烧。

张芬芳冷冰冰地看着他，说："这算是给你一个教训，让你胳膊上有个小疤痕，一辈子都会记着今天我跟你说的话。"

张芬芳对王亮耳提面命："首先呢，国内各路人马纷至沓来，如过江之鲫。这是招商活动！在商言商，是找人回去开公司做生意，又不是去大学当老师。难道还有人来查验生意人的学位证？开发区的那些人，心气很高，眼皮却浅，排场还大，都想捞几个名校博士回去显摆，哪里知道你这跨国药厂的资历，一般人还得不到。再说，你虽然没拿到博士学位，但是并不意味着不够博士资格啊。只要将来有机会，你还是可以回去重读。从前的录取水准还在，所以自称博士也算不上弄虚作假。"

张芬芳开车载着王亮，到费城唐人街取名片，一路上推心置腹，语重心长。两人去了他们家庭聚会的定点餐馆"潮州楼"。王亮爱吃这一家的榴莲酥。

张芬芳知道，男人有时需要的只是一点鼓励。在馥郁浓厚的榴莲气息中，趁着王亮心情逐渐转好，张芬芳点拨他，说：要想回中国做事情，必须要克服小知识分子的懦弱和谦逊。扫帚不到，灰尘不会自己跑掉；脸皮太薄，钻石没法自己闪耀。

张芬芳越说越来劲，越想越心思透亮，跟王亮科普一番人情世故；两人不由得目光缠绵，心心相印。金风玉露一相逢，胜却人间无数：

谈到神魂颠倒处，轻舟已过万重山。

夫妻俩趁热打铁，顺便总结了归国三十六计，硬是把平庸俗气供奉着金色弥勒佛和红脸关公的潮州酒楼，增添了战略转折的波澜壮阔。

战略战术，最难得的是步步为营、稳扎稳打。

比如，在潮州楼商议之后，张芬芳就开始在日常往来的华人社群里宣布：王亮当年停止读博士，是因为想着快点到企业从事研发，积累管理和商业经验。

她恶狠狠地对王亮说："千万别死脑筋，以为博士学位才是研发人员的门槛。国人放眼看世界都已经一百五十多年，比尔·盖茨、乔布斯，各种大学没读完就去创业，成为全球顶尖富豪的故事，国内人比你还熟悉。你说自己不读博士而中途出来做企业，在国内是加分项；人家只会对你刮目相看，认为你是天纵奇才，俗气的大学围墙束缚不住你展翅高飞的理想，平庸的学术生涯阻挡不了你创新创业的热望。"

王亮一想，这样说也对。企业家的地位以及对社会的贡献，远远高过科学家。这个道理，在经过了七八年职场浮沉之后，他早已明白。他在这个美国药厂，一直都是分析员；去年才升了职，管着两三个下属。在美国语境中，他已是丰衣足食，百分之一百实现了美国梦。但是从实现人生理想的角度来说，没有光宗耀祖，没有衣锦还乡。这是一个中国男人毕生的缺憾。而这些缺憾，成了他想回国的主要动力。张芬芳的一席话更是坚定了他回国的信念。再说，抛开博士学位不谈，在工作中，他接触到的药品研发和中试层次，无论是科研技术还是流程管理，他敢说，中国本土的药厂都还没有机会见识过。技术先进才是他的绝对优势。

很快，王亮就凭着一纸简历和商业计划书，顺利地拿到了上海某基金的两千万启动款项，在江南开发区免租金获得了一处四百余平方米的办公场地。公司也就这样筚路蓝缕地开张了，方向是研发新药。

最开头，他还有点忐忑，怕投资方逼着他抓紧新药研发的进度。后来，他熟悉了本地投资环境，心里的石头才落了下来。政府每年的产业政策补贴经费，跟当地政府的政绩是挂钩的，经费没花出去就影响下一年的额度，甚至意味着政绩不彰。从更深层次来说，这种政府支持的基金，都是长远投资，培育面向未来的领军企业，并不注重于短期回报。对于一个未来行业来说，最重要的是投出第一笔钱来启动这个市场。否则，大家都想着获利，从零到一这个步骤，谁来支持呢？营造一个生态圈，让身处其中的人互相认识，然后携手共创生意机会。政府不计利益和回报的表象背后，是深谋远虑，是高屋建瓴，是筑巢引凤。

大家都知道风险投资有赌的性质，成功率本来就低。尤其是新药研发，素来就是资本游戏，得持续追加投资，否则就无法继续研究。这些道理并不比生物实验和药物测试更复杂。王亮透彻地认识到，这种投资思路是商业最基本规律。但凡创业者，起步的时候都是空手套白狼，区别只是段位高低的差异。

慢慢地，王亮在上海建立的公司，居然也撑满了两年。

国内的开发区有很多，四处注册公司之后，可以拿到不同的资助，日常工作就比较容易展开。这种园区入股的企业，有一个特别大的好处，就是园区能出面帮助入驻的公司寻找业务，等于说投资伊始，租户尚嗷嗷待哺，房东业主还能主动扶上马送一程。等到有一两笔业务之后，企业自然也就打开了局面。王亮想明白做生意的各个关节后，也就越发成熟老到。他的公司在全国各地成立了几个分公司，都属于热门的生命科技和医药开发。当下各个城市都谋求经济转型，鼓励新兴产业，其实也无非同样几个方向，所以同一套申请材料，修修改改就能四处使用。中国地大物博，做事情的节奏，存在地方性的滞后。王亮凭借多年理工科训练出来的逻辑思维，很快便看透本质：谁先抢到资助和名分，谁就占了市场先手，然后再大鱼吃小鱼、小鱼吃虾米，总归能有条鲤鱼跃过龙门。想明白之后，他还摸索出一套成熟打法：拿到招商补贴的第一步，就是赶紧做二房东，把租到的办公室分租出去，这样好歹能养活当地分公司的后勤人员；然后就是找当地园区要项目，园区内外，只要跟药品研发沾边的工作，先全部承接下来再说。这不，公司顺利地接下了几个药厂的分析测试，也给几个民营企业做着中试咨询。虽然战线拉得有点长，跟公司新药研发的愿景还没来得及挂上关系，但是至少在药品研发行当有了点响动。凭着一些汇报材料，王亮也被好几个开发区评为优秀高科技企业领军人物。

王亮的公司和大多数药品研发公司一样，十分关注国外药品的专利到期时间。他早就盯上了自己在新泽西工作过的那个美国药厂。那个美国药厂生产有一种特效药品，利润率不算高，技术也谈不上先进，但也因为如此，并非热门。王亮最早的思路，是有朝一日把这种特效药品仿制成功。在这个过程当中，很关键的一环就是李大维。因为他能帮助公司快速申请药品批号。

念头转得飞快，王亮想起此行的一个重任就是摸清李大维的底牌，不由得朝自己身旁的李大维微微一笑。

见人先微笑，是张芬芳和王亮的归国三十六计里待人处事的诀窍。张芬芳独具慧眼，早晚在家，都是如此训练王亮。她分析道：王亮性格内向，也没有明显的个人魅力，唯一有的就是货真价实读书人的淳朴本分。这年头，中国社会啥都不缺，物以稀为贵，朴实即美德。王亮只要傻呵呵地对人一笑，就能赢得很多人的信任。

张芬芳是个好教练，王亮又是个好学生。俩人举案齐眉，比翼双修，让王亮练就了迎面给人一个忠厚微笑的本领。最开始的时候，王亮和张芬芳还设计了相应的台词；每次跟人见面，眼神看对了，就开始展颜微笑，并配合着说："我只懂技术，一直都是愚钝地做研究，刚学做生意，您多指教。"后来俩人发现，其实不用这么多废话。因为别人早已经自动给王亮他们贴上了标签，叫作"海归学子技术创业"。你表现得略微像个书呆子，就越发显得货真价实。倘若油腔滑调，一肚子算计都摆在脸上，反倒适得其反。在波谲云诡的生意场合，王亮这种书生气质俨然是交互功能极其完备的界面。

管理者的期望，阈值如此之低，令王亮喜出望外。人生如戏，能够本色出演，无须描眉画黛、傅粉施朱即可粉墨登场，何其有幸！王亮自己又琢磨出一点：最好是像美国人那样，微笑的时候稍微咧嘴，露出自己还算洁白的牙齿。

中美文化不一样。美国文化特别鼓励人展示内在美。只要拍照片，无论男女老少，美国人民受到的教育就是要咧开大嘴，露出半口牙齿。中国人则非常含蓄，基本就是抿着嘴，含笑不语，苹果肌全程置身事外。

王亮初到美国的时候，每年迎接刚刚抵埠的中国留学生，聚会时拍出来的照片，总让他别扭，感觉跟周围美国人的合影不一样。王亮一开始还以为是人种的区别，但是接连看了好几届，他发现新来的中国学生都是这样子。而在美国住了几年之后，同样的几拨中国学生再合影，情况就又不一样了。王亮这才发现，主要原因是：中国人拍照的时候，很少有人咧开嘴露出牙齿笑。王亮猜想，孔孟之道，行为规范的要求较为具体，书生须端正中庸，女子务必笑不露齿。所以中国人担心张着嘴的样子，比较傻气。但实际上，外国人拍照露出两排耀眼的白牙，一点都不傻，反而一个个阳光灿烂，意气风发，充满了开朗和自信。

　　王亮很快入乡随俗，在笑的时候咧开大嘴。托他任职的那个美国药厂的福，高级医疗保险涵盖各种牙科账单报销，王亮工作的八年里，牙齿又是整形，又是漂白，每年都鼓捣好几次。就这样，他不光学会了咧嘴傻笑，还有了与美国人一样雪白的牙齿。

　　只是王亮这种笑容，对付李大维并没有太大效果。

4. 李大维

李大维笑嘻嘻地给王亮拍了一张乘坐缆车飞跃山脊的照片。

此时天光微亮，所以手机成像颗粒分明，不甚细腻，不用修图美颜工具，自有皮肤抛光打磨之功效。李大维给王亮看自己拍的照片。

山风吹动，微微有些凉意。李大维随手裹紧了外套。

他一边听着王亮心不在焉地评点，一边快速转动着脑筋，想着怎么利用好这高空环境，前不着村、后不着店，四顾无人，探探王亮的底线。

他稍微一挪动身体，座椅就"嘎吱"作响。身躯肥硕，就是有这般尴尬。他和王亮四目相对，笑了起来。

被人介绍到这个公司的时候，李大维还没有现在这么胖。所以王亮和张芬芳夫妻俩在背后发牢骚：李大维是被自己家公司养肥的，天知道他拿公司的钱做了些什么。

想当初，王亮夫妇在上海成立公司，折腾大半年之后，很快

034

就意识到一个问题：在中国做新药研发，不能绕过北京。

不是说必须得在北京设研究中心，而是说最关键的几个机构都在北京。

药品监督小组是全国所有新药的审批机构。当然，这里所说的"新药"，是相对而言，很大比例都是仿制外国专利过期的药品。还有一个药品专利登记机构，可以检索专利，确认专利时效，兼顾处理在中国登记的药品如何在外国得到保护等具体操作。

仿制外国药品这条路线没有错误。印度就是一个成功的范例，以至于无论是发达国家还是发展中国家，全世界都有人去印度治病买药。印度制药，也因此得到全世界的承认。

中国的情况则有所不同。因为所有的药品都需要审批。但是这个审批的权力，集中在药品监督小组这个机构里。什么时候可以递交生产新药的申请材料，什么时候审批能完成，哪些能够争取进入药品序列，哪些只能退而求其次转而进入保健品序列，都由这个监督小组负责。

王亮本科学的是生物，在国内没有接触过药品研发。后来在美国读书工作，了解的都是FDA（美国食品药品监督管理局）的工作流程。FDA所有要求都清晰明了，被全世界医药公司研究透彻。在美国，研发新药并非易事，但都有章可循，每个细节都有填写模板和FAQ（常见问题解答）。王亮在回国之前，以为国内情形类似，豪情满怀，夸口要研发新药，让神农氏、李时珍、孙思邈、万密斋等神医的后代，拯救人类，实现《灵枢》《素问》《本草纲目》《黄帝内经》在21世纪的全球化。不过，回国后，他才发现，不仅独立研发新药的百年大计无从实施，就连仿制一个外国药品的短平快梦想也不能一蹴而就，没有人能随随便便成功。

还是张芬芳点醒了他。

"美国药品审批的行政流程简便，只需按部就班，是因为人家发达完善，在过去的一百年里，已经把各种日常用药都研制出来了，一百步走完了九十九步，积累了太多经验。但正因为如此，美国对新药审批格外严苛，周期漫长，要求繁琐。那是美国的国情。而中国呢，人多底子薄，那么多疑难病症，都没有办法自己研发新药。不走仿制药的路线，哪能弯道超车？其实先仿制再研发，这个打法再正常不过。比如，印度的国家战略就是政府出面，大张旗鼓代表第三世界控诉发达国家前殖民时代的罪恶，高举保护人权、拯救生命的旗号，制定法律来支持国内药厂直接侵犯欧美药厂的专利，生产治疗癌症、艾滋病等疑难杂症的药品。毕竟人命关天，这番说辞可是大义凛然啊！"

王亮慨叹：张芬芳还真的是有些见识，一下子就说透了问题的本质。

是生存权，还是专利权？这不是个问题。

王亮在黑暗中摸索了好久，隐隐约约感到前方某个地方有一丝亮光，但是陷入迷惘，无法走出迷津。结果张芬芳找到了印度案例，夫妻俩一下子思路开阔了，对生意该怎么做，有了更大的设想。

"中国要改革，就要步子大，普通民众苦于医疗费用高昂，哪里等得起国内第三世界水平的药厂琢磨来琢磨去，最后还要到医院里临床测试好几年。"

张芬芳快人快语，根本不给王亮插嘴的机会。

"你想想啊，除了阿司匹林和维生素，你以为中国的药厂还真能研发什么新药？还不是全靠仿制外国药品？一边是普罗大众在医院里等着各种仿制药品投入临床使用，一边是药品监督小组严审新药报批。解决人民群众的治病难题是当务之急，管事的部门千万不能端着架子，打着科学的旗号，把审批流程拖得那么长、那么严格。这样检验，那样测试，等国内自己研发出几样新药来，黄花菜都凉了。"

"现在不是说改革进入深水区吗？不是说不能像小脚女人一样做事吗？药品监督小组也想要成绩啊。如果这么大的国家，几千个药厂，几百家国内外药品研发机构，每年要是只完成审批几百种药品，那怎么跟上头交差？"

所以张芬芳断定，药品监督小组应该是遵循实用主义，估计也没指望国内药厂能研发出跟美国药厂同样水平的新药。如果是仿制药品的话，应该差不多就能过。不可能一味追求没有副作用。再者说，几乎也不存在没有副作用的药品。特别是重大疾病用药，副作用会更大。但是只要能发挥主体药效，能够救死扶伤，一点副作用算什么？掉头发、长痘痘这些副作用，能跟没命相提并论吗？

主要矛盾和次要矛盾相比较，当然是解决主要矛盾为先。

抓得住老鼠的猫才是好猫，治得了病的药才是好药。

王亮寻思半天，觉得张芬芳这话有道理。他顿时理解了大局，决定抛开实验室严谨规范的束缚。国内药品研发领域有着种种捷径传闻。他立刻心领神会，准备按照这个思路去找方法，很快就有了路径。

最开始，王亮跟同行交流，大家还端着架子，说些场面话。他去咨询审批仿制药的流程；所有人都公事公办，纷纷都说：很难，流程时间长，审批严，对企业的水平要求高，技术也要求尖端，最严格的是还要先临床两年。而且在申请过程中，机构的门难进，办事人员的脸色也不是很好看。

事关生死，大家都理解。这种严格要求、精益求精，是审批机构必须要有的专业态度。药厂怎么能跑过去让审批机构把标准放低一点，从而好让新药尽快上市？这种说法听上去就草菅人命，十分大逆不道。

但是把这个问题转换一下角度呢？比如，药厂如何能快速报批新药以便满足人民群众治病救命的迫切需要？

答案显而易见——自然是事急从权，先考虑量，再考虑质。

按照这种思路，药厂就不用自我检测千百遍，确保没有人力所能预见的所有纰漏，然后战战兢兢地送药品监督小组审批，而是主动排队申请。但这种思路的前提是药厂已经完成必要步骤，等着药品监督小组核对。

一个叫审批，责任前置；一个叫报批，后果自负。两种看问题的角度，自然就代表着不同的处置方式。

当然，身处这个体系当中的人，春江水暖鸭先知，最早明白这个道理。懂得用"报批"方法处理新药申请的先行者，都跟体制内部有各种关联，没人介绍牵线，还真碰不上。

一个早年在美国波士顿读书的博士，于几年前回到河北沧州开办药厂；在跟王亮认识之后，动了恻隐之心，给他指了条道，把一个"局内人"介绍给了王亮。

这个局内人就是李大维。

这个波士顿博士从前在美国的时候，和王亮并不认识，只不过都是留学归来，虽不是道南正宗，好歹也同为美国一脉，都经过欧风美雨的洗礼熏陶，不介意把真枪实弹的经验分享给后来人。有分教：

术业虽有专攻，闻道不分先后。

波士顿博士在沧州的药厂已经成功报批了一种腹泻药，叫作小儿肠胃舒，目前已经进入OTC渠道销售。虽然说这类OTC日常用药竞争激烈，但是在药品行当里，只要有产品问世，就算是成功上岸。

小儿肠胃舒之所以能够快速报批，并得以上市销售，就是李大维帮忙牵的线。

据说李大维的某个亲戚，是药品监督小组的一个处长。

它山之石，可以攻玉。见贤才可思齐，王亮和张芬芳为此专程去沧州参观波士顿博士的药厂。地方还算好找，离著名的沧州铁狮子并不远。那时候沧州铁狮子还没有修复，整个锈迹斑斑，周遭环境也很破落。王亮和张芬芳十分感慨，国家虽说飞速发展，但还是百废待兴。好在铁狮子气势磅礴，俯瞰四周田野，倒也巍峨峻拔。由彼及己，王亮油然而生一种时不我待、天生我材必有用的豪迈感。

波士顿博士的药厂，从铁狮子开车过去五六分钟的距离，有着一百五十亩地那么大，远远的，空气中飘着一股中药的香气。

出发前，王亮到几个药店实地核实过，这个药厂的非处方药"小儿肠胃舒"确实已上架售卖。波士顿博士在药厂的办公室里，还给王亮展示了一批样品，商标是沧州铁狮子的图案，药盒上还有两行秀雅的楷体字——"百年秘方""天然成分无添加"。

药盒的外形，仿照的是东南亚和香港的中成药设计，颇有几分古色古香。

药品的说明书，就简简单单一小张纸，相当节约纸张，总共也就有几十行字。

文字精练如此，以至于小小纸片上，还有很多空白。大概需要视觉填充，所以又把"百年秘方""天然成分无添加"放大了字体，印在最后。

王亮看得一头雾水，心想：这种没有药理介绍、没有药物化学成分、没有临床副作用描述的药品，也是你波士顿药物学博士回来做的？

学医和学药的人都明白，国情特殊，大量中成药不断进入药店，甚至还有将中药汤剂直接做成静脉注射液，但是，举凡大学的临床医学、药物学、病理学等相关专业，入门最基本的知识训练，就是化学药品合成问世，至少需要列举药理说明、材料成分、副作用、临床效果和完成双盲测试。

王亮十分好奇，今时今日，现代科技如此昌明，小儿肠胃舒这样简略的药品说明书，居然也能通过审批？

波士顿博士自然明白王亮的疑惑。他笑着对王亮、张芬芳说："书生下海，最开始都有点迷糊。我就是迷糊了好几年，现在才算上了道。"

他的观点跟张芬芳引用印度制药行业打破国际垄断常态的分析有些类似。在中国做药品研发，不能拘泥于条条框框，千万不能拿《自然》《科学》《柳叶刀》的审稿要求来做参照。具体来说，比如儿科，如今的孩子特别金贵，别说头疼脑热、腹泻拉肚子，哪怕是普通感冒，父母要么赶紧去医院，要么就拿各种药轮番轰炸，吃了一种没明显效果，赶紧换另外一种。除此之外，父母们还迷信各种补剂。小孩子身体不适，肯定跟营养缺失有关系：缺钙、缺锌、缺铁，还缺微量元素。再穷也不能穷了孩子，要补就要十全大补。

在这种风气之下，儿科用药，两三年就得更新换代；就算药品不变，也得换个名字，跟上民众的期望。这样的话，医生和药剂师，卖药也容易；每次都得说，这是最新的药品，民众才认可。最新问世的药品，暗示着应用了最新研究成果和技术，代表着与时俱进的最高水平。

王亮夫妇虽然没有小孩，但是回国已经两年，自然知道国内养小孩子的理论和实践，落到实处，其实只有一个，那就是万千宠爱集于一身。在这种风气下，新出的小儿肠胃舒自然不愁销路。王亮和张芬芳对视了一眼，深以为然。

波士顿博士笑着说：从实验的角度来看，这小儿肠胃舒也不全然是心理安慰剂，毕竟还有一些有效成分。总归要把握住一点，常见的小儿头疼脑热，其实多半是孩子生长过程中的应激反应，搭配着吃吃小儿肠胃舒这类中成药，没明显好处，也绝对没什么坏处。就是这种科学没法解释的中药，反而有很多人相信。

王亮夫妇听得瞠目结舌，纯粹是因为礼貌，才控制住表情肌肉不至于呈现布朗运动一般的全方向震荡。

波士顿博士接着说：咱们学现代医学的，自然知道所谓祖传秘方只有历史研究价值，没有现代药理意义。但是反过来一想，如果广大群众都相信这些祖传秘方有疗效，那也是一种精神能量，是群众的实际需要，又没有什么坏处。我们为什么不满足这种需要呢？这不就是读书进学、服务社会的根本目的吗？

不光如此，波士顿博士还一迭声地说后悔自己醒悟得太晚。他握着王亮的手，语重心长："要是早几年我明白这个思路就好了。刚回国那会儿，总想着延续我在波士顿研究的那一套，梦想着做出真正的新药，做出国际水平的新药……以至于花了太多时间在天津做研发，费钱费力。"

说话的人十分诚恳，愿意跟王亮袒露心声，交流创业经验；王亮洗耳恭听，唯恐漏掉半句真知灼见。正所谓：

同是天涯海归人，相逢何必曾相识。

波士顿博士的一番话让王亮豁然开朗。

在中国从头开始研发新药的难处，王亮和张芬芳心知肚明。二人就问波士顿博士："你们做出小儿肠胃舒，花了几年时间，又投入多少钱呢？"

"我刚回国时是在天津，我们团队拿到天使投资基金差不多三千万，当地政府配套投资三千万，然后开发区配套三千万，听上去不少，都快一亿，但是对西药的新药研发来说，资金缺口依然太大；设备和人员还没全部到位，钱就花了小一半。后来虽然有了更好的优惠政策，可以用股权去融资，但已经撑不下去了。正好沧州在招商，有八百多万的启动资金，所以不得不关了天津的摊子，转到沧州来。在这边倒是挺顺的，一年半的时间就基本做成了小儿肠胃舒。"

王亮心想：在天津那样的二线城市，有九千万的投资做研发的启动资金，已经相当不俗了。

王亮很奇怪，这么多资金砸下去，居然两年都没撑住。但这是波士顿博士的伤心往事，他就没好意思问具体细节。

张芬芳则对跟钱有关的问题比较直来直去。她问道："那你来沧州做的这小儿肠胃舒卖得怎样啊？"

波士顿博士粲然一笑，脸上的皮肤蓦然生动，一时牵扯着眉毛和眼睛都向鬓角飞扬起来，像两条同样倾斜为四十度角的平行线，衬托着两鬓白发熠熠生辉。

"一个季度的销量就是五千万。"

王亮没忍住，吐了一下舌头，觉得数字十分惊人。

张芬芳比较沉得住气，眼睛也没眨一下："销量五千万，那成本呢？"

波士顿博士笑嘻嘻地说："好歹我也是受西方药学训练多年，说起来我们这小儿肠胃舒绝对算良心药，因为真有药物成分。除了山楂、淀粉、甜味素等粉末之外，主要添加了西药原材料双歧杆菌，就是酸奶里最多的那玩意儿，帮助消化。那个一吨也才两百元。大人、小孩但凡肠胃不适，吃上一两包都毫无副作用，一点害处都没有。"

听君一席话，胜读十年书。

踟蹰天山无觅路，今朝得遇解铃人。

就这样，王亮和张芬芳百感交集地回到上海。夫妻俩闭门讨论了两三天，反思创业历程，觉得自己的想法太老土，太不接地气；反映在公司的打法上，就是策略太微观，出手段位太低。对照波士顿博士的经历，自己简直还在人家的初级阶段，比第三世界还第三世界。

王亮痛心疾首地检讨道：岂止是小家子气，还是小孩子气。

人生最艰难处，莫过于戳破给自己制造的光环。想起自己小打小闹无非是个夫妻店，虽然公司名字中有"国际"，老板头衔中有"首席执行官"，但在别人眼中差不多也就是游商小贩，就是大排档，就是路边摊，最多不过是苍蝇馆子，居然侈谈技术创新、研发新药。明明是扑火的飞蛾，却误以为自己是为人类盗火的普罗米修斯。

王亮和张芬芳深刻地认识到，他们的思路还停留在20世纪，想着先做廉价测试外包、做药物分析外包，指望靠这种办法养活员工、锻炼队伍，然后再逐步升级，接一些全球药厂的药品研发外包，等到队伍逐渐锻炼好了，有了一定的技术积累，再开始做药品研发。

这种打法过时了。

这分明是中国制造业从无到有，然后逐渐升级的历程。

一万年太久，只争朝夕。

用波士顿博士的话说就是：现在中国的市场和经济发展，以及科研体系与人才培养机制，都不足以支撑药厂在国际舞台上竞争；研发新药只是美好愿望，近乎天方夜谭。在这种情况下，他们这些既有国际经验又懂本土文化的科学家，最重要的是顺势而为，把握时代提供的现实机遇，不能好高骛远、做空想家。强行在一个发展中国家从事在发达国家才能做的新药研发，那纯粹是技术人员的一厢情愿。

是无本之木。

是无源之水。

是空中楼阁。

现在他们是企业家，是创业者，为创造利润而生，有了利润才是对社会的贡献。

于是王亮和张芬芳立刻央求波士顿博士做介绍人，找到了李大维。

一来二去的试探和讨论，几个回合之后，李大维爽快地同意加入公司，头衔是公司副总裁兼华北区业务负责人，实际工作就包括收集国家层面上医药领域的补贴和激励政策，以及负责专利和新药报批工作。

作为回报，王亮承诺分给李大维百分之二的股份，在薪酬之外，每个月还有一笔交际费。

但这一年来，李大维跑来跑去，也没搜集来什么新药报批的信息，反而做了一单贸易，帮一个公立医院采购一台两百万美元的仪器。

公司业务方向不明，吃完上顿愁下顿，自然愿意有一单生意就做一单。李大维天花乱坠一番描述，主要是借用一下王亮公司的高科技企业的资质，享受免税进口测试用仪器的开发区优惠政策，然后可以把仪器倒手大赚一笔。他逻辑清楚，论证充分，这实在是有百利而无一害的顺手生意。李大维滔滔不绝的游说，竟然有滴水不漏的特殊效果，怎么看都不会有风险。所以王亮就拍板同意了，同时答应由自己公司出钱做过桥周转一下，算是公司的一笔业务。

人算不如天算，因为外汇审批的原因，付款时间滞后了两个月。这么重大的因素，事先居然没人考虑过。到最后，因为美元突然升值接近百分之十，又有迟交款的罚金等因素叠加，原来计划的百分之三十利润就没了，加上答应给医院主管的回扣以及李大维销售业绩的百分之二十提成，最后公司还需要倒贴，钱没赚到不说，在账面上赔了二十万美元。

李大维振振有词，倘若公司一开始及时付钱，也就没有后来这些扯皮的亏损。这话听着倒也不假，但是人的回忆是一种奇妙的境界，越是回溯就越是模糊，就越是偏向于自己的想象。

事后王亮和张芬芳左回忆右回忆，都怀疑李大维从一开始就没安好心，纯粹是他自己买卖两边吃好处，只是苦于没有证据。

真实情况是：李大维单枪匹马签下进口合同。王亮身边的各路人马眼红耳热，赤胆忠心受到刺激，纷纷流露出位卑不忘护主的情怀；一时间，办公室门口变成网红打卡地，摩肩接踵，群雄轮流进谏，提醒王亮要防范国际商业风险。有老成持重者更是说，公司没有进口资质，设备只能自用，拿了补贴再倒手出去涉嫌走私。事关老板声誉，切不可听信谗言，否则轻有经济损失，重有囹圄之灾。吾皇一世英名要紧，众大臣一拥而上，含沙射影，旁敲侧击，指天画地，赌咒发誓。在众说纷纭之下，王亮一时犹豫不决，决策不坚定；财务总监也就明哲保身，趁势拿着一堆理由说不同意汇款。总之，整个生意节奏被打乱。加上外汇批复费时费力，经手人不明窍门，索性顺水推舟，佯装尊重总裁决策。所有人转而声泪俱下控诉外汇管制，外管局官僚主义害死人，导致企业错过了换汇寄款的最后日期。最后美国出口商按合同索赔。王亮这边又不敢闹大，只好吃了这个哑巴亏。

但是给李大维的销售提成，算是公司内部的事情，就一直拖着没有兑现。

聘请李大维的初衷，是指望他能够打通关节，了解到哪类药品最容易获批，然后沿着这个方向找个仿制的药品，或者索性买一个小药厂，插队去报批。这里头的运作，就靠李大维自己的门路。

不过至今为止，李大维没找回来什么情报，反而已经花了一百多万公关费，开头说是拿四十万请官员出席活动，这是公开的出场费行情，后来又申请了五十万，说是"借"一辆汽车给政府的关系人士使用。

李大维当然不会把真实的原因全盘托出，加上官场的事情谁也说不清楚，王亮他们不得其法，被这种掮客垄断渠道，也就只好听之任之。唯一的利益捆绑是，李大维在公司有一些股份，如果他真的折腾一个药品上市了，自然有莫大的好处。王亮只能寄希望于这种前景能换取李大维的忠心。

大概王亮他们催促进展催得多了，李大维近来也反过头来指责公司：没有什么产品，光想着无米之炊，让他十分为难；全部指望他李大维来操盘这个大生意，是本末倒置，是不可能完成的任务。

从李大维的角度说，他只负责打通关节，他没有办法帮忙选定哪种药品有潜力顺利报批。王亮宣称公司自己要生产药品，是王亮自己的事情。当年沧州小儿肠胃舒，就是波士顿博士先选好了药品，让李大维去张罗报批。现在王亮不能指望他李大维去找到另外一个小儿肠胃舒。这话听上去倒也是理由确凿、责任明晰。

李大维还认为，公司不仅不给他方向，还缺乏信誉。说到医疗器材生意，最后公司赔本了，责任不在生意本身，而是公司的财务不钻研业务，做事机械且不得要领，不敢替老板王亮拿主意，没有提前申请外汇额度，反而死抠财务制度，就是不同意付款，拖来拖去拖过了交款期限，赶上汇率高涨而造成损失。这是财务总监的问题。而财务总监则捶胸顿足拿出工作流程记录、短信、邮件三大扯皮法宝，声称每个财务决定都事先、事中和事后问过王亮，是王亮没有雷厉风行下命令付款。

整件事就变成罗生门，僵持在这里。李大维近几个月一直都主张：现在公司必须兑现给他的销售提成二十万美元，自己甚至可以吃点亏，就按汇率没涨之前的价格，换成人民币发给他。

所以张芬芳和王亮这次也商量好了，必须得跟李大维谈清楚，到底他是真糊涂还是假糊涂。当初李大维是怎么帮波士顿博士找到小儿肠胃舒这个项目的，现在就应该照样画葫芦复制到王亮的公司。这是聘请李大维的初衷。这中间一定有诀窍李大维没有坦白，因为那是李大维的价值所在。

李大维到底怎么给自己的这个价值报个价，是跟他摊牌的关键。他李大维不能揣着明白装糊涂，以为只是请他来在报批环节拉拉关系、敲敲边鼓，而是要有做顶梁柱的担当。

王亮顾不上欣赏风光，就把这个意思透给了李大维。说者有心，听者有意，事情本来不复杂，双方心里早就明白，只不过现在又敞开谈了一遍。

李大维明白王亮跟他交底，要他给个说法。

他呵呵一乐。

混京城的人，碰到这种题目可一点也不犯怵。白刀子进、红刀子出的事见多了，拼到鱼死网破，还不知道谁死得更难看呢！就王亮这小身板，他一肘子就能把他推下缆车装作失足身亡。

5. 王亮

李大维先是恭维了王亮一通，说自己一直都认为王亮是个能够做大事的人，值得追随。所以他李大维从来都以公司的利益为优先，想尽所有办法挖门路、找项目。医院的仪器生意就是这么跑出来的。这中间，北京、上海他不知道来回跑了多少趟，且还不说人情打点，公司发的那点工资哪够垫付的？提成没有下来，如今都是靠家人的积蓄在支撑。虽说不至于等米下锅，但是如果能早点兑现销售提成，那也是雪中送炭。所以呢，请公司赶紧根据白纸黑字的规章制度发放真金白银。千金市马，尾生抱柱，给全体同事提升业绩做个示范。

李大维先拿这些旧事挤对王亮，让他一时不好说话。

同时，他提出了另外一个要求：要想寻找一个中成药快速申报新药，一方面，公司上下都得参与找药；另一方面，他建议去收购小药厂现成的药。小药厂没有门路，没有野心和信心，只图在本地市场糊口；倒一手买过来，重新调整一下配方，再作为新药报批，可以拿来做全国市场，这个故事就可以吹大了。沧州的小儿肠胃舒就是个现成的例子。

王亮听在耳朵里，脸上还是尽力维持着笑容。他知道现在撕破脸可能不是最佳方案，所以嘴里也还是敷衍地哼哼了两声，算是谈话间有点回应。

王亮心里自然是咬牙切齿。他看穿了，李大维这种人就是市侩一个，哪里有一起做事业的志向？李大维老盯着销售提成，开口闭口就是显摆他的那点业绩，分明就是只想捞好处。而且还不说这笔生意，王亮老觉得吃了一个大闷亏，一肚子火气还撒不出来。

就如何复制小儿肠胃舒的故事，王亮跟李大维商谈了好多次，总是不见动静。催他几次，李大维立马倒腾了一宗医疗器材，公司只赔不赚，还给他落下一笔业绩，车轱辘话一样说了快一年。再催他，李大维居然说，要先给他招聘一个投资助理，否则工作没法开展。说来说去，总归李大维都有道理，最后皮球居然踢到人事部，说没有快速招到一个投资助理给他；言下之意，业务没开展好是公司没有提供必要的条件。

甚至到了泰山缆车上，李大维还在说，公司还是得快点给他配备一个投资助理，最好是既懂医药开发又做过财务顾问的人；这样的人来跟他一起选择小药厂的药品项目，然后他再去搞定关系，插队报批。

招聘一个投资助理来挑选项目，然后由李大维负责打通关节，倒是讨论过多少次，听上去也符合实际情况。不过呢，这个职位招了好久，一直都没招到。

人事部负责人林丽珊还来告状：人事部安排了好几个人给李

大维面试；他一看简历，都不愿意面谈就回绝了。这样不合作，那他自己去招！

公司各个部门共同决定的招聘流程就是这样，有规章、有制度。为什么李大维要特殊？再说，他不面试人事部推荐的候选人，如何调整后续的招聘方向？难道随便在街上找一找，就能找到最合心的？

然后在这个事情上李大维和人事部就吵个不停。

李大维说：那些推过来的简历，一看就是医药行业里的药串子，主要是跑医院推销的。这种人虽然号称来自医药行业，但哪里懂得仿制药的行情？而那些来自各类投资顾问和财务分析公司的求职人员，明明都是走空手套白狼、搞资本运作的路数，在大城市的咖啡馆和创客空间里闭门造车，根本都是投资计划书PPT抄来抄去，对藏在乡村小镇里鼓捣中药汤剂的苦哈哈的民营小药厂没有丝毫了解。

故事就又演变成王亮熟悉的那一套：自家公司内部扯皮。

这么说吧，聘请李大维来寻找新药并报批过审，但是李大维说：自己只懂拉关系。想要挑选一个有潜力的中成药包装起来，得另外招聘一个投资助理，负责找项目。这个人没招到位，他李大维就没法工作。

负责招聘的人说：岗位职责都没有想清楚，一会儿要懂医药开发的，一会儿要懂投资并购的，一会儿说要懂中成药的。这每一样都是专业背景，哪有那么理想的人随手拈来？真的全部都懂的，还来你这里求职？这招聘需求，就是要动态调整。做业务的没有想清楚，天天跟招聘小组抱怨能解决问题吗？

王亮被逼得偏头痛发作。自己开公司就是这样，手下人都满肚子难念的经，事情做不好总是有原因，原因总在其他人身上，所以每个人都能找到一堆理由，最后都推给王亮来处理。

每个人都眼睛明亮，无比虔诚地看着王亮，好像他做的决定就能够斩断所有乱麻、杀出一条成功之道。

但是就算王亮做完决定，在实施中又会冒出新的问题；循环往复，又是一团乱麻；然后又把问题推给王亮来处理。

所以王亮一听李大维重提招聘旧事，心头就火冒三丈。他使劲咬住自己的后牙，担心自己控制不住情绪要发火。

公司养了这么一大波人，每个部门却几乎都有一本这样的烂账，最后都推到他这个CEO面前，由他来评判。他自己是做了什么孽，开了个公司，偏偏养了一帮大爷，每个人都理直气壮。

王亮竭力控制着面部表情，不让心里的愤怒表现出来。

他有点羡慕传说中苹果公司前CEO乔布斯。据说，乔布斯脾气火爆，但凡下属不能按时保质完成任务，他立刻就破口大骂，逼着人卷铺盖滚蛋。王亮在心中苦笑了一下。他拉不下脸来吼人、开除人，因为找个替代的人又得一两个月。一开始没把规矩立好，每个部门就都有一堆理由完不成任务，最后都等着他这个CEO来决定。貌似尊重他的意见，实际上都是推诿责任，让他来解决具体事务。一旦他表态做出了决定，后续的所有失误就都算到他的决策上。后续的所有麻烦，转而变成下属们努力地为他王亮擦屁股，为CEO的错误决策纠偏和救场，于是整个责任关系全部颠倒过来。

这种互相指责、互相推诿的套路，隔三差五就上演一次。王亮依稀看到又一场熟悉的公司内部闹剧即将开始。

企业文化啊。他想起在美国工作的时候，员工再不上进，对分配给自己的任务还是很上心；就算无法完成任务，也要一大早四处叫苦，沟通清楚，让大家明白进度和困难，不会事到临头，才急忙各种抱怨、各种借口、各种指责。

王亮早就让人事部来建设企业文化，要形成脚踏实地做事的风气。不过，一说建设企业文化，这不，又陷入了扯皮的循环套路。

人事部说：全世界的商学院都教导说，创业公司的企业文化，就是公司创始人的文化，是公司一把手主推的工作；创始人想把公司文化打造成什么样子，就是什么样子；人事部只是落实和推广，甚至还谈不上监管。因为监督规章制度的落实，是法律部门的事情。

那这样的话，什么事情都是我这个CEO做了，行不？好多次开会，王亮都被吵得头昏脑涨。

每个部门都有一套理论和实践术语，都振振有词。

都有教科书为证。

都是资本和市场宝典。

都是普世真理。

隔行如隔山，你行，你自己上；不行，就别瞎BB。

到后来，王亮慢慢也厌倦了，一看各部门负责人装疯卖傻地吵，就由着他们表演一阵子。

这不，只是提了一下李大维的工作情况，在王亮看来，李大维就已经恨不得从缆车座椅上跳起来，先是表功劳——如何辛苦卖力，然后就是发牢骚——别的部门如何没有配合，导致他没法开展工作。

王亮悄悄咬住下嘴唇的内侧（这是他自己摸索出来一个控制情绪的方法），一时没有开腔。

就在王亮沉吟不语这短短一会儿工夫，缆车继续上行，越来越接近山顶。回望谷底，雾气重重堆积，而山顶的雾气已经开始散去，就像一大片阴郁灰色的幕布，从天上撕裂开。泰山山顶的雄姿也就逐渐展现在眼前。

南天门的牌楼已经遥遥在望。既然已经谈到业务话题，自己的意思也表达得差不多了，李大维也就抓紧时间，跟王亮要求道：公司能不能考虑给他一些股份，不在乎多少，百分之二十到二十五就可以，算是他技术入股、帮忙跑项目。

这倒是出乎王亮的意料。

他本来以为李大维在他这里白耗着没意思，单等拿到那二十万美元就打算走人，哪知道人家还得陇望蜀，有更大野心。

这下子倒是需要仔细盘算一下。王亮认为，李大维也并非漫天要价。如果以公司雇员的角度来看李大维，养着他确实成本高昂，但是如果利用他来做更大的生意，这点钱又不算什么。这点气度王亮还是有的。

王亮对李大维有点不待见，倒不是怕花钱，而是摸不清李大维的底细，看不清他有多大的动力和热情来做事。

一个人有点甜头，才能服管，才能为老板卖命。

看沧州项目的例子，李大维不像骗子，但是看这一年来的动静，又好像是个江湖油子在混日子。

李大维说：现在这种工作方式，他觉得自己的身份有点尴尬。

他李大维只是公司聘请的一个副总。这种头衔满天飞，对方都知道他只是个打工仔，说话不顶用。他直接花钱去打点吧，对方一听他只是个办事跑腿的，就觉得不靠谱。拉关系这么隐秘的勾当，听说还不是李大维自己的生意，人家根本都不敢表态。除非是跟李大维自己的企业打交道，否则谁敢跟你拉关系？

王亮本来思绪有点飘忽，因为跟李大维这样的老江湖谈话，十分耗费心力，容易分神，但是突然听到李大维说出这番话，王亮顿时感觉脑门像被人打了一拳。

好家伙，原来李大维的心思藏在这里了。

王亮一直怀疑李大维只不过是一个掮客，能捞点好处就走，反正外面不知道有多少这样的掮客生意等着他做。这会儿王亮才知道李大维之所以按兵不动，原来是觉得价码低了。

王亮一阵难受。他使劲倚靠着椅背，好让自己的身体能更僵硬一些，不露出一点肢体语言上的破绽；谈到增加股份，这个时候，自己任何的情绪和反应，都可能被李大维放大来观察。

但支配王亮的，更多是愤怒。

他能感受到椅背的坚硬木条，简直都要嵌进他的脊柱里。

这个李大维，这些老江湖，就不能早点提要求，痛痛快快地把事情做成吗？当初李大维大概估计错了公司的资金流，后悔要价低了，所以一直都在磨洋工，就等着公司求他的时候再提条件。还是说，李大维以进为退？

王亮管理公司这两年以来，对人性有了很多新认识。

人在面临挑战的时候，尤其是要把责任推给别人的时候，个个无师自通。

都是演员。

都是好演员。

都是奥斯卡奖级别的演员。

都是奥斯卡奖级别的本色好演员。

如果李大维是这个路数，倒也不意外。

李大维当然知道公司对他的工作不满意，所以先发制人。李大维先提一个高难度的要求，一来如果公司不能满足他的要求，也好找个台阶顺利退场。二来他把期望值一下报得老高，也方便后续谈判的时候不失先手。

还是说，他李大维真心希望跟自己绑在一起，做成一种新药上市？

反正李大维一个人也折腾不起。沧州的药，不也得借助海归博士的牌子，才顺利做成嘛。李大维是有北京的关系，可是这个故事最终落脚在企业啊。

从这个角度看，王亮对于李大维的确具有价值。李大维也把愿意长期追随王亮的意思说得很清楚。做生不如做熟，好不容易知根知底，不如捆绑着一起折腾。

所以王亮沉吟了一会儿，眼看着缆车就要到终点了，也就不多想。在潜意识里，王亮告诉自己，就赌一把，赌他李大维还是想借助自己做成这件事。

王亮就笑嘻嘻地对李大维说：增加股份的事，还得跟所有股东讨论，他还得思考一下，但是一起努力做成一个新药上市，肯定是共同目标和共同利益。这方面，还是需要李大维跟着团队一起，给公司创造利益。只不过，股份肯定是结果导向。有实打实的计划，才可能有实打实的结果。

说着说着，王亮又展开他咧着嘴的招牌笑容，眼睛直视着李大维，像是要把一份真诚托付到李大维的心里去。李大维连忙说了一大堆客气话，当然免不了表忠心。

王亮自认为自己要说明的意思都表达了，这场谈话宣告结束。

王亮知道，球又到了自己这半场，等着他决定给李大维多少股份。

此时，距离到达山顶缆车站还有最后两个塔架了；过第一个塔架的时候，王亮他们坐的缆车突然一抖。这一下子把他们俩都吓了一跳。

李大维身子肥胖，在椅子上稍微一晃，更让缆车倾斜了一些。这让王亮再次想到，如果李大维这时候突然从缆车里掉下去，摔在下面陡峭的石头坡上，未尝不是一件好事。

这念头来得很突然。王亮一开始还被吓了一跳，但很快就意识到在这个念头中蕴藏着巨大的快感。他情不自禁地放纵自己浮想联翩，这样至少还能找回一些心理平衡。

按照李大维的做派，死死捂住自己手中的筹码和信息，不在乎王亮和公司的时间成本；这种人，人品其实相当恶劣，并非能够合作之人。但是事情完全出乎王亮和张芬芳的预料，事先的沙盘推演全然没用，故事轰然翻转。李大维反而像是逼宫，一边挥动着更大利益的胡萝卜，一边挥动着棒子，要百分之二十的股份。这也未免太贪心了，还没见着真材实料，哪能要这么多。可是王亮一开始没有把话说死，现在被李大维挤对住了，得先考虑怎么回应他的增加股份要求。如果李大维就此跌下缆车，以他的块头，最多摊成一个肉饼。也许这反而是最好的结果。那样的话，就当自己过去一年来浪费了一百多万的费用，但也省去了李大维反复催要的二十万美元提成。

想到这里，王亮抬头，看了一眼缆车跟钢缆连接处的固定件，在心里估量着如果这个固定件断裂，自己能否快速跳出缆车，抓住钢缆求生。

结果显而易见，这是不可能的事情。缆车里有两个人，缆车掉下去，自然两个人都会掉下去。

王亮不无伤感地想到，这其实就是命运的预兆：他和李大维已经被捆在同一缆车上，不管是同舟共济，还是同床异梦，他们俩都最好是携手合作下去。

唯一让他欣喜的是，他可以尽情想象这个老谋深算、诡计多端的京城老油条，从缆车里掉出去，在地球引力的作用下，以自由落体的速度下坠，头朝下、脚朝上，最终像跳水运动员入水一样，绽开在青白色的泰山石上，犹如一幅鲜红的泼墨画。

火车

1. 赵婷婷

赵婷婷在火车上一夜未眠。

星期五下班后，按照事先的安排，大家统一在办公室吃过外卖，直接带着背包，从公司赶往上海火车站，搭乘晚上八点的火车前往泰山。预计到达泰安火车站的时间是凌晨五点钟，然后赶去坐缆车上山，随后在山顶游玩半天，再下山搭乘傍晚六点的火车回上海。但恰恰是在出发前两个小时，赵婷婷匆匆忙忙处理完手头工作，点开了自己电脑里的一个邮箱。

这事说起来也不复杂。

赵婷婷接待新员工入职，所以公司员工邮箱的设置都是由她处理。

隔不了几天，就有一些推销员堵在门口，拉广告、组织会议、推销分时度假、卖保险等，无奇不有，一个个都特别能磨，使出浑身解数想见到公司老板。通常情况下，各个公司的前台都会推辞，比如让对方给公司公共邮箱发邮件；什么会议邀请或者打着各种旗号的行业评比、展览会邀请等，都发到那个公共邮箱。

但是找上门来的人，多半在网上搜过公司老板的名字，知道前台提供的公共邮箱都是敷衍，没有一点诚意，所以不依不饶，扯着各种理由仍然要见公司"管事的"，指名道姓要见董事长。

那天正好王亮经过前台。他也知道这一拨一拨找上门的人，十有八九都是拉赞助或者骗钱，但是保不准有时候也有个把正规机构、正经生意甚至媒体的访客。既然公共邮箱应付不了，不如让赵婷婷建一个虚设的王亮邮箱，用王亮的名字，但是由前台管理，专门敷衍这类不靠谱的人。赵婷婷隔三差五看看这个邮箱，万一有些涉及正经业务，把信息转发出来就是。

这个方法倒不错，一般人看到老板名字的拼音，加上公司邮箱后缀，多半不会怀疑有假。于是赵婷婷建了"wangliang2"的邮箱，由她自己管理。

这样，这个邮箱不断有邮件进来，她都能看得到。至于王亮本人名片上的邮箱，是正确的"wangliang"。公司内部的人给王亮发邮件，依然是使用这个邮箱。

不承想，就是因为有这个"假"邮箱的存在，让赵婷婷的泰山之行变得痛苦不堪。

在一封群发的邮件里，因为有一个人在回复全体收件人的时候，鬼使神差，在王亮名字的拼音后面，可能是想打邮箱符号小老鼠"@"，没按住选择键，"@"没打成，反而是同一个键的"2"，结果邮箱地址就变成了错误的"wangliang2"。邮件系统自带联想功能，这个发信的人大概一看wangliang2，公司只有一个王亮，又是大老板，根本不可能有其他人会用这个名字来设置邮箱，于是就随手敲击了回车键，选择了wangliang2，放在了收件人一栏里。其他收件人，即便有人看到wangliang2，会以为这就是王亮的名字，哪会想到这只是一个应付外界的假邮箱。一群人在这一串邮件里讨论，不断群发回复；相关的邮件，全都发到了赵婷婷管理的这个假邮箱里。在这个群里的人，谁都没有意识到这个错误。

赵婷婷在公司前台，看着一堆堆的文件和快递都交付妥当，离大家前往泰山只剩下两个小时，目前看来也颇为顺利，工作告一段落，诸事井井有条，一切尽在掌握之中的成就感油然而生。

星期五的下午，办公室里弥漫着浮躁，但是那些技术员都还半真半假地在电脑前忙碌着。赵婷婷坐镇前台，每天代他们收发不计其数的网购快递。可以想象，大家在电脑前头也不抬的时候，也不见得都是在忙于工作。

赵婷婷想到这里，不由得微笑起来。

生活就是这么有趣，不是吗？

这就是朝夕相处的同事，优点和缺点并存。

有血，有肉，有灵魂。

她环顾四周，虽然已经准备妥当，自己可以消停一时半会儿了，但是在工作中训练出来的惯性还是驱使着她，继续想想，看看还有什么事情没有处理。这时候她想起了那个假邮箱，有三四天没检查了，于是她登录邮箱。

看了一封邮件，赵婷婷的脸色就已经发青；再点开一封邮件，眼泪即时在眼眶里打转；再看一封邮件，她心里想的就是：能撞开办公大楼密闭的落地窗户吗？我要跳楼！跳楼！跳楼！

她坐在椅子上，身体微微颤抖；心里恨不得要跳楼去死，但是脚却无法移动。奇怪的是，这个时候，赵婷婷的愤怒和仇恨立刻转移到了自己的父母身上。如果不是父母自作主张，还固执己见，自己也就不会来到陌生的大上海，生这种闲气。她巴不得这间办公室立刻从地球上消失。不，她接着想，无论是沉到海底，还是飞到外太空，整个上海最好也从世界上消失。总之，消失得无影无踪。因为上海这么大，却没有一个角落能够让赵婷婷躲避羞辱。

上海不是我的家！

十八岁的小姑娘赵婷婷，在这一瞬间，只是懦弱地怪罪自己的父母，是他们把她送到了上海。

千错万错，都是父母的错。

上海，我恨你。

赵婷婷自己，从一开始，就没有一丁点对上海的向往。

大都市又怎么样，她自己只不过是艺校毕业的小女生，还真没想过必须到上海这样的地方谋生。在这些发达的城市，接纳这些艺校毕业生的，无非是些歌舞团，要么做个练习生，要么就是在一些小场所甚至夜总会做点表演，有机会也去电视台各类晚会当个群舞，一点意思也没有。

赵婷婷不是土包子，不需要到上海镀金。

她自幼学习舞蹈，无非是父母认为女儿家需要提升一点气质，并非奢望做个舞蹈家。只是一路跳着跳着，赵婷婷考上了艺校，也算有一点天分。世间做父母的，但凡看到儿女有一点爱好，有一点才华，哪怕只比普通孩子多一点点，不都是这么培养嘛！还有，多数人家，特别是在安徽亳州这种小地方，觉得女孩迟早要嫁人生子，也不需要什么事业，能有口饭吃就行了。再漂亮的女孩，等到成家立业，都一样是豆腐渣、黄脸婆。与其一辈子没有什么幻想，到老了要在广场舞里发掘文艺气质，倒不如年轻的时候，跳舞唱歌什么的，由着孩子心意。

只不过，最近几年情形有些变化，特别是北上广深一线大城市的房价高涨，让外地所有大中小城市相形见绌之后，像赵婷婷这类孩子的父母，好像在一夜之间警醒，重新理解了人往高处走、水往低处流。

那就是：都市化就是工业化的必然结果，大都市才是社会资源的集散地。

换言之，没有在大城市洗礼一下，哪怕仅仅是晃悠一下，人生的机会和见识就缺少很多。

有了这个认识之后，赵婷婷的父母，反而有些不安。他们隐约有些后悔，当年应该让赵婷婷直接读普通高中，这样好歹都能考个大学，反正现在升学率很高，一年不成、两年准行，最终总能考得上。虽然大学毕业生也不见得人人找得到好工作，但无论是外出闯一闯，还是留在本地找个婆家，有个大学文凭傍身，总归是添点分量。

赵婷婷的父母，本来不着急要女儿多有见识，但是一旦动了心思，认为女儿应该去外面看看，这才不辜负一生，就开始自觉不自觉地找门路。

说起来也凑巧，赵婷婷母亲这边，有一个拐了好几道弯的表舅，素来并没有太多往来，几年难得见上一次；赶巧，年前在家族老一辈的寿宴上碰到，在无意中听说赵婷婷开始找工作，也就顺手帮了个忙。

那个寿宴是庆祝寿星一百岁寿辰，在当地算是特别有福分的大喜事，比去庙里烧香拜佛还要吉祥。但凡能参加的亲戚，都全家出席。说是祝寿，其实也就是围坐在一起叙旧，说说家长里短，孩子几个，孙子几个，都在哪里念书、做事。

赵妈妈说：自家女儿虽说养得娇气，但是因为学的舞蹈专业，倒比一般同龄人皮实，能吃苦。十几年毫无间断地练功，倒也有个坚韧的性格。本来设想，将来也就是靠父母的面子，在亳州找个差事，好歹是一辈子。

赵妈妈继续说：如今世道变化快，为人父母一场，也不能老想着把孩子拴在身边。按说呢，年轻人就应该到大城市闯荡，只要是正当、安全的职业，混个两三年，好歹长点见识，胜过在亳州待一辈子，将来过好也就罢了，万一过得不好，还怪父母没为孩子着想。

周遭家里有半大孩子的，都表示认同。

赵婷婷妈妈又说：自己女儿中专快毕业，年纪太小，更需要长点见识。反正也不指望着女儿挣钱，专业舞蹈团太难进，要是能在上海、南京，就近有个本分工作，哪怕是在办公室里端茶倒水，打字复印，管管行政后勤什么的都行。

话说完了，自然也就顺水推舟，央求各位亲朋好友帮忙留意。

家有儿女初长成，无非总是这类虚虚实实没有油盐的话。赵婷婷妈妈本来也就随口一说，大半属于没话找话说的那种寒暄。她转念又想，既然都跟亲戚们说了女儿的情况，不如索性求大家帮忙，留心一下相关信息。这也就是场面上顺势一句话，没做多大指望。

哪知世间万事，天时地利人和，只要全都凑齐，就没有办不成的事。

赵婷婷的这个表舅，刚刚被提升为主管招商的副市长，平常忙碌得影子都没见过，偏偏就因为这是个百岁寿宴，福气镇得住，彩头又高，就风风火火地赶来露了个脸。

副市长表舅来去匆匆，近乎蜻蜓点水，不过亲戚聚会这件事却引发了一点亲情。赵婷婷妈妈，也是他小时候一起玩耍的表姐。赵婷婷想去大城市打个工的计划，原本只当是耳旁风，但是正好第二天有个顺手人情，他就帮上了忙。

寿宴在周末，星期一上班，王亮他们正好来亳州开发区拜访。副市长是这个开发区的总设计师，碰到要投资的外地客商，也就和颜悦色亲自接待了十几分钟。

听说王亮他们公司总部在上海，目前想在亳州开发区成立一个研发部，利用亳州全国中药材集散地的区位优势，发掘祖国传统医药得天独厚的资源，于是副市长顺口一问，问王亮公司的上海办公室有没有打杂的空缺，正因为的的确确是寻摸个端茶倒水的角色，所以也不怕闲话，他倒是有个人想推荐。

一饮一啄，莫非前定。王亮他们正需要在当地落地扎根，虽然人家嘴里说得也客气，只是帮亲戚孩子这么一问，但是这件事谁也不敢马虎。县官不如现管，入驻开发区，完成高科技企业和研发中心认证之后，每年可以申请多至几百万上千万的补贴或基金。这种钱，不挣白不挣，否则企业怎么可以永续经营！

　　问清楚赵婷婷的背景，托人再三打听，了解到赵婷婷的父母，确实就是想让女儿做个普通文员，没有别的志向，于是敲定起来更是飞快。

　　夏天刚开始，赵婷婷前脚照完毕业班集体合影，照片还没有冲洗出来，后脚等不及毕业证到手，就在父母的护送下来到了江南开发区，在浦东罗山路的一个小区里租了一个小单间，正经八百地开始在东方明珠、十里洋场的大上海上班了。

2. 张芬芳

星期五晚上从火车站开始，泰山之行就有点不太平静。

不过呢，张芬芳自嘲地想，好歹该来的人都来了，不该来的人也来了。

按照她最先的设想，公司现在发展方向不定，以至于战线太长，很难管理；应该开一个扎实的核心管理团队会议，把严峻的形势说一说，把大家心思归置归置，否则心不齐、力气不往一处使，下半年会更加艰难。

同时，王亮也有自己的盘算。

核心团队说是有七八个人，但这毕竟是个夫妻店，是自家的生意。其他人说得好听是高管团队，但是谁也不会真的拿根棒槌当针，以为自己是公司的主人。大家都心明眼亮，也就是些打工仔，在老板眼中都是随时可以踢走的人。

如何对这些人恩威并重，是企业管理最核心的法宝。

王亮早就希望借着这次泰山之行，把过去的问题解决掉，同时把未来的前景鼓吹鼓吹。

除了挥动胡萝卜和大棒，也得有誓师大会，有升旗唱歌，得有点仪式感。

天下当老板的，想法都一样；手下这些所谓管理层，都靠利益聚拢起来。说得不好听一点，个个都心怀鬼胎，谁跟你忠贞不贰？

从这些人的角度看，不是自己的生意，随时都可以撂挑子，哪天在外面找好下家，分分钟就走人。

打仗要靠亲兄弟，上阵还靠父子兵。

夫妻同心，其利断金。这个公司，王亮还真的没想过要让外人来搅和。

但是公司运转到今日，情况已经不太一样，光靠他们夫妻俩出去闯江湖，势必孤掌难鸣，真的是应了句老话——双拳不敌四手。

然而想的事情一多，重心一分散，越发显得夫妻俩分身乏术，不能事必躬亲。

比如，现在最紧迫的难题是，公司的启动投资快用完了，必须得想办法来找下家接盘。这也是生意做大的必然趋势。要想扛过至少一年时间，找到新的投资方，还必须维持住现状。内部不出乱子，就是最大胜利。套用现代中式管理理论：

千头万绪一团麻，全靠管理一条线。

所以王亮就琢磨着这次会议有两个长远目标，跟管理团队逐一交心，一来透露点资本运作的计划，让大家看到前景，二来借用管理团队会议，明确告知大家，每个人的地位都非常稳固，暂时把人心都安定好，对内、对外都要营造一团和气。

融资关键时刻，不要节外生枝。

小不忍则乱大谋，是王亮和张芬芳每天晨定昏省、互相提醒的重要事项。

因此会议就确定了八个人参加。其中，七人分别是公司的老板夫妻俩、财务总监、人事总监、技术研发总监、华东业务负责人以及战略总监。简单来说，就是管钱、管技术、管人、管销售，外加新入伙的连锁药店老板王南生。

王亮心知肚明，这些人之间彼此也不热络。放在从前，王亮还多少喜闻乐见甚至有意为之，忌讳他们都混到一起结成团伙对付自己，所以向来不鼓励他们横向联系、穿同一条裤子。

做老板嘛，单线联系下属，才能各个击破。

只是形势所迫，现在倒也需要借团队建设的机会磨合一下，形成一个整体。

"自己创业多不容易，吃喝拉撒睡，管人管钱管商务，都得亲自上阵。这最考验我们科研人员创业，如何显示出管理能力。"张芬芳躺在火车卧铺上，一边用橡皮筋扎住头发，免得披头散发，一边想着怎么总结这次泰山之行。

张芬芳心想：下个月到开发区管委会做园区企业月度工作交流，可以着重介绍一下公司组织的这次活动。她想象着怎么提升一下公司泰山会议的意义，心里就不由自主地冒出了一连串发言草稿：

我们组织管理团队去泰山，就是想在名山大川之间，用祖国的壮丽河山来激发大家热爱美好生活、创造美好生活的激情。另一个目的是加强团队融合。让我们的核心管理人员，为了企业的愿景拧成一股绳。我们在美国工作、生活多年，拥有一定的先进管理经验和研发水平，但祖国才是我们最大的后盾。我们回国创业，首先是为了个人的事业发展，同时也希望个人的发展能融入国家发展的洪流。发展好自己，才是报效国家的有效方式。管理一个企业，也是为社会创造就业，给全社会创造财富，再怎么辛苦也是值得，也有意义。

　　最后还应该加上一句最新的时髦说法："因为我们希望打造的是一个有温度、有情怀的科技企业。"

　　毕竟不是普通的爬山，是登泰山而小鲁，是致敬孔夫子家乡所代表的中国文化根源，把活动的意义拔高到弘扬传统文化，这样才显得有战略高度。

　　这种利用独处的时间练习公开演讲如何组织词句，已经是张芬芳和王亮的习惯。

　　夫妻俩回国的时候就彼此约定，必须紧跟形势，学会用中国社会的主流思维模式来表达。这种模式所用的语言，自有深奥套路，也很考验学识功力。

　　当下的主流模式是什么？

　　首先强调创新、创业，然后是国际经验、回报祖国，外加万变不离其宗的热爱中华文化。了解这些语境，是在中国这片沃土建功立业的立身之本。另外呢，文化自信的讨论是当今显学，体现对国家和社会有强大信心。张芬芳和王亮甚至都总结出几句套话，可以在关键时刻甩出来引发听众掌声："中国人民早就站起来了！现在是如何补钙、补充维生素，从小步快跑，到飞奔猛进，赶超美国。"

创业就是这样，到处讲话，到处开会。推广自己，也就是推广公司。起步阶段的公司，只好拿创始人来打品牌，强调热爱传统文化、对中国的创新能力和前景有信心。这些话起初有点不顺口，但是说着说着，也就越来越脱口而出。

是啊，自己都不相信，怎么能够说服别人？

张芬芳和王亮私下还请了一个演讲教练，专门训练如何在公共场合发言表态。

演讲有技巧，全盘慷慨激昂也不行，光是罗列大道理，一堆排比句，显得假大空。今时今日，一定要加上反映自己私人欲望的表达。

比如，虽然也有报效祖国的成分，但一定要强调，回国创业，是为了个人名利。千万不能掩饰这个最核心、最根本的出发点。

换句话说，一定要直截了当、旗帜鲜明地告诉大家，自己是为了功名利禄才回国。这才符合中国人对人性的期望，因而觉得亲切自然，是真情流露。

古时候，国人把这叫作投名状。

除此之外，其他能吹多大就吹多大，人们都会接受。张芬芳甚至发现，书生气也没有关系，只需要每隔几段，抖几个包袱，引人一笑；否则，尽是大道理，听众都不能找个机会捧场鼓掌。

张芬芳和王亮慢慢琢磨出来，到表达关键观点的时候，必须引用大白话、歇后语，根据场合的庄重程度，越粗俗越好，一定要让听众觉得直白亲切，提醒台下诸君，你即将开始说真心话了，请做好鼓掌、起哄或者点头称是的准备。

出来混江湖，大家互相抬庄，一派冠冕堂皇的词语中间出现个把大俗话，就当给台下听众发个信号，竖起一棵消息树。

比如，该说齐心协力的，就可以改成"拧成一股绳子一起赚"；抱怨受了委屈，市场竞争不公平，做了好事没有好报，可以说"黄泥巴糊了裤裆"；说自己下大力气花大价钱，可以说"穷得当了裤子只剩光屁股"，千万别说大实话：其实债多不愁，贷款损失银行会记入呆账冲销。

这样赤裸裸、白脱脱才显得接地气，没有距离感。

张芬芳躺在卧铺下铺上，眼睛半眯着，左思右想，不由得恍恍惚惚出了会儿神。借着从车窗投进来的光亮，她能看见对面下铺的王亮背对着自己，面朝着车厢壁，俨然已经入睡。张芬芳心里不由得一阵温情泛滥。

最近两年王亮明显憔悴了。这种创业的日子，从早到晚就没有停歇过，劳心费力，一刻也不能松懈。从前，王亮还是个夜猫子，顶能熬夜。现在，每天还不到十点，王亮就偶尔嚷着瞌睡来了。还是得给他补补身子，什么鹿茸、人参、乳鸽、鳖精、虫草，不能怕麻烦。受的是现代医学训练，本来不大相信这些滋补品，不过想想咱中国人的体质，还是适合熬些汤汤水水。气色如同运势，红光满面印堂发亮，出去才镇得住场面。

张芬芳转念想起王亮跟投资人讨论起商业计划时候的那种意气风发，是她所不能把握的气场。她的心又蓦地一紧。张芬芳也不知道为什么自己时常有这样剧烈的情绪波动。突然间，她心头一片灰，一片凉，既体谅王亮需要真正智力相当的战友，又不甘心自己终究要退居二线。种种复杂心理背后，不由自主地感慨岁月不饶人。

不过呢，虽说现在王亮很有几分成功人士的气派，但在张芬芳心里，王亮的样子总是停留在十几年前。

王亮性格内向，融入身边环境的时候，总显得有些突兀，不自觉就有点手忙脚乱，眼神茫然失措，但偶尔会眼睛一亮，在最出人意料的地方，突然流露出一股温情，让张芬芳好一阵感动。

那时候，王亮已经去了美国读书；读了一年多之后，死活也没找到女朋友，不得不让人在国内介绍。好在当时在美国读书的留学生，多少还头顶着光环，暑期成群结队回国相亲。冬天，新娘子们就接二连三飞过去结婚陪读。

王亮暑假飞回来，在别人的安排下，跟张芬芳相亲。

第一印象，双方其实都很模糊，为了说话而说话；巧妇难为无米之炊，累得够呛。

两个人在紫竹院公园走了一圈又一圈，绿柳摇摇，竹影依依；国家图书馆古色古香的绿瓦顶，掩映其中。

王亮长得高大健壮，就是没有太多言语。他在美国学病理学，听上去高深莫测，很有前途的样子。据说，他在魏公村读了四年书，连紫竹院公园都还是第一次来。

张芬芳只读了普华医院自己办的护理学校，学历算是中专，毕业后就在普华医院外科做护士。介绍人说起王亮的专业，吞吞吐吐。其实意思是说，未来不见得能当医生。

用护士看医生的眼光衡量王亮，即便他病理学毕业可能进医院，但是当不了医生，只能做点化验和分析，算不上最主流的潜力股。护士都愿意嫁个医生，不过医生看护士，总归是有点居高临下，哪怕签了一纸婚书，也免不了像不平等条约。

所以偏偏王亮做不了医生这一点，倒让张芬芳的心怦然一动。研究病理，跟医学有点关系，只算是半个医学界同行。

张芬芳自己学历不高，向来引以为憾，不愿意找个趾高气扬的医生，被病人和护士众星捧月容易导致个性膨胀，动辄忘乎所以。

张芬芳可不愿意一生都要仰视丈夫。

现在回想起来也好笑，当时张芬芳以为王亮学了这个专业，就可以在美国的医院药房里工作。按照中国医院药房店的情形，那可也是颇有权利的好差使。所以王亮的职业优势特别明显，既能进医院，但是不用昼夜颠倒、苦哈哈地做医生，药房又是个闷声发大财、颇有油水的岗位，正好落在张芬芳的期望象限里。所以呢，介绍人跟普华医院的护士接洽一圈下来，最心平气和甚至略带欢欣地答应见一面的，也就只有张芬芳了。

第一次见面没话说，她就反复问王亮未来有什么计划。

王亮说：可能还得读博士，将来做研究。

那样也还不错。张芬芳对做研究的人也没有什么反感。当年社会风气还挺单纯，有份稳定工作，体体面面，愿意过日子，其实就是最理想化的择偶标准。

两个人一问一答，绕着紫竹院公园的湖岸，前前后后又走了两圈。张芬芳的一点社会经历，也就体现在提醒王亮去买点饮料。小姐妹们常说，根据一个男人花钱的习惯，可以判断是否可靠。

结果王亮给她买了北冰洋汽水，他自己只买了一瓶矿泉水。

那个时候，喝碳酸饮料比如可口可乐，算是"洋气"，结果这个从美国回来的留学生，反而只喝大白水。好在王亮还懂得给她买贵一些的饮料，不算太小气。

王亮解释道：在美国住习惯了，总觉得喝含糖饮料不好。

张芬芳顺手揪下两片柳叶，没作声，心里却想：一个大老爷们儿，为了健康，这么热的天，不喝冰镇汽水，说是自律，但性格是不是有点过于孤寒，缺乏人情世故啊？

两个人搜肠刮肚、绞尽脑汁，终于再也找不出话题可以交谈，意兴阑珊不得不离开公园的时候，突然，王亮目不转睛直愣愣地瞪着在公园门口空地跳交谊舞的人群。

那时还不兴广场舞。一大群退休的大爷、大妈，互相搂抱着，在那里跳北京平四。乌泱泱一群花白头发的老人中间，夹杂着三五个半大孩子，大概是跟着爷爷、奶奶一起凑热闹。

那一瞬间，王亮眼睛里流露出来的温煦，一下子打动了张芬芳。她心想：这也不是个木头书呆子呢，看样子是喜欢看老人家跳舞，目光中满是向往，大概是多年在校园里，对这种充满细节的生活有一种渴望参与的乐趣；至少可以肯定，这种人做好了踏实过日子的准备。

张芬芳本来要挥手跟王亮就此别过、说拜拜的，就因为这一刻的温煦，结果却变成"明天再见"。

此后隔了这么多年，她很少看到王亮这种目光。

创业艰难百战多，每天一睁开眼，就是想着如何赚钱，活生生把夫妻俩的所有生活都填塞得毫无空隙。

男人有事业心是好事，但是朝夕相伴，在商场上出生入死，张芬芳有时也难免想到，随着事业的发展，王亮那有些软弱的书生意气，终将被生意经所磨炼。必将有一天，他和社会上那些成功男人一样，场面上一群狐朋狗友，暗地里几个红颜知己。她终将会失去王亮那里多年来良朋知己的地位，未来就只有共同的利益和多年生活的亲情。这是自然规律，也是社会的现实。

张芬芳只能希望这一天不要来得过于迅速。

她离开普华医院去美国陪读的时候，就知道自己这一辈子再也不会做护士了，因此留了一套手术刀、一套护士服，还有一本南丁格尔的传记，存放在娘家，作为自己从医的纪念。后来张芬芳来到上海，就把这些东西搬到自己家里。

张芬芳迷迷糊糊地浮想联翩，直到火车进入山东境内的时候，总算昏沉沉睡着。在快要入睡的半梦半醒时刻，她在心里依旧断断续续地想：老娘辛苦创业，好不容易挣下点家当；谁要是想抢我家的生意，我就要你好看。

在那套手术刀里，八寸长的那一把比例最是好看。哪个杂种敢来骗钱，我一定要像最优秀的外科医生一样，从你肚脐眼儿下边三寸那里下刀，刀刃一路向下……

3. 赵婷婷

这一切来得迅雷不及掩耳，赵婷婷学习舞蹈的三年中专期间，哪想过要做办公室的文员。

最开始上艺校的时候，她还按照舞蹈学员的传统，想过将来考艺术院校深造。不过，她很快发现，文化课是她的短板，估计怎么努力也达不到高考录取的分数线，所以早早放弃了升大学的念头。

也难怪，读书进学，会者不难，难者不会，语数外物化生史地政，高高的一摞书摆在面前，有些人游刃有余，十分轻松；有一些人则油盐不进，是锤不烂、砸不扁、煮不熟、响当当的铜豌豆。

赵婷婷初中毕业考上艺校，也才将将十五岁，搁在过去，这叫及笄，都可以出嫁了，但在现代社会，这把年龄仍然是个毛孩子，对未来两眼一抹黑。

总归到了快毕业的那一年，赵婷婷想来想去，仍然是一头雾水，也不知道自己能干些什么，索性等着父母给自己安排人生。

直到有一天小二黑跟她说起一件事，赵婷婷才意识到，她自己也许能慢慢摸索着找到人生目标。

小二黑是他们班的班长。艺校男生少，但凡有点雄性荷尔蒙，再不想当干部的学生，也会被老师安上一个头衔。班长这个职位更是预留给了男生，美其名曰：身大、力不亏，搬道具、卷地毯、抬行李，凡此种种，能更好地服务同学。

起初，女生们只是开玩笑。小二黑活脱脱张飞再世、包拯重生，黑头黑脸。大家形容他是电视广告里的角色，叫他"黑人牙膏哥"。后来，班级排练民族舞剧《小二黑结婚》，他跳小二黑，赵婷婷跳小芹。男生扮成陕北的汉子，头裹白头巾，腰系红绸带，白色斜襟大褂，黑色宽裆裤，别提多精神。"小二黑"这个角色的名字，也就成了黑人牙膏哥的新外号。

小二黑还挺洒脱，自嘲道：假如有一天能上春晚跳舞，艺名都不用取，直接叫小二黑，绝对网红气势。

也是因为跳这段舞的原因，赵婷婷和小二黑突然变得特别熟悉。舞台上的默契很是微妙。它能让人感受到两个人是否合拍。而身体接触也很快消除了陌生感，让他们彼此与别的同学相比更多一份亲近。

两个人最初没有想过，这种熟悉和亲近能够带来什么。艺校学生的风流韵事层出不穷，但学校的政策是不鼓励学生们谈情说爱，加上两个人胡乱忙碌着，就有点淡淡的，看似亲近，偶尔又有点生分。赵婷婷在这些方面有些后知后觉，跟小二黑刚刚有点心有灵犀，还没体会到校园里的风花雪月，眼看着就要毕业了。

不过也正是因为要毕业了，赵婷婷就跟小二黑走动得多了些，想着要走出校门，各自去往未知世界，还真有点犯怵。学生们扎堆吐槽诉苦，自然也少不了少年的临别赠言，无非学着前人，尽是些"路曼曼其修远兮，吾将上下而求索""苟富贵，勿相忘""今朝有酒今朝醉""莫待无花空折枝"之类的话。

往来多了，这个时候，赵婷婷才发现小二黑其实还挺有主见。

小二黑家里开汽修厂，企业说大不大，说小不小，在亳州城算是有点名气。不过，按照小二黑的说法，他虽然黑得就跟在汽修厂机油里浸泡过，但是对继承家族企业一点兴趣都没有。他打小被舞蹈培训班的老师发掘出舞蹈特长，一学十几年，父母也就由着他。反正男孩子成熟得晚，真正能在社会上做事，也得等到二十五六岁，自家又有产业，不如让他在女孩子堆里享受人生。艺校毕业才不过十八岁，少说也还可以玩耍个七八年。

小二黑有自己的主意。他跟赵婷婷商量："有没有兴趣合作开一个艺术幼儿园？刚开始的时候，可以规模小一点，类似于一个幼儿班，慢慢再多招点孩子，主要强调综合音乐、舞蹈和绘画活动，培养幼儿的美感，而不是为了应付各种艺术考级，学乐器就是学几首曲子，舞蹈就是跳几段舞蹈，从表面上看是具备技能了，但是很少发掘对艺术真正的兴趣，没有着眼于开发身体对音乐和情绪的反应与表现。"

小二黑说得眼睛发亮，言语十分热切，黑眼珠和黑脸皮相得益彰，盯得赵婷婷脸都红了。

做幼儿园老师？赵婷婷从来都没有想过。

她印象中的幼儿园老师，小娃娃的吃喝拉撒睡都要管，整个就是一保姆。陪小孩子玩游戏，唱唱歌、跳跳舞，是一回事，但服侍小孩子们上厕所、睡午觉、换衣服、梳头、洗脸又是另外一回事。

小二黑分析道：这些其实不难，做一两次就熟了，没有多复杂。何况现在幼儿园都专门配备生活老师，负责吃喝拉撒睡这些事情。真正的音乐舞蹈专业老师，可以多花时间辅导孩子们。

赵婷婷想象了一下这种场景，不由得怦然心动。

她一向喜欢小孩子。幼儿园这类工作，不知怎的，让赵婷婷觉得特别安心。她喜欢待在幼儿园里，跟孩子们一起玩，不用那么多人情世故。而且呢，教孩子们唱歌跳舞，她觉得特别有信心，特别有把握。她知道自己想做些什么，能够做成些什么。

思路转得快，赵婷婷眼前立马浮现自己穿着白色长裙坐在钢琴前面边弹边唱的画面：十几个小朋友，围坐在钢琴周围，你推我一下，我推你一下，嘻嘻哈哈笑闹着；自己一声令下，"一、二，预备唱"。先唱那些她喜欢的儿歌。小孩子只需要练练音准和节奏就好了，真正唱歌等长大点再说。然后小朋友们穿好练功服，一起在舞蹈室的镜子前面，压压腿，摇摇手，做些简单的动作。

小二黑滔滔不绝地说着他的教学理念，在赵婷婷心里激起一阵阵波澜。

她马上就想到，自己打小跳舞，父母威逼利诱之外，很多时候，纯粹是凭着盲目的毅力熬过一个又一个的疲倦期。如果是她当老师，一定要琢磨出好办法，要让孩子们从跳舞中寻找到乐趣，享受舞蹈的表现力量，自己有动力来勤学苦练。

她甚至立刻就给这份工作升华了意义：要让美感陪伴孩子成长。

对！幼儿园的广告词就是"培养美感，让美伴你一生"。

在浮想联翩的某一瞬间，她的心中也闪过一路学习舞蹈的隐痛。

舞蹈，跟其他艺术类型相比，更加讲究童子功，除开各种艺术通常都必定要求的坚忍不拔，更要忍受肢体的无尽苦痛，没有极强的毅力，舞蹈是练不出来的。

偏偏舞者的回报又和这种投入格外不成比例。舞者最闪亮的青春岁月，也就那么一转眼。即使是艺校舞蹈班这种中专水平，一路所付出的时间和体力，也远超一般人的想象。懂行的人就理解这中间的艰难苦涩，所以长脸老师在表面上十分凶恶，其实对学生们最是护短，用北方人的话说，就是一味护犊子。

长脸老师一贯的说法就是：跳舞孩子的人生，需要格外珍惜和保护。他们就像昙花开放，一生中最美好、最纯净的日子，多半是在艺校期间，在十八岁绽放的前夕。

也因为这些道理，长脸老师总是对家长们说，艺校这三年，要把学生养在温室里。

人生已经足够艰难，为何不暂且掩耳盗铃？

难得让孩子们有几年不事稼穑，不食人间烟火。

所以长脸老师最讨厌艺校要求社会实践。她觉得早早逼着孩子们去接触社会没有意义。

该来的总归会来。为何要因为害怕未来，而提早尝试未来的滋味？

长脸老师对家长们解释道：这些学舞蹈的孩子，的确，书读得不太多，同时女生多了，人来疯，容易嘻嘻哈哈，让人觉得没什么心肝。只不过，尺有所短，寸有所长；艺校上完，吃过的苦头，付出的时间和努力，跟那些数学、物理、化学、生物奥林匹克竞赛比起来，一点都不少，反而只会更多。脚尖磨破，膝盖屈伸，双脚外八字。劈叉和开背做不好，都是老师"咔嚓"一脚踩下去。最后到社会上谋生，跳舞练出来的性格和毅力，不比别人差。

这话听着在理，也符合家长们的社会经验。

世事白云苍狗，人生刹那芳华。何苦逼着孩子走读书发财和当官的道路呢？路数不对，纯粹是按着牛头喝水。将来的人生，也许就跟长脸老师说的一样，跳舞歌唱，得到的不只是体态端庄、身段苗条，其实也有头脑和智慧，再加上由练功磨炼出来的吃苦耐劳打底子，除了设计火箭、核武器、潜水艇，普罗大众谋生糊口的那些工作，真正有几样会做不来？

长脸老师在家长中有极大的威望，就因为她旗帜鲜明地宣扬：艺校学生要与世隔绝，追求艺术享受的快乐和纯粹。

赵婷婷刚刚露出口风想去当幼儿园老师，父母一听就开始心疼。

早知道这样，初中毕业的时候就让她读幼儿师范好了。父母拉扯孩子长大，一路上都是诚惶诚恐，拿自己照顾孩子的经验来理解幼儿园老师，推己及人，自然觉得幼教老师含辛茹苦，眠干卧湿，遭遇非人，所以很难想象出，娇生惯养的宝贝女儿，自己都还是一脸娃娃气，如何可以当一个照料娃娃的小保姆。

更现实的情况是：赵婷婷的父母已经觉悟，发现他们的老眼光跟不上今天的社会形势。如今国家资源越发都集中到大城市；自大都市和小县城出来的人，眼界区别太大。

这个心思刚刚萌动，天上就掉下一件好事。赵婷婷的亲戚听到这个打算，正好王亮送上门来，要在亳州开分公司。明人不用重说，响鼓不用重槌。王亮着急凑上去，两个巴掌拍得响，拍得

"啪啪"响。赵婷婷立刻就来到大上海，做起了前台。

前台可不是一个好岗位。基本上每三五个月，王亮公司就换一个前台，还多半是主动甩手不干。前台事情多且杂，坐在那里，跟餐馆迎宾服务员没啥区别，多数时候也就是电话接线员，说起来什么职业规划、什么发展前景都没有。上海本地的阿拉小囡，基本上没人乐意来小公司做这种工作。

离开亳州的时候，赵婷婷还泪眼婆娑地去看望小二黑。他已经入职一个幼儿园，正带着一群小孩踢球、做游戏，欢声笑语，其乐融融。赵婷婷隔着围栏，看得眼泪都要掉下来了。

小二黑在幼儿园，得心应手。他自己有明确目标，工作都是为了尽快积累教学和管理经验，事事上心，心无旁骛，自然有一股顺风顺水的蓬勃朝气。男老师在幼儿教育这个行当，简直就是奶油尖上的奶油、香馍馍中的香馍馍。何况他既能唱又能跳，还可以教热门的足球和跆拳道。一个月的时间不到，他就成了幼儿园的招牌人物。

如今的家长，尤其是男孩的家长，特别担心幼儿园和小学、中学全部都是女老师。一听说这个幼儿园有年轻活跃的男老师，文武双全，纷纷预约参观。小二黑的大名不胫而走。

小二黑告诉赵婷婷：看这势头，半年到一年，自己就能摸索出开办幼儿园的基本诀窍。只要赵婷婷愿意，随时可以回来一起合作。

赵婷婷隔着围栏跟小二黑漫无目的地聊了几句，两个人之间积攒起来的许多温情脉脉，在分别之际竟无从寻觅。

一个刚刚上班，充满了开始第一份工作的兴奋和忙碌；一个要出远门，从小县城到光怪陆离的陌生大都市，做一个糊口都困难的底层文员，满是前路未知的忐忑。所以心里隐约涌动着许多情愫和亲切，最终却频率错位，一切止于淡淡。

赵婷婷走在回家路上，仿佛第一次发现，亳州简陋而且没有章法的老街，居然也跟上海似的，种满了法国梧桐。

只不过，前台这份工作，本质就是既琐碎又啰嗦；很多事情处理起来，并不要求多高智商，有社会经验反而处理得更好。一张白纸的赵婷婷，未免有些缩手缩脚。一股子窘迫寒碜的气息，实在是让她提心吊胆。做着做着，赵婷婷就有点惦记起在亳州开办幼儿园的计划了。

人心都是这样，一旦没得得到，反而格外倾心。

在亳州开办一个艺术幼儿园的玫瑰色梦想，被上海生活的平庸和工作的磕磕绊绊一衬托，反倒因为地理距离，颜色更加鲜艳。特别是小二黑那朝气蓬勃的神情，带着孩子们在小小操场上踢球玩耍的活泼身姿，跟办公室里挤满一个个工科生的毫无生气，活生生就是对比。

赵婷婷干满三个月转正的时候，就想跟父母说，自己想回亳州当幼儿园老师。但是，也不知道是什么心态，可能也想试验一下自己到底能够坚持多久吧，她就又多待了三个月。

"人生贵在坚持""有志者事竟成"这类富有营养的自我激励、心灵鸡汤，价格便宜、量足。

不过，三个月转正，在工作上她就渐渐做顺手了，居然也从订盒饭、安排清洁工阿姨、购买和发放办公用品等工作中找到了一点成就感。也就是凭着这份工作，她对衣食住行有了具体的认识，对上海逐渐熟悉起来。

交房租、交水电费、买盒饭、订餐馆，这些具体而微的消费体验，其实是熟悉一个大都市最好的办法，虽然净是些鸡毛蒜皮，但是上海生活天天都有新花样。慢慢地，赵婷婷又觉得回亳州的计划没有那么急迫了；在手机上和小二黑聊天，偶尔听小二黑说起亳州新鲜好玩的事，即使赵婷婷傻笑半天，却不再是恨不能生出双翅飞回去了。

最近一个月，赵婷婷没日没夜连轴转，准备泰山之行，因为公司把选择开会地点和安排行程等事项交给了赵婷婷。

前台归属于人事行政部，但是部门一把手却从来不屑于操作组织开会这类具体小事。她的名言就是，请人来做事，就是要放手让人发挥。

就当赵婷婷总算安排妥当，准备组织大家当天晚上坐火车去泰山的时候，王亮的"假邮箱"收到了管理团队成员讨论解雇赵婷婷的邮件。

赵婷婷回溯整个"邮件串"，发现：最早的提议者是公司的老板娘张芬芳——名字既朴实又乡土，人却精明无比；平常对着赵婷婷虽然没有嘘寒问暖，刻意保持着距离和老板的姿态，但是见面也还是点头微笑打招呼。

哪知道最后居然是她在邮件里提出动议。

管理团队同事：

因为公司业绩需要突破，对成本控制的要求也越来越高，所以需要逐渐减少冗员。上海办公室对外接待工作较少，现有前台人也不够灵活，做事不算主动，已经有两次外来客人感受不佳。我建议尽快让她离职。请人事部即刻启动解聘流程。

另外，《劳动法》规定，解聘要提供实例和工作表现。大家跟前台都有接触，也请发表意见。

这下可让赵婷婷蒙了。

一个小时前，赵婷婷去向张芬芳和王亮汇报泰山之行的时候，张芬芳还夸奖她做事细致；毕业才几个月，就能把这么重要的事项给安排好了。

其实同事们都怕张芬芳，超过怕王亮。同事们交流在这家夫妻店打工的经验，无不异口同声如是说。虽然要听老板的话，但是老板娘不点头，很多工作会随时调整，让下面的人觉得难做。反倒是老板娘决定的事情，老板即使不同意，最后多半也会妥协。天长日久，夫妻二人的意见如果不一致，员工自然就等着老板娘最后拍板。

可是赵婷婷就不懂这个复杂态势。去汇报泰山之行计划的时候，她只顾着面对王亮，回答问题也都是只看着王亮；一出门，她就隐隐意识到有些不妥。现在看到老板娘带头提议解雇她，赵婷婷突然脑袋开了窍，像溺水之人抓住了一根稻草：自己只向CEO汇报，肯定让老板娘觉得自己不尊重她。

得罪老板娘，自然要卷铺盖走路。

还有呢，老板娘在邮件中说"已经有两次外来客人感受不佳"。这也让赵婷婷意识到原委。那次是因为有一堆快递送到了，包括外地办公室寄来的财务账单和发票，所以赵婷婷稍微多花了点时间，核对数量再签收。正好在这时候，老板娘有个访客，赵婷婷没有立刻送茶水进去。她心里确实想着客人来了得赶紧去送茶水，但是签收快递顶多再花一分钟就能做完，不合适截停下来，让快递员干等着。等两分钟后，她拿着沏好茶叶的杯子进去，客人已经都喝上茶了。赵婷婷当时没多想，老板娘办公室里就有饮水机和杯子，老板娘也经常自己动手给客人沏茶。

不巧，隔了两天，又发生了同样的事情。赵婷婷稍微晚了两分钟把茶水送进去。老板娘后来送女客人到门口，告别的时候一脸笑意盈盈，两个人手拉手、互拍肩头十分依依不舍。等客人一拐过楼梯口，老板娘扭头就朝赵婷婷冷冰冰地说：以后叫你倒茶，你能快点端进来给客人吗？不是重要的客人，我都不敢麻烦你！

赵婷婷看见老板娘在一秒钟的工夫，脸庞的局部小气候就从春花绽放变成西伯利亚的寒流和阿拉斯加的飘雪，吓得半句解释的话都不敢说，怕老板娘认为她犟嘴。

估计这就是老板娘所说的"有两次外来客人感受不佳"。

不过，这也算罪过吗？

老板娘想在朋友面前显示有人跑腿的威风，可是王亮曾在员工会议上说过多次，外来的客人，比如求职面试，谁接待谁负责倒水和基本问候；前台人手有限，铁定照顾不到每个人，可以帮忙但没有责任。这其实也是接待者对访客的尊重。

当然啦，赵婷婷也后悔，以后再有老板娘的客人，一定要放下手头的事情，第一时间去打招呼。

对，就是这个词语，第一时间！赵婷婷也不知道中文怎么会有这么一个别扭的表达方法，但是，用起来简明扼要，还特别妥帖。

想到送茶水，她一下子想起了小二黑。

那会儿他们两个人在排练厅常常一跳就是两三个小时；中间轮流拿着保温杯去接开水，一次拿着两个人的杯子。

她还记得，小二黑的杯子上是一个可笑的史努比图案。整个杯子做工粗糙，一看就是山寨产品。淡蓝色的杯身，有些地方油漆都掉了，因此有些斑驳古旧。那根本不隔热的山寨保温杯，外面跟里面一般烫；这会儿想起来，却比印着公司图标的纸杯要温暖许多。

做个前台工作，难不成要做出奴才的样子，随时小步快跑，这样才显示出老板娘的尊贵？

当然，后来赵婷婷就格外注意，以为这件事情就此翻页。

哪知现在老板娘在邮件中还说"客人感受不佳"。她至少是明白了，对那两次倒茶不及时，老板娘直到今天还耿耿于怀；可以想象事发当时，她有多大的怒火。

为什么这个世界上，有人日理万机只争朝夕，居然会对这种小事还念念不忘？赵婷婷双眼一片模糊，泪水奔涌而出；脑海里却浮现起小二黑那明亮的双眼，仿佛在召唤她"回来吧，回亳州来喝茶吧"。

亳州附近盛产大别山绿茶，比如六安瓜片，向来就是顶尖香茗。

看完邮件，她精神恍惚，但是计划好的泰山之行即将启程，分分钟都不能耽搁。之前点的外卖紧跟着送到。全凭做事的惯性，赵婷婷招呼要出发的人，在办公室里吃完外卖，让事先安排好的几个男同事协助搬运行李，帮着把一行人送上火车。

她找到自己的硬卧车厢，把行李放下之后，努力不让自己的沮丧显露出来，找到几个老总所在的软卧车厢，逐一向大家问候并告知第二天早上的事宜。然后，她就回自己的硬卧车厢，一头钻进自己的被窝，把头埋在散发着消毒水气味的床铺里，眼泪开始"哗啦啦"地流淌。车厢里同一个隔间的一家老小，听着赵婷婷一阵一阵地抽泣，裹在被子里的身子不住颤抖，大概都吓傻了，怕遇到什么怪人，不断悄声呵斥小孩要安静。

虽然赵婷婷把头蒙在被子里，没有一线光亮，但那些邮件的所有文字，似乎已经深深地铭刻在她的头脑里。

最后一封邮件是人事总监回的。她建议：赵婷婷还要组织大家去泰山举行管理团队会议，所以解雇可以等到两天后的星期一早上。当天一到办公室，人事部就会通知赵婷婷，公司和她的雇佣合同即时终止。她的工资低，按照《劳动法》直接赔偿半个月工资就可以，没有什么解雇成本和风险。

这些字眼和措词，就好像歌剧情节里的重点部分，为了强化戏剧冲突，各种乐器，轰隆隆都响起来，每一下敲打，都让赵婷婷头脑嗡地一声晃动，如同有人一下一下揪她的头发。

赵婷婷在狭窄的火车硬卧铺位上，僵着身子，上气不接下气地抽泣。她担心哭声和被子起伏惹来别人关注，紧张得腿都不敢伸直。

这个世界上最委屈、最没有面子、最值得同情、最被冤枉、最悲催、最卑微的人，就是她赵婷婷了。

小时候怕老鼠、怕蛇、怕壁虎，她看见这些动物就赶紧跳开，还一面哭喊。

但是每次碰到蚂蚁，就算是那种最大、最肥的黑蚂蚁，再胆小的孩子，也勇敢地伸出手，用一根指头，轻松地碾死。

怕吗？就连弱小的孩子，在比自己更弱小的蚂蚁面前，也生出命运主宰者的豪气。

而她在上海这庞大无比的都市里，也犹如一只小蚂蚁。

随便谁都能羞辱一把。

赵婷婷想起明天早上起来，带领这群人攀登泰山。这群人在背地里都瞧不起她的工作能力，甚至有人还认为她是个轻浮女子，居然集体表态要解雇她。而这会儿，她还得装作不知道别人的想法，把这次泰山之行安排妥当。她恨不能指着他们鼻子，告诉他们：你们全是浑蛋，老娘不干了！

光是想想这种场面，赵婷婷就手脚冰凉。

她只是觉得无边无际的耻辱和悲凉，让她窒息。这种无奈和无助，让赵婷婷只得用被子蒙着头，仿佛可以与世隔绝。但是，这个世界一刻都不肯让她清闲，火车运行所发出的"哐当哐当"噪音没有停止过，让她的脑袋晕眩。

赵婷婷躲在被子里，愤怒和悲伤在心中交织，最后还是自怨自艾的情绪占了上风，巴不得自己和火车一起彻底从世界上消失。

有一瞬间她意识到，俗话"想死的心都有了"形容的就是自己现在这种状态。

无脸见人的想法，就像在心头压了一座沉重的泰山，让她无法装作若无其事，沉稳大方，陪着这群人在泰山上欢声笑语、亲如一家。

她突然想起一个词语来形容这群人。

伪君子！

但这种愤怒没有任何意义。

她恨不得就此在被子底下消失，永远都不见这些人。火车奔驰千里，为什么在这么广袤的土地上，没有像爱丽丝漫游仙境一样出现一个树洞，让她纵身一跃，然后滑下去，滑下去，滑回到亳州艺校的校园里；她可以摇身一变，还是那个无忧无虑、唱唱跳跳、每天追看八卦新闻的学舞蹈女生？

要是这列火车突然从人间消失就好了。

可是这种概率太小了！

火车从上海出发，一路往北都是黄淮平原，完全没有什么翻覆出轨的可能。

只有泰山，才算是路过的唯一一座大山。

赵婷婷事先反复用网络地图查看过火车线路，按照列车时刻表，要到凌晨五点，火车才抵达泰安。如果那个时候发生山体滑坡，正好把整列火车压在底下，也许自己就此告别人世，才能终结自己这无尽的悲伤和屈辱。

但是泰山有可能发生山体滑坡吗？

泰山以石头出名，泰山花岗岩，青色底子里往往有极淡的白色纹路，以坚硬著称，一直到今天，建筑工地开工的时候，都要在建筑的墙基砌进一块"泰山石敢当"的石碑，用来镇邪驱鬼，同时寓意坚如磐石。

想起山体滑坡，她仿佛看到，众多巨石携带着无数碗口大的石块，借助几百米高的山坡所赋予的势能，朝这列火车汹涌而来；被山体滑坡所摧毁、掩埋，全车人也就死个痛快，不至于能从石头堆里救出幸存者。

　　这最是赵婷婷所希望的。

　　她希望这一行人，特别是老板娘，全部都在梦境中被掩埋在石头里，来不及痛苦，来不及惊恐，平和、快捷地结束生命。

4. 王南生

王南生躺在卧铺上，思绪起伏，无法入睡。

他已经很有些年头没有坐夜班火车了。

尽管软卧的铺位要舒服一些，但是他左一个翻身，右一个翻身，辗转反侧。

人到了一定的年纪之后，睡眠总不是那么好，今晚尤其如此。

火车不时飞快地经过无名小站，站台上晕黄的灯光透过车窗帘，投进来一点幽暗的光亮；还来不及看清什么，火车就又钻进了黑暗。

所有这些，都打断了王南生想要入睡的念头。

年轻时候，从上海坐火车去乌鲁木齐，四天四夜的火车硬座，居然也能够活下来，回想起来真是奇迹。实在疲倦了，轮流钻到座位底下，铺张报纸，好歹能迷糊几个钟头。那种长途绿皮硬座火车，可以测试一个人从肉体到精神的极限。

古人说"蝼蚁尚且贪生"。在极端情况下，是人就要做到百折不挠。

王南生的父母都是宁波人，家族中少见急性子。他自己闯荡多年，更加没有年轻时候烟熏火燎的那种脾气。按说折腾了一天，疲倦得很，早该入睡了，可是今夜的火车，好像格外跟他不对付。

通宵车就是这样，在无边无际的夜色里，时间、地点和速度都变得虚无，总是让人怀疑可能坐错了车，甚至火车都会走错方向。

这种心神不定，王南生近来常常经历。胡思乱想会导致更加恍惚，所以王南生躺了一会儿之后，索性爬起来，走到车厢尽头，点燃了一支烟，消磨时光。

他望着整节车厢，所有软卧隔间的门都关着，狭窄的走廊也空荡无人，手中烟头忽明忽暗。

火车轻快地前行。这段路轨想必是新修的，如今用的是无砟技术，一口气可以连续不断地铺几十公里铁轨。放在从前，铁轨之间频密的接口，导致车轮压在接口上"哐当哐当"作响。

可惜生活不是新技术施工的铁轨，并不能总这么顺畅。

王南生掏出随身带着的烟盒，在里头捻灭了烟头，又顺手点燃了一支烟，直愣愣地出神。

他心知肚明，这次管理团队的泰山会议，十有八九，专门针对他而来。老板夫妻俩出马还不够，还特意组织了财务、人事一起，估计是要群起而攻之，给自己来个下马威。

泰山山顶上的某处会议室里，等待他这个挂名副总裁的，应该是一场暴风骤雨。

娘希匹，搞到老子头上了！

王南生这大半辈子都过了，没想到现在有可能在阴沟里翻船。

王亮和张芬芳，自己从前倒是小看了他们。

说到底，也怪自己江浙人习气太重，做生意太过于计较明眼处的得失。

王南生近来时常夜不能寐，思前想后，早已经自我剖析过多次。

他埋怨自己，一直都在生意场上混，贪财爱钱那是诚心实意，满脑子就想着多赚多挣，所以缺乏高度，看不清大局。表面上自己得了好处，但是因为不知道对方在布局些什么，反倒陷入被动。

现在年轻人头脑灵光，葫芦里卖些啥药，自己不一定都知道。做零售做贸易做久了，都是实打实一手交钱一手交货。跟王亮合作，以前他想得简单，人家好歹是读书人，想来万事跑不去一个"理"字。讲不清道理不要紧，关键时候自己不签字不画押总成吧。药店进货出货，都在光天化日之下，总不至于被他们卖掉还帮着数钱吧。

王南生现在心里有点发虚，觉得自己跟王亮的这个"一夜情"还是太快、太疏忽。

一辈子在江湖上闯荡，要是真正被人拿刀子勒住脖子，其实没啥，好歹知道人家要什么。怕就怕自己都不知道跳进了什么样的火坑。

王南生自然偶尔也有点后悔，当初被王亮一忽悠，说现在是资本运营的时代，资本最关键。好家伙，自己居然眼睛一闭跳了进来，以为真的资本了、运营了，前途就大放光明。

他突然发现，对资本心里打什么算盘、资本手里有着什么筹码、自己在这资本里是个什么角色，却浑然不知。

跟王亮合资只是一小步，是他能看懂的一小步，但是现在马上要往前迈一大步，他却没法跟上。是祸，是福，自己是否会被王亮他们剪羊毛、占便宜、吃豆腐，还没法预测。

只是山雨欲来风满楼。

这事没扯清楚，他就没法撤退。关键是现在他也无法抽身，所以命中注定，进退两难，偏偏又不能翻脸，还得继续在这里熬着，谁让拉来投资的不是他王南生呢。

王南生在医药行业做过多年销售。起步是在广州一个中药厂做医药代表，后来又折腾到河北安国，贩卖中药材，中间想着做天麻大户，换到湖北蕲州，党参好做又换到亳州，总归是天南地北逐利而居。五六年前他来到上海。倒手生意做久了，起先没看上店铺坐商生意，纯粹是不得已才开起了连锁药店，批零兼营，不承想这门生意他倒是做得顺风顺水。

有个旅客从车厢的那头摇晃着走了过来，大概是上厕所；过一会儿回来，侧着身子从王南生旁边挤过去，一只手在鼻子前挥动着，那是无声地抱怨烟味。

借着车厢地灯的亮光，王南生能看清那人扔过来的愤懑不满的白眼。但是王南生这种老烟枪，不屑于理会那些人。

世道就是这样，抽烟的不怕不抽烟的，胆子大、脸皮厚的总占优势。谁要是先退缩，先忍让，对不起，头破血流的只会是他自己。

王南生的父母都是浙江知青。他小时候跟着在新疆插队的父母在沙漠边缘地带居住，风沙特别大。老师们讲阿拉伯传说，有一个故事就是讲沙漠里的骆驼。

大意是，一只骆驼在暴风来临之前，向帐篷里的人求情，只想把脑袋伸进来躲躲风沙；得到同意之后，骆驼就一点一点、一寸一寸地挤了进来，最终鸠占鹊巢，占据了整个帐篷。

这次泰山之行，不也是一场即将到来的沙漠暴风吗？

说得真好听啊，还把这叫作团队建设。试问天底下哪有这样安排团队活动的？星期五晚上通宵火车，凌晨抵达泰安，然后立刻赶去爬泰山，吃完午饭后就下山，赶傍晚的火车，凌晨回到上海。

这么省吃俭用、起早摸黑，分明是给整个管理团队一个下马威。特别是给王南生以颜色，明知道他年龄最大，却偏偏设计这么紧凑的行程，两晚不得安眠。

这不是摆明了专门折腾他王南生嘛。

其他人谁都恨不得比王南生小个十到二十岁，熬点夜不至于这么辛苦。

王南生年轻时候，过了不少艰难日子，对这种挑灯夜战连轴批斗的路数，简直不要太熟悉。

从表面上看是公平起见，测试所有人能否吃苦耐劳；实际上就是给他王南生一个人小鞋穿，让他知道谁才是掌柜的。

剥夺睡眠也是一种权力的昭示。

让你精疲力竭、生不如死更是权力。

王南生觉得自己一眼就看穿了老板和老板娘的心思，情不自禁地冷哼了一声。

考验管理团队对公司的忠诚，是吗？非要这么苦哈哈吗？不知道为什么，如今那些搞企业管理的，总是鼓吹非正常人类的做派，要去腾格里沙漠拉练，要去珠穆朗玛峰冲顶，要去南极洲看雪，要去波利尼西亚无人海岛深潜，还真以为一群人前呼后拥地临幸过艰苦地方，就能生死一条心？

全然不看看跑到那种地方去，实际要花多少钱，背地里有多少人鞍前马后地伺候着。

这也就是因为王亮他们年轻，所以鼓捣出这种娱乐活动。集体出游，干点什么不好，一定得来爬山？

要按王南生的想法，找个度假村，有吃有喝，男人去钓鱼、打扑克，女人去做美容和按摩，就已经是很好的团队建设了。

但是王亮一开始就说过，现在公司业务形势相当严峻，团队必须有卧薪尝胆、背水一战的精神，才有可能共渡难关。

所以这次的团队建设，完全不是度假休闲，而是要鼓舞管理团队的士气，统一思想、振奋精神，还要激发大家，二万五千里长征才走完第一步，说得斯文点，叫作勿忘在莒。

这么一说，登泰山的意义就被充分拔高，已经类似于破釜沉舟前的誓师大会了。

王南生苦笑着想，幸好老板没有说要重走长征路，把大家拉到夹金山、若尔盖草原。

五岭逶迤腾细浪，乌蒙磅礴走泥丸。

王南生好几年前在黄河商学院读过一个EMBA。那个学校每年都组织一项全国商学院赛事。在校的EMBA学生，按学校组队报名，去内蒙古沙漠越野竞赛，展示这些有商业抱负的企业家追求胜利的野心和毅力。

人嘛，都这样，总是要找点故事显示自己独特。参与的人和旁观的人，谁也不说破。

那些读EMBA的人，都擅长给自己脸上贴金，飞机来去，不用胼手胝足，不用跋山涉水，一堆大秘、小秘、保姆、助理或近距离或远距离陪同，就算是在沙漠里受点苦、破点皮，伤口也都是有限公司，不是无限责任。

本来犯不着公告天下，偏偏又是网络直播又是官媒同步，说得好像国家未来的经济支柱和建设脊梁，降尊纡贵不耻下问地来到沙漠，毫无价值的沙丘、红柳、胡杨、骆驼、羚羊和蓝天白云，因此被赋予了存在的意义。

只有人迹罕至的沙漠，才能磨炼出泽被苍生、德济天下的野心和坚韧？

全球那么多干旱或者半干旱国家和地区，也就以色列一个小国家，抱着美国大腿，挤进发达国家序列，好歹算得上逆境成才。其他的沙漠国家，都是靠着石油吃饭，日子不要太好过。酋长大人锦衣玉食，在欧洲、美洲都有度假屋。他们的成功故事，跟在沙漠里磨炼意志有个毛线关系？

如果说去一次沙漠，攀登一次珠穆朗玛峰，就能饿其体肤、劳其筋骨、困乏其身，成就各位企业管理者的领导力和远大见识，那么世界上各种大小公司，不如把总部设在撒哈拉、腾格里或者克里木。

王南生在生闷气：年纪大了，又怎么了？心情不好，喜欢埋怨；嘴里不说，心里想可以吧？

有钱的商学院搞什么EMBA沙漠拉练，没钱的小野鸡公司组织大家攀登泰山。好吧，就算那些教授说得对，管理水平没有高下之分，只有思想的差别，但此情此景，至少可以说，管理水平，按照成本和花费来说，确实有贵贱区别。正是：

　　花花肠子都相似，骨子里头尽雷同。

　　今天也是，非得兴师动众、彻夜不眠地赶到泰山。难不成爬了一次泰山，大家都胸怀像泰山一样广阔，眼界像泰山一样高远？

　　不过是另外一种形式的自我封禅。

　　王南生在心里自嘲：对不住，虽说牢骚太盛防肠断，但真不是我娇生惯养耐不住爬山。确实是老胳膊老腿，学不来红军不怕远征难。

　　攀登上珠穆朗玛峰的有钱人士，靠的都是雇佣来的夏尔巴挑夫。

　　乾隆下江南，说是风餐露宿千里跋涉，也不看看有多少纤夫倒毙在京杭大运河两岸！

　　王南生想起早年他在黄河商学院听到的一句话：忠诚是什么？忠诚是因为背叛还没有底气。

　　过去十年里自己做老板，王南生最大的体会其实就只有这一句。

　　有了这句话打底，他发现自己的管理水平和思想境界有明显提升。有些员工追求进步，拼命拍马屁表忠心，听在他耳朵里，已经自动免疫。而有些人言语上跟他没那么亲热，不那么贴肉、暖心，但只要人家完成了工作，他也不那么在意这些员工是否对自己真的那么尊重。

　　对老板表达忠诚，只是职场生存的基本配置，而不是先天的道德。

　　他想起这次一同来泰山的同事，那个人事部负责人林丽珊，在出发前还嘀咕"火车上睡不好觉，简直是毁容"，但是转过身，不也是乖乖地对着老板娘展开了花一般的笑脸？林丽珊说：坐火车卧铺，机会倒是难得，正好贴面膜。好不容易有空闲，不如认认真真犒劳一下自己，贴几张精华素，第一张补水，再来一张眼角除皱，最后一张美白，躺一躺就到泰山了。

王南生思绪乱飞，不知不觉抽完了最后一支烟，就回到铺位躺下，闭着眼睛，随着列车前行的"哐当哐当"声，心情才慢慢平静下来。

在混沌的状态中，他仍然无法忘却自己最近非常担心的问题。那就是他在这个公司的股权可能会被稀释。

本来嘛，王南生在浦东金桥路和罗山路开着几家药店，日子过得殷实。比起他最风光的时候，这不算最好。手头这些产业，虽说利润率不太好看，但是在外面说起来好像有点身家。

也是因为跟医药打交道的原因，他在参加江南开发区医药行业交流的时候认识了王亮。

浦东大江南地区，各种从事开发、贸易以及器材的医药类公司，没有两万也有一万五，形形色色的人都有。然后在一群又一群谈着大生意、大项目的老板中间，他发现了王亮那朴实而真诚的笑脸。

两个人谈起来倒是很投缘。这也难怪，生意做得再大一点的富豪，王南生也没法深入接触；折腾技术创业上市的人，大概也不会想到跟本地的小药店老板应酬。门当户对，在恰当的时间和恰当的地点，王亮和王南生，一个关心国家医药自主开发的创新大趋势，但仍只是摩拳擦掌；一个专注药品的批发和零售，却不免得陇望蜀。两个人对彼此擅长的领域，似懂非懂，隐约觉得神秘，因此印象加分项就十分明显。

也正好两个人的事业状态类似，都在寻求突破，但苦于暂时没有发力方向。所以两个人都有心思找点合作项目，也专门准备好了时间，出来满世界交流晃荡。

撞来撞去，说不定就撞出什么思路或者关系出来。这也是上海十里洋场的祖传生意经。

王亮和王南生，先只是泛泛之交。熟稔亲热的起点就是一笔写不出两个"王"字、五百年前是一家，然后就突飞猛进。两个人突然意识到，各自的公司，至少在概念上非常互补。

当前，药品研发公司多如牛毛。王南生不太了解这些公司实力如何，但既然国家掏出真金白银来补贴，想必都还有些路数，不至于纯粹是拿着钱天女散花。而王亮也被渠道为王的商业理论所激励，就算自家药品还没有问世，也不妨碍他先建设批发和零售的通路。

王亮根据自己对中国开发区的了解，知道开发区是很乐意促成内部合作的。如果手上有个连锁药店，说不准就能代理这江南开发区大大小小公司的各类药品和器材呢。而跟这些高科技开发区体系打交道，王南生这种小生意人就不具备身份，反倒是他王亮这样开发区引进的科技人才最熟悉。

两个人谈着谈着，就商量好了合资成立新公司。经过一番股权安排，王南生的几家药店，也就间接成为高科技医药开发公司的一部分，并表汇总。而王亮的公司呢，本来只是纯研发，一直都是在烧钱，现在有了一个连锁药店的经营权挂在子公司名下，财务报表就十分好看。

王亮一鼓作气，找了一个软件外包公司，给自家公司开发了一个自营网上销售平台。因为旗下有实体药店，本身又是科技公司，立刻就跟热门的互联网挂上了钩，算是拓展进了电商领域。整个公司的故事，也从单纯的药品研发，变成了产学研互联网贸易一体化。

更有优势的是，这样一来，公司的营业额流水大增。虽然实际上现金仍然都是王南生所有，利润不多，但是经过一番处理，也可以算作王亮公司的营业额，公司业绩腾挪的空间就大了。

创业成功的故事每天都在飞快地流传。王亮白手起家，开发区投入几千万启动资金，一个小小实验室即将摇身蜕变，成为资产过亿的高科技互联网企业，题材相当亮眼。开发区管委会更出面联系上某国有企业，准备投资入股，走上大规模OTC药品的电商批发道路。

王亮不愧在美国待过，经历过互联网在美国的起步阶段，如今自己竟然误打误撞进入这个领域。雄心壮志犹如熊熊烈火，他指点江山，激昂文字，星分翼轸，地接衡庐，天上人间同此繁华。

药品行业向来封闭，借鉴互联网经验跨界一思考，就可能有大笔融资进来，眼看着公司前景十分看好。这就让王南生急了。因为对这个路数，他全然不懂。

合伙前后，王南生非常谨慎小心，三天两头往王亮公司跑。王亮和张芬芳信心满满地介绍，公司的开发项目，从美国新泽西州跨国药厂里带回来，报纸上、电视上、网络上介绍得比比皆是。王南生很想看个究竟。

一看那小巧玲珑的办公室，座位密密麻麻，紧凑非常，一脸青春、严肃地坐在电脑前的年轻人也有五十好几个，穿着白大褂、戴着口罩和白布帽子的人进进出出，感觉真有点热火朝天。

只不过，跟不同的年轻人去写字楼食堂吃过几次午餐之后，王南生也变得跟这些年轻人一样迷惑。

谁也说不清楚公司到底在做些什么药物。一个小组在帮园区某公司做中试测试。一个小组在收集园区研发企业的进口设备清单。还有一个小组就是专门申报各种奖励。这个组最忙碌。从上到下，科技部门、省市各级开发区、归国留学人员基金、重点产业投资基金等，对于药品研发，都有大大小小的各类资金。比如，一旦认证成为高科技企业，就有资格申请鼓励经济转型的财政补助，以及税收减免。最少、最少，也能从园区得到免去房租水电这样的好处。

技术团队忙忙碌碌，今天说是A项目，明天说是B项目，后天又开始收集某中成药的配方，再后天又听说北京有个副总裁，倒手卖过医院仪器。王南生一会儿明白，一会儿糊涂。他发现总是在开发区内部报纸上出现的这家高科技医药开发公司的老板，有点深不可测，跟第一次见面时让人如沐春风忠厚老实的科研人员气质很不一样。

随后王南生也发现，自己除了挂名公司副总裁之外，对公司业务的了解总是隔着一层。在办公室倒是留了一张桌子，但是工位紧张，实际上也没指望他真的去坐。而药店生意其实也占用时间，零售业的管理，分分秒秒也不能掉以轻心。老马识途，王亮也总是尊敬地请他继续专注连锁药店的经营。

王南生还一度宽慰自己：自己拿连锁药店入股，被王亮他们百般嫌弃，看来是有道理的；除了现金流，药店这个生意，估值的确不咋样，未来前景确实不佳。

有几天他来公司逛逛，正好王亮和张芬芳出差去了外地，王南生就坐在王亮的办公室里，轮流找些员工聊天，跟着大家一块吃午餐；吃完饭，还跟着大家一起散步。

这么晃悠了几天，负责技术的老总刘湛山觉得有些不对劲，感觉王南生是来搜集技术团队的底细，就让自己的心腹在暗地里下了个命令：一旦王南生来办公室了，就找个借口，让所有员工都忙于项目，午餐时间就推迟。

在公司里，主要都是技术员，或者跟技术沾点边的人员，所以这么一来，能陪王南生闲聊几句和吃午餐的，也就只有前台小姑娘赵婷婷了。

随着接触多了，王南生就发现，小姑娘倒是个兢兢业业的人，做事有条不紊。

按照前台工作的规范要求，所有来访人员或者业务相关电话，赵婷婷都要记录，每个星期汇总成日志，交给自己的主管。这种管理方法，据说是从互联网公司学来的，如今是开发区公司的标准守则。

估计赵婷婷是同规模公司中做这件事情最上心的人。

事无巨细，都记录在电脑excel表格里。赵婷婷觉得这是一件很酷的事情。

怎么说呢，非常具有工业社会文明的秩序感，还有一股子办公室白领工作模式的干练气息。

她平素用电脑，跟一般中学女生一样，都是看些娱乐新闻八卦消息，顶多看看美剧、韩剧和日剧。excel表格，她就从来没有用过。所以对赵婷婷而言，用这个电脑软件来管理工作，新鲜有趣，很有身处职场的感觉。

每天接到的电话，比如姓名、电话和公司名称以及来电来访事宜等，无论是否有意义，赵婷婷都一丝不苟加以记录。每到星期五的时候，她再统计一下发出去。虽然从来没人细看，但她还是做得一丝不苟，当作一件正事来做。

有一天王南生百无聊赖，做出关心年轻同事的样子，随便问赵婷婷：每天忙否，工作是否应付得过来，是否想家，加班多吗，等等。

赵婷婷毕恭毕敬地站起来，一一回答，然后就说她的工作其实都有记录。

赵婷婷说着把自己的电脑屏幕转过来，给王南生展示了一下：屏幕上正打开的excel表格，密密麻麻地记录着各种访客信息。

王南生一眼就看到几个投资公司的名称，当下心中一动。

于是他想了一个理由，仔细翻看一下赵婷婷的记录，赫然发现在最近两个月的时间里浦东医药投资公司的人来得十分频繁。来访人员一栏，有的地方记着刘总，有的地方记着"刘总等三人"；更有几次午餐，赵婷婷记录着预订鸿宾楼八人包间，注明是浦东医药投资公司来客。

这些信息立刻让王南生警觉起来。虽然说，现在搞企业，找投资是日常功课，但是如此频繁地有同一个投资公司来洽谈，可能背后有故事。

王南生很随意地说道："啊，这个浦东医药投资公司的刘总来这边挺多的。我最近出了几趟差，每次他们来公司我都错过了。"

这批人来过多次，赵婷婷看着脸熟，知道都是极为重要的客人，由王亮或者张芬芳亲自接待。接受了之前的教训，赵婷婷格外上心，但凡刘总或其他人来拜访，都是一级战备，竖起耳朵听候使唤。

也因为格外上心的原因，赵婷婷端茶倒水都是跑步前进。安排几次会议和用餐之后，对这些人的身份和姓名赵婷婷也就熟稔入心，写起工作记录，就把姓名、职务都填写得详尽细致。

王南生怕问太多显出自己关切，于是转换话题，就赵婷婷安排宴请的一个记录，跟她分享了自己处理这类事项的诀窍。

"从前上海这边的人，都不兴吃辣椒的，但是客人来自天南海北，又不能次次事先打听口味，所以但凡安排请客，最保险的永远是上海菜，至少总可以说尝尝本地特色菜，好歹应付过去。"

赵婷婷一想，这可真是个好经验。

她也常常要订酒席点菜，但是刚出校门，没参加过几次商务宴请，确实有些棘手。

她不禁向王南生求教：万一老板自己也不知情，比如有重要客人带了其他客人来，只能估计人数的话，怎么能确保在抢到一个包间的同时，又能了解客人的口味，做出最好的安排？

王南生斩钉截铁地说："像这种情况，明知道用餐只能在附近的话，就只能先抢包间，再看饭菜。"

饭菜再合口味，没有预订上吃饭的餐馆才是最糟糕的。

怎么抢包间？周围有包间的餐馆数量是一定的，每家但凡有空闲的，都预订一间，然后根据更新的情报，出发前再逐个取消，有时候甚至霸着几个包间直到最后一刻放弃，就算是要收预订费，这钱也得花。

赵婷婷一听就明白。

有一次张芬芳特意过来提醒过她，也是这样的方法。看来这些工作经验丰富的前辈，真的是英雄所见略同。

王南生哪里不明白赵婷婷一脸的崇拜表情。他顺势对赵婷婷说："老板他们都出差了，也不知道最近两次，这个浦东医药投资公司的刘总来谈的事谈得怎么样了？"

赵婷婷因为总是接待这些人，进进出出的，对刘总来公司谈的事情，明白了七七八八。

她知道王南生是公司里仅次于老板和老板娘的第三号大股东。再说浦东医药投资公司的刘总他们来了几十次，她已经下意识地以为这是全公司都知道的事情，压根儿都没觉得这可能是什么秘密。所以赵婷婷顺口回答道："听说刘总他们来谈投资入股咱们公司的事情还挺顺利。"

说者无心，听者有意，王南生表面上强自镇定，一点表情变化都没有，但心里却是翻江倒海，一片惊涛骇浪。在商场爬摸滚打几十年，王南生立刻有一种风雨欲来的预感，而这种风雨还透着一股他无法掌控的危险气息。

这不是偶尔扫过家乡宁波的台风，而是毫不熟悉的大西洋飓风，不知道风往哪个方向吹。

虽然不能胡乱猜忌王亮，但这里头按常理一定有猫腻。诚然他和王亮合资开公司，固然两边的原有业务各自照旧，但是如果涉及有人投资入股，差不多都谈了几十次，他王南生必须知道此事进展。

真实情形不得而知，往好处想，或者王亮只是疏忽了，忘记通气，又或者只是广泛撒网四处勾搭投资人，暂时没有眉目，所以没来得及商量？

但投资入股不是小事。他这个股东，如果这点心眼儿也没有，那八成就只有任人宰割的份了。

当天他回去，第一件事就是找来自己药店的行政经理——一个四十多岁的大姐，管理一线营业员很有一手，算是他最信得过的几个老部下之一。王南生让这个经理赶紧安排，什么三八节、五四青年节、端午节等节假日，都记着想办法给总公司的前台赵婷婷也备一份礼物，理由是行政人员的福利共享。第二件事就是找各类关系，去浦东医药投资公司从侧面打听，看看他们投资入股指的是什么计划。知己知彼才能百战不殆。自己这个连锁药店虽然不值一提，但也是一家人安身立命之根本。自己人过中年，不能有什么闪失。

王南生在接下来两天里深思熟虑，人也逐渐冷静下来。他自己凑热闹凑到医药开发公司，就怕羊肉没吃上，反惹一身骚。这个股权投资，背后幺蛾子特别多，自己多年攒下的产业不要被人算计了。

想起不知王亮背后有多少事情瞒着自己，王南生心里生出一个巨大的疙瘩，十分别扭。虽然在商言商，做生意谁玩得聪明谁就厉害，不应该大惊小怪，但是他还担心这事情背后不像表面这么简单。

如果浦东医药投资公司真的注资的话，对于公司而言是天大的好事。对于他的药店生意而言，也是天大的好事。但可能的坏处是，自己的股份会被稀释。

当初王亮邀他拿连锁药店经营权作为投资入股，都强调了好多遍，说什么药店虽然流水大，但是竞争非常激烈，没有故事、没有题材，不跟网络销售结合一起，不跟医药开发捆绑一起，做到死也只是一个准入门槛超级低的行当，纯粹是劳动力密集行业；按照现在什么都网购的趋势，这种零售业没几天就要被淘汰。

就是这个说法让王南生动了心。

北京已经开始医疗改革，鼓励人们有病去基层社区医院，甚至是私人诊所，医院不能靠药品利润来支撑，所有药品都要由国家集中采购，医生转为收取医疗服务费。

这种做法即将在全国铺开。对经销渠道包括药店来说，这纯粹是坏消息。

王亮的有利条件明摆着，开发区给他贴上了高科技、海归创业创新的标签，所有能想到的优惠条件，他都申请到了。王亮是在开发区管委会挂了号的科研人员创业代表。跟王亮合作，也许真的能带来机会。不跟王亮合作，自己可能也就是饿不死、吃不饱，不如赌一把。

所以王南生左一盘算、右一盘算，只是装模作样扭捏了一下，就顺理成章地拿药店生意作价，换了王亮公司的一些股份。反正只是经营权换股份，药店还在自己手里，不怕他王亮玩花样。算起来是自己高攀，给企业贴上了高科技公司的标签，还能找由头退点税。

而现在他依稀能看出，王亮玩的这一手，比自己高明太多了。

他越想越觉得难受。也怪自己当时操之过急，把药店前景看得太暗淡，未免先失了底气。

仿佛有什么东西堵住胃、堵住了喉咙、堵住了鼻孔，王南生有些透不过气来，全身开始打冷颤。

他的命运并不见得由自己掌控。

这个事实让人惊恐。

这种有人背着他有所图谋的感受，在他的心里留下重重阴影。他从前没有领教过资本运作的可怕之处，直到真的开始和王亮合作之后，他才迅速理解了什么是资本、什么是股份、什么是股份控制权。

他王南生的连锁药店收入，今天能做成王亮的流水，那他明天应得的股份收益，也未必不可以做成亏空。特别是一旦引入其他投资者，股份被反复稀释，虽然连锁药店的利润自己可以控制，但是王亮通过资本运作怎么将这部分利润加以放大，就远非他王南生能够控制的。

那怎么可以？！

靠着自己的实体药店讲一个故事，吸引来投资，赚来的钱却有可能跟自己一点关系都没有。

幸亏赵婷婷让他无意间得知这一"阴谋"。无论王亮他们在筹划什么，他王南生的连锁药店资产，必须得在王亮最需要的时候换个好价格回来。否则，过了这个村没那个店，等人家不那么急切需要药店的账面现金流，过河拆桥，他王南生对他们没有什么用处了，就算掏点钱出来给自己，赎回股份，甚至就算加价全盘退回给自己，自己就是白白吃瘪。

真是苍天有眼，王南生庆幸自己发现了公司在暗地里融资的秘密，没被蒙在鼓里。

正庆幸自己发现得早，这不没过两三天，在距泰山之行前两个小时，就在邮件里，看到老板娘提出要控制成本、辞退前台小姑娘。

好端端为什么要辞退前台小妹啊？还要发邮件给管理团队讨论啊？

王南生苦笑，这个公司，除了老板夫妻俩，在所有员工里，看上去也就这个前台小姑娘工作最认真。

这中间必定有阴谋诡计。

王南生仔细思索，想起这次诡异的泰山之行，也是由赵婷婷组织。看来这是一个连环警钟，铁定是针对自己而来。

先拿集体到泰山开会做借口，临到出发前，开始给他王南生放冷箭。

真是掐着时间点，一步一步敲山震虎。

事实明摆着，十有八九是因为自己经常去赵婷婷那里聊天，自己还转过她的电脑屏幕认真看过电脑里的表格，自然有人屁颠屁颠地到老板娘那里告密。

其实，如果王南生碰到这种事情，他也一定要开除这种前台，何况是张芬芳这种聪明女人。

女人下手狠着哪，睚眦必报中的"睚眦"两个字，其实都不该是"目"做偏旁，应该改成"女"字旁。

张芬芳想必现在是报复赵婷婷，杀鸡给他这个猴子看？

王南生越想越觉得有道理。

但凡有人去问赵婷婷，打听王南生向她问过什么话；她这种小姑娘没啥心机，估计随口就来，说"王总查看过访客记录，特别问过投资公司的访客"。张芬芳自然就知道他们夫妻俩的小动作，已经被王南生发现。

这就能解释这件事的蹊跷之处。难怪张芬芳在邮件最后征求大家对解雇前台小姑娘的意见。

王南生明白，这哪里是在征求所有管理层的意见，分明是敲打他王南生！

看你王南生还敢不敢在公司里到处打听消息。不管是有意还是无意，谁敢给王南生提供情报，赵婷婷的下场就是前车之鉴。

既然认定了解雇前台赵婷婷是演给他看的一出戏，王南生就赶紧站出来表态。

小不忍则乱大谋。这个时候，再愤怒也要克制住，一定要跟这个前台小姑娘撇清关联。

所以，几乎张芬芳的邮件一发出来，王南生就立刻回复邮件表态：支持公司决定。

这种时候，在赵婷婷背上踩上几脚，那不叫落井下石，而是墙倒众人推。

既然老板娘发话要解雇前台，倘若有谁跳出来说好话，岂不明摆着等于说自己跟前台小姑娘有瓜葛？

王南生想了想，其实也想不出前台小姑娘有什么大缺点，挤牙膏一般，就写了一句：社会经验不足，处事比较"稚嫩"，不太适合公司的业务发展。

一转念，他就心安理得了：生意场，职场，都是如此，不是你死，就是我亡。小丫头的确是"嫩"。不然，怎么会让他王南生看这么多工作记录？

活该当炮灰，死不足惜！

Ⅲ

第 三 章

Chapter 03

泰安

1. 刘湛山

一个在刘湛山身边的游客一转身，大背包就扫到他的脸上，险些把他的眼镜给打掉了。

高度近视的人，配一副合适的眼镜费时费力，幸好眼镜没有掉到地上四分五裂。

刘湛山立刻就发火了。不过，不是对着这个忙不迭对他说抱歉的年轻男人，而是对着散坐在这家小吃店里的同事。

"这泰安是个什么破烂城市啊，管着泰山这么个国家级景点，交通这么不便，设施还这么陈旧。火车站旁边好歹有个麦当劳、肯德基，也干净很多啊。"

其他同事都没接话，一来不想抱怨，二来几个人都跟不同的陌生人拼桌，分散在不同桌子旁，没法隔空接话。

这是一家从泰安火车站出来不远处的餐馆，窗户玻璃上贴着有点褪色的红纸，手写体的午餐、晚餐炒菜菜名，无非鲁味肘子、家常豆腐、地三鲜、油淋茄子等大众菜，再加上红烧海参、清蒸

120

对虾等撑场面的宰客必备佳肴。菜名写得圆润中透着力道。儒家祖庭所在，无怪乎人民大众的书法功底，铁定远胜菜肴的品质。

整个餐馆大堂，油乎乎，黑乎乎，跟北方灰头土脸的多数大众餐馆一样，绝对没啥美感，是个凑合吃饭的场地。

一大早找不到吃早餐的地方，一排排邋遢肮脏的小吃店，猛一看到这家餐馆，门脸高大，灯油火烛还算明亮，大家立刻都颇有点柳暗花明的喜出望外。

真是哪壶不开提哪壶，刘湛山正在抱怨，一个顾客高高端着托盘，上面放着一大海碗小米粥和两根油条，想从刘湛山身边挤过去，结果人多脚乱，手一抖，粥都洒了出来，在空中划了一道弧线，"唰"的一声，洒到了地上并溅到了刘湛山的鞋面上。

刘湛山皱着眉头，刚想骂骂咧咧，突然意识到，幸好这点热粥没有落到他的头上，算起来还得感谢这个顾客手下留情。

而且，千万不能跟人起冲突，否则人家顺手一碗粥兜头一泼，自己吃亏可就大发了。

赵婷婷站在一旁，一颗心都提到嗓子眼儿了。

她算是这个"旅游团"的领队，安排整个行程。所以每个"团员"一皱眉一抱怨，都好像是在数落她，说是准备工作没做好，让她心里觉得属于工作失误。

不过呢，这山东人民也的确不靠谱。

说好的孔孟之道呢？

千金一诺呢？

君子一言既出驷马难追呢？

原先约好提前在火车站外等候的大面包车没有出现。司机在电话那头说：现在是旅游旺季，车不等人，刚刚接了一车人，在送往泰山的路上；放下乘客，就马上赶回来接他们这一拨，一个小时后就能到。

如果愤怒像把刀子，能够顺着电波传导过去，赵婷婷在心里早已经把那个司机千刀万剐了。

这都是些什么人、什么事情啊。之前赵婷婷给他打电话，翻来覆去说了多少遍，甚至还给这个司机承诺：接站、送站，如果完成得都很顺利的话，即便租车费已经不便宜，还会额外再奖励三百元。

但结果就是这样，火车倒是准点到了，司机另外去接活儿没在这里等，一行人都耗在路边等车。别说同事们不乐意，她赵婷婷首先就怒不可遏。

不过，临时再另外找车更加不靠谱，整天的行程都跟同一家旅行社签了合同，一环套着一环，后续行程还需要人家的车来接，所以赵婷婷也只能强忍住怒火，没在电话里跟司机吵架。

原先安排的是，这辆大面包车载着所有人去泰安市内的一家酒店吃早餐，再从那里出发去泰山。现在好了，就算分头改乘出租车去酒店，这会儿火车站外广场上人头攒动，天南海北赶来登泰山的人如潮水一般无休无尽地涌出火车站，无头苍蝇似的争抢各类交通工具。

王亮听说司机放了鸽子，还有一会儿才来，倒也没生气。

他手一挥，说："走，我们找个地方吃早餐，一边等车好了。"

其他人也就背着包，跟着汹涌澎湃的人群，离开火车站向远处走。

凌晨的泰安十分嘈杂。在黑不隆冬的夜幕里，路灯照不太远，映照着街道，不清不楚的，猛一看还算干净。看得出，清洁工常年从马路一侧，用大扫帚把尘土扫到马路的另一侧，再又扫回来，往返折腾，路边沉淀出一层沧桑的土壤精华素，格外细腻服帖，踩上去有一种温润的绵软。

然后一行人找到了这家门口有空旷地方可以临时停车的餐馆。瓦楞屋顶足够高，看上去也比其他的餐馆规模大很多。天色晦暗，难得里面灯火通明，人来人往，已然门庭若市。

人多就乱，餐馆大堂遍地都是垃圾。顾客们擦过东西的纸巾，包油条的草纸，筷子纸套，装肉夹馍的塑料袋，桌子上、地上，扔得到处都是。来不及收走的碗筷，也是琳琅满目，济济一堂。

来吃饭的人，自求多福，顶多顺手把脏碗筷朝桌子中间推推，或者基因显性突变，像演杂技一样把桌子上的脏碗叠罗汉，再把自己的餐具，小心翼翼地放在桌子上的空隙之处，然后埋头吃起来。

能找到一个空位坐下，心满意足还来不及，哪还有时间发牢骚。

赵婷婷看到餐馆的这种情形，心里也有些不痛快。

在上海待久了，她还老抱怨当地一些小吃店埋汰，但是跟这泰安的大餐馆一比，上海的苍蝇小馆要干净、整齐十倍。

现在的空间设计都大同小异，但是泰安这种小城市，跟亳州差不多，总改不了那种深入骨髓的不讲究和随便对付。

就跟一类人一样，无论怎么打扮，总差点精神头儿。头脸好歹收拾齐整了，一伸出手来，就看见黑黑的指甲缝，那么触目惊心，却坦坦荡荡地展现在客人眼前。

预订的车出了状况，原先安排的早餐地点，也从星级酒店变成难民营。这个时候，赵婷婷看到大家颇为平和，至少表面上没有生气，落落大方地接受这个意外事故，倒让她还有点感动。

跑来跑去的时候，赵婷婷正好听到刘湛山的牢骚。

刘湛山用筷子在碗里搅动了几下。这说是雪菜肉丝面，一点肉丝也没有，雪菜的味道也足足有上下五千年的醇厚感，没法下咽。

其实他还算克制，没有把对肮脏环境的恼火都发泄出来。

刘湛山常年做化学分析和药物研究，就有些神经质的洁癖，对食物和餐具，格外在意。平时他留意控制住不声张，免得旁人以为他矫情做作。

本来一路都不痛快，他对爬山没兴趣，对肮脏的餐馆更没兴趣，加上眼镜差点被打掉，早餐场地又如丐帮开年会，几样叠加，未免牢骚太盛，所以就多咕哝了几句。

好歹也算一顿饭吧。刘湛山从桌子上的调料瓶里，狠命地挖出一大勺辣椒酱，又往碗里加了大量陈醋；把脸"埋"下去，大口大口地吃起面条来。

不过，刘湛山一边自己给面条调味，一边恨恨地说："瞧这行程安排的！干脆我们吃完这顿豪华鲁菜早餐，大家原路返回，坐火车回上海好了。"

"如果要开会，就在火车上开好了！"刘湛山特意添加一点调侃和玩笑的语气。分散在四周的几个人，有的人笑了一笑，算是回应了一下，也有人没作声。

于是刘湛山闷头吃面。在多说了几句话之后，他立刻控制住了自己的情绪。

身在职场险境，很重要的一点，就是不要让内心的烦躁情绪，影响外在的表现。这是刘湛山这么些年来，在不同公司爬摸滚打的体会。

这次泰山之行，刘湛山心里早就有一个大疙瘩。

公司为什么要组织这次泰山之行？明摆着吃力不讨好。这行程安排也太扯淡了吧？省钱也不要这么省啊。如今住酒店是不便宜，但是也不至于拉着大家在火车上睡两晚啊。

最近刘湛山也一直琢磨：老板这会儿把大家带到泰山拉练，目的是什么？

当然啦，在管理团队会议上，老板说得冠冕堂皇，泰山之行，意义重大，行程紧凑，是为了给大家省出星期天。

目前公司经营青黄不接，业务上不去，前景不明确，账面上的资金紧着用，也就能支撑七八个月，所以各个业务线的带头大哥，必须集思广益，统一思想，给同事们打气鼓劲，必要的时候，如果要减员裁人，各个团队也得早做准备。大家要群策群力，团结紧张严肃活泼。自泰山归来之日，就是公司前瞻计划陆续出台之时，集体重新出发，让公司更上一层楼。

这让刘湛山愤怒。

公司员工数量不多，确切地说，一百出头的员工里，超过三分之二都是刘湛山的团队。现在老板扬言要裁员，那不都得是刘湛山的下属？

这些技术人员，说裁就裁？也不想想当初招到这些人，花了多少气力。

时至今日，刘湛山自认为已经看清了公司的情势，只是碍于面子，还不愿公开指责而已。

完全是公司的错误，研发方向不明确。

老板的战略明摆着是机会主义，今天听说这种药品可能有市场，明天听说美国哪一种药品专利快过期，隔天又要帮哪个公司做中试方案。

这种画大饼的空话，从刘湛山加入这个公司以来，都听了不下三百次。

最开始的时候，刘湛山在报纸上看到王亮的经历，佩服得五体投地。王亮能在全球最领先的医药公司就职，自然积累了业内第一流的药品研发管理经验，极有可能掌握了某种独家技术，这才回归上海滩。不然，一个技术员，也没听说有什么背景，怎么就敢回来创业，还能得到那么多的政府补贴和资金支持？

刘湛山是搞技术出身，自然有他分析问题、解决问题的一套方法论。他亲自去学术网站搜了一下王亮发表过的论文以及王亮撰写的药物测试报告，倒也确有其事。虽然王亮的名字都没有排在最后一位，但是他的名字缩写，和相应就学时期的大学与公司名称，在作者介绍里倒也都对得上。

所以刘湛山也就放心大胆地加入了公司，并利用自己多年带团队的经验，招揽以前的老部下，搭起了这个药品研发公司的技术架构。

这中间的种种艰难苦涩，刘湛山都不想跟别人说。

他从交通大学化学系毕业之后，陆续在上海的几个大药厂工作，默氏、罗克、史密斯葛来苏、耳拜，然后还转到了做医疗器械的用通公司待了几年。一线药厂烈火烹油的福利待遇也就不提了，他赶上了那段外企最风光的年月，虽然只是个虾兵蟹将，但是房子、车子什么的，也都踩着点置下了，在人海茫茫的申城沪上，也算是丰衣足食、没有后顾之忧。

可是静极思动，人心不满百。

奈何有时候，一步踏错，就步步错。

刘湛山被几个兄弟鼓捣着，要带队出来创业。那几年流行讨论各行各业承接全球服务外包，当时也是过于乐观，想着凭借着自己的经验和本地人力成本的优势，承接一些大公司不愿做的脏活累活，也算是有属于自己的一份事业。

中国男人所说的事业，当然指的是家族名下的产业和利滚利的金钱。

但真正到自己独立做事，才发现没有那么简单。

从前，刘湛山去国内各个药厂或者研发机构，都是代表着世界最顶尖的那几个大药厂，即便他不摆架子，也自然而然派头十足。所到之处，不用敲门、门就开，算得上是：

拖拉半天人未到，十公里外笑先迎。

现在换个位置，自己也变成当年那些找上门来揽生意的测试公司、中试公司，闭门羹且还不说，无论是国企还是外企，并不那么容易把生意发包出来。

磕磕绊绊折腾了两年，刘湛山总算明白了这个行业的一些规律。

成功的民营小厂背后都藏着一些大学或者研究机构的大拿，比如某大学化工系的主任。他们在跟企业或者国家机构申请资金支持的时候，预先就知道哪些项目会有国家补助，哪些项目容易过关，有些人甚至同时还是各种项目验收的评审员。以这样的背景，他们自己在外头开个公司，或者挂个名字，很容易接下生意。

还有一种是跟药厂有直接关系。这个不用多说，地球人都知道。药厂采购和药品销售，处处都是学问，都是文章。

大一些的公司，生意机会倒是可观，可惜刘湛山书生一个，玩不转人际关系，谈回扣都言语生硬仿佛不情不愿。而小本经营的公司，利润全靠在员工身上省钱；对供应商的条款，自然更加苛刻，发包出来的项目，动不动要破坏环境或者损害员工健康。这种业务档次，不是刘湛山这种眼界的人所愿意舍身屈就的。

正在惆怅彷徨无所适从且万分危急的时候，王亮出现了。

这也给刘湛山上了深刻的一课。就某种意义来说，看到了王亮，刘湛山才明白，自己为什么做得千辛万苦。

刘湛山四处碰壁，鼻青脸肿，自己只落下两袖清风。多年以后，再来反观王亮他们的做法，刘湛山才意识到自己错过了多少机会。

现在的思路，都跟从前他设想的完全不同。

首先刘湛山认识到，现在的风气，都是资金先行，包装开路。想凭几个技术员下海，小打小闹地弄一个实验室类型的研发机构，决计没有前途。

刘湛山这代人，之前误以为，坐拥勤劳智慧，生物制药这个21世纪的行业，可能有大机会，没有大钞票也有小铜钿。如今资本和规模相辅相成，有实力和有背景者才顺风顺水，才能吸引到眼球，一统天下，赢家通吃。

　　如果想切入药品研发，还没开始融资，就要先想好未来的出路。现在普遍的路数是，要么把团队或者把中试结果，卖给国内某家药厂，或者通过中间人再卖给接盘的基金和投资人；要么就是把公司弄上市，无论是主板、创业板还是新三板，总归进入资本市场之后，股份才有价值，创始团队和各路人马才能套现。

　　否则，如果没有资本在后面支持，就压根儿没有必要进入。因为医药领域，看上去是高科技，以人为本，但是在资本统治一切的时代，科技人员都是小鱼小虾，活生生做成了劳动力密集型产业。

　　现在刘湛山意识到，如果想做出成绩，就得按照王亮这种背景、讲王亮这种故事来推进，高举高打。

　　海外研发的资历，肯定是必需的，就算自己没有，团队里也得有几个海归，这样才有说服力。另外呢，一定要很快在开发区这些地方挂上号。政府能投入一些资金，绑在了一条船上，也给企业做背书，三天两头安排去曝个光露个脸，所以政府公共关系非常重要。

　　用流行的说法是，就算是吹一个肥皂泡，也要吹得"大到不能倒"。

　　这些能力，就刘湛山这种传统科研人员的气质来说，实在是太过缺乏。

　　所以加入这个公司，刘湛山从心里来说，是受益良多。

　　他彻底明白了自己之前苦哈哈的做事方法，缺乏眼界和没有远见。

　　朝闻道夕死可矣！早一天清醒，总比迷糊一生要值得。

但是这个新公司，也不见得就是时代真谛，代表着最先进的生产力。

刘湛山冷眼旁观，原来还以为王亮要技术报国，不过貌似也只是"我曾经豪情万丈，归来却空空的行囊"，也还是需要扎根故土，从祖国肥沃的大地上汲取营养。

相比较而言，只是王亮的故事好听了一些，比刘湛山这种土法上马的国内背景，要跟国际接轨太多。

为了不亏待自己招来的这帮技术兄弟，刘湛山也算是战战兢兢，把有生以来积攒的职场生存技能全部使了出来，小心应对王亮和张芬芳这对夫妻档，不想跟王亮有什么分歧。但是他自己心里也不踏实，因为在两年时光里，并没有做出什么东西来。

不过，好歹公司账上还有钱趴着，还能发出薪水，刘湛山也就把这些方向不明确，当作公司成长的必经之路，好歹投资人给了一些时间，并没有要求立竿见影。

然而最近的一些变化，又让刘湛山摸不着头脑，心浮气躁起来。

公司宣称从王南生手里并购了连锁药店。他听说公司的业绩盘子，随之一下子变大了许多。至于说，收购的钱怎么来的，公司的股权又怎么变化了，刘湛山什么细节都不知道。

这也是让他非常忐忑的地方。

好歹他换了几份工作，自己也开过公司，自然深知在生意场上，生于忧患，死于安乐。

说得直截了当一点就是：害人之心要常有，防人之心不可无。

按刘湛山本来的心思，在这个号称研究型的公司里，研发人员肯定是最重要的资产。而他带着这帮兄弟，就算老板暂时没有钱来犒赏，但是到了关键节点，技术团队是主力军，不愁没有讨价还价的实力，也不怕老板绕过自己和技术团队，搞什么花样。

话虽然如此说，但是公司的期权计划没有明确。这一直都是个疙瘩，让刘湛山揪心。

因此刘湛山也有些后悔，自己加入这个公司的时候，没有跟王亮夫妇讨论清楚，给技术团队的期权政策到底怎样落实。当时他就听王亮说：技术团队是核心；没有技术，这个公司也没有生存意义；五千万份期权奖励计划，全部留给技术团队；至于技术团队内部具体如何分配，要等到技术团队成型之后，再由刘湛山来主导。而在预留给整个技术团队的五千万期权里，刘湛山自己固定分得一千万股。

当时公司成立不久，只有一两个技术员，纯粹是个草台班子，所以刘湛山也觉得谈期权分配没啥意义，等人员到位，折腾研发有了点成绩之后，再启动也不迟，那时候也更好分配。

当然，刘湛山也有底气。他天天坐在办公室里，眼睛一刻也不离开手下的那些技术员。只要把这帮人抓在手里，就有筹码跟公司议价。一旦谁单独跟王亮或者张芬芳见过面，吃过饭，寒暄几句，他都要去问清楚，谈了些什么内容，有些什么含义。好在公司主体员工都是技术员，大家同气连枝，对局势有所耳闻，都明白必须要齐心协力，唯刘湛山马首是瞻，拧成一股绳，才能够为自己争取权利。因此，刘湛山一直都觉得稳坐钓鱼台，只等研发做出点成绩，就可以跟公司谈判，争取更多权益。

但是形势比人强，最开始的时候，刘湛山没有以技术入股做成股东，只是靠一个虚头巴脑的期权做胡萝卜；时间一天天过去，刘湛山心里自然就越想越别扭。

万一公司转型、不做药品研发，而去做什么互联网卖药，那不用人为架空，他这个技术团队就没有存在意义。

这不，公司已经开始变动，还买了连锁药店。这个股份该怎么算？哪一部分对应之前的期权计划？然后刘湛山也想起来，期权计划到底怎么落实？现在时间过半，也得有个明确交代，否则将来时过境迁，自己对部下怎么说。哪怕是不能兑现的期权，有一些废纸也比没有废纸好啊。

废纸也是纸。

现在好了，公司四面八方注册了一堆子公司，倒手来、倒手去，万一最后留个空壳子仍然叫研发公司，啥也没得分给大家，那麻烦就大了。

而这两年研发没有什么成绩。刘湛山认为，责任一点也不在技术团队，而在于王亮的战略。

但现在说这些也没有用，结果为王。

没有功劳，苦劳也没有了。

刘湛山手里没有成果，只有一堆没出成果的人才。而这些人才，一旦公司转型互联网应用，就连人才也不是。刘湛山自然内心焦急。

最近一个月，王南生这个开药店的小生意人，动不动就出现在公司里，就连王亮夫妇出差去外地的期间，王南生仍然常来常往。这情形看在刘湛山眼里，颇为诡异。

特别是王南生还接近一个又一个技术员，不顾偌大年龄，死皮赖脸强行跟着大家一起，到办公楼地下食堂吃午餐。刘湛山坚信，这背后肯定有些什么企图。

好端端的，王南生这种小商人出身又不懂技术的人，走什么礼贤下士的群众路线？

他听说，王南生的药店生意颇为兴隆，王南生携带自己的生意全盘加入这个公司。这些奇怪的安排背后有什么目的？刘湛山全都蒙在鼓里，听到的无非是王亮的一面之词。

但是刘湛山已经感受到了公司气氛的异常。特别是有了药店生意之后，这不立刻上线了电子商城嘛。开发区领导带人来参观，王亮介绍公司业务的时候，已经开始大谈特谈医药行业的电商战略。

关键是，王亮也借此公开说：互联网是发展趋势，医药领域的高科技公司也得走上B to B的道路，将来随着药品网上交易的扩大，公司也将组建一个互联网技术团队，完成高科技研发与互联网的结合。

虽然王亮也就这么一说，暂时还没有看到动静。但是人生经验告诉刘湛山，世界上没有平白无故的言论；多数时候，语言就是一个人思考的过程或者结果。

一人一口酥，杨修就是由曹操的一句话看出了真相，惹来杀身之祸。

至于说，要招聘组建一支互联网技术团队，是政治表态的宏观思考，还是王亮已经具体而微、反复思考的结果，刘湛山就不清楚了。

以刘湛山对王亮的了解，能看清楚的是，既然王亮已经跟开发区领导表了态，那就不是吹牛皮，公司一定会紧跟舆论热潮，朝互联网应用转型。

那样的话，刘湛山组建的这个药品研发团队，对于公司来说就是鸡肋。

一旦公司变成一个以药品销售为主的互联网公司，有没有药品研发技术实力，其实并不重要。

老话说"人无远虑，必有近忧"。在上海的那么多外国药厂，最后存续下来的也就三五个而已。

他从这段经历得到刻骨铭心的教训，什么叫时势造英雄，什么叫功成名就，功劳在先，名利在后。

万一王亮打的小算盘就是：研发和互联网两腿一起走；等到互联网那边上规模了，就来追逐政府对互联网产业的补贴，不走药品研发道路。到时候顺水推舟，把药品研发团队一脚踹掉（反正也没有业绩，解散队伍的理由都是现成的）。这几十号人马，特别是刘湛山，可就被动了。

刘湛山只是领工资的打工仔，跟王南生这样实打实持有公司股份的股东可不一样。所以刘湛山看到王南生在公司里四处嗅来嗅去，拿不准王南生在打什么主意。但是王南生浑身做派，完全是股东巡视领地，市侩气息沛然天地之间。

被人看清了底牌，不亚于被扯掉了裤子露出内裤、掀起假发望见头皮，刘湛山自然而然地就想要给自己留条后路。

刘湛山看到，王南生没事就在前台小姑娘赵婷婷前后左右出没闲逛，有说有笑，还三番五次浏览赵婷婷的电脑屏幕。

没费多少力气，刘湛山就打听到，赵婷婷电脑里唯一有用的信息，只有员工考勤记录。

刘湛山心里清楚，技术团队的人，考勤记录都是准时上下班。

这对任何研发公司来说都是怪事。人浮于事，没有扎实的项目，都在等米下锅。大的研发方向不定，研发员工自然就是朝九晚五。

清早上班一阵风，傍晚下班一溜烟，考勤数据整齐划一。

刘湛山一听说王南生在赵婷婷那里查看前台记录的考勤记录，自然立刻明白，这是新来的大股东在考察技术团队的工作量。

王南生研究过考勤信息，等于看到了铁证。而技术团队不怎么加班，谁都知道有问题。

刘湛山心想：这个王南生，不愧是医药行业的老资格，这些关于研发的核心问题，的确查到了点子上。公司的底细，只怕王南生铁定早已看穿。自己手里的这个技术团队，到目前为止，还只是纯粹白烧钱而已。

更可怕的是，王南生肯定也搞清楚了，自己这个药品研发团队，连研发目标和方向都没有。

这不，没隔几天，距泰山之行前两个小时，刘湛山看到老板娘发的邮件，说是要减少冗员，提升效率，所以率先把非业务人员的前台小姑娘辞退。

刘湛山看完邮件，在心里恶狠狠地骂了一句脏话。

刘湛山心想：这就是了，铁定是王南生根据考勤记录分析了员工工作效率；作为大股东，既为了公司也为了他个人投资的利益，王南生急于提升效率，顾不上新来乍到，就给老板娘提出了开源节流的建议。

更关键的是，老板娘在邮件里也明说了，这是减员增效、节约成本的第一步。

不出所料的话，下一步应该会拿自己的药品研发团队开刀。

　　刘湛山已经拿定主意，这次到泰山，路上一定得跟王亮敲定，给技术团队的期权如何兑现。当然，最核心的是，给自己的期权到底是个什么计划，能不能独立于员工单独发放。这些都是关键。否则的话，他就得赶紧实施B计划，飞鸟各投林，早寻去路。

　　至于老板娘提议辞退前台，刘湛山一眼看穿用意：这是老板和老板娘杀鸡给猴看的把戏。

　　刘湛山很不喜欢这一套。对技术人员来说，有能力就上，不适合就分。解雇一个前台，要发邮件给管理团队，让所有高管都知道，是什么意思？

　　何况，刘湛山认定，这是王南生在背后捣鬼，是王南生出的主意，让老板娘来解雇赵婷婷，假借征求大家意见，实际上是在放风提醒大家，要做好裁员准备。

　　先辞退一个无关紧要的前台，以示公平公正。下一步再裁员，当然就是技术人员。这封邮件分明是对刘湛山的警示。

　　奶奶的，这一招真阴险！

　　刘湛山在心里冷哼一声，看看老板娘的邮件下面，已经有了王南生的回复，一唱一和，真恶心！他虽不想跟这些人一般见识，但是在这个时候，也得表个态。谁怕谁啊！裁减技术人员，我们自有去处。但是，不能意气用事。哪怕自己跳槽走了，也得靠王亮继续收留多数技术员。于人于己，刘湛山还得对老板和老板娘毕恭毕敬，忠心耿耿。

　　刘湛山想了想，在回复邮件里写了一句：支持解雇。

　　他绞尽脑汁，加了一句：前台那里总是招惹同事去闲聊，影响团队效率。

　　写这句话的时候，刘湛山在心里想着的其实是王南生在前台跟小姑娘打探各种消息。但不好写得太直白，只好写前台小姑娘"招惹同事去闲聊"。

　　可不是嘛，王南生这种年纪一大把的老男人，整天在年轻貌美的前台小姑娘身边晃荡，人品并非毫无瑕疵。

　　至于对赵婷婷的工作有什么看法？公司换前台跟小姑娘换条裙子一样频繁，刘湛山甚至都分不清谁是谁。

　　本来他还想在邮件里接着张芬芳关于控制成本的话茬儿，讽刺一句：节流更要开源，同事多加努力。

　　居家过日子的人都知道，钱是省不出来的。

　　裁掉一个前台能省出多少钱？每个人都假装不明白这个道理。要裁员，肯定是辞退成本高的技术人员啊。那些人附和老板娘的决策，其实就是呼应裁减技术人员的民意征集。

　　在往来邮件中，刘湛山已经感受到这些所谓管理团队同事的深深恶意。

　　都冲着我来。这些高管都是白吃白喝的寄生虫！

　　即便火气都快要烧坏了脑袋，刘湛山还是忍住、没有发作。

　　自己跟老板闹僵了，就是堵死了所有去路。

　　就跟现在一群人被困在这么一个肮脏邋遢的餐馆里，任凭人们在座位边，挤过来挤过去。一碗面汤就跟洗碗水一样，不死命扔进去辣椒酱和酱油、醋，那股不洁的气味怎么也消除不了。

　　本来浅白的面汤，混杂了酱油和醋之后，变成黑褐色，上面漂浮着一层厚厚的红油，颜色颇为怪异。刘湛山突然想起实验室里的一种剧毒化学试剂，溶解在酒精里，也是这种颜色。他的手指头立刻颤抖了一下。

这还是在学校做实验时造就的毛病。有一次不小心，他忘了戴手套，接触了一下浓硫酸，手指皮肤受损好久才愈合。

所以，这一辈子，一旦想起有毒的化学试剂，他的手指都会不经意地发生痉挛。

这会儿他咬牙切齿地想：自己已人近半百，都这把岁数了；谁要是敢从背后捅自己一刀子，他刘湛山铁定要把那种毒药投到谁的碗里。

2. 郑明明

对早餐不满的，可不止刘湛山一个人。

财务总监郑明明，在这一路上，也不见得心情有多轻松。

郑明明常年睡眠不好，偶尔还要吃安眠药来帮助入睡。昨晚好不容易迷迷瞪瞪在火车晃动中睡着了，但不一会儿就被喊起床。可想而知，凌晨，蓬头垢面地坐在泰安火车站附近的餐馆里，他的心情有多么一地鸡毛。

他这一辈子，头一次觉得游山玩水这么艰难。有句老话说"味同嚼蜡，食之无味，弃之不足惜"。不知道怎的，这种感受堵在心里，越来越沉重地钻入骨髓中。

这其实不是他应该有的状态。

郑明明是典型的苏南人，向来以来自江南文化之地而自傲。就连读大学，他也选择在杭州。

检点青衫旧酒痕，郁达夫是郑明明学生时代的最爱。清波门内早年那些破破旧旧的小餐馆、小酒吧、小书店、小画廊，今天

139

回想起来，固然因陋就简，还有些莫名的外省土气，但出没其间的多半是前杭州大学校区的文科生，自然而然有一种潦倒破落的诗情画意。

这种文科生调调，常遭人笑话是酸文假醋，百无一用是书生。但乐在其中的人，安贫乐道，却敢于自嘲富贵如浮云，欣赏往来无白丁的情投意合。

当然，少年时候的这一切，早已随着杭州旧城改造烟消云散。紧挨着西湖的那一片旧城区，已经奢华商场林立，自以为高档，其实只是贩卖舶来品。雨中孑然忧郁的少年男女，撑一把油纸伞，穿过杭大家属区转入西湖岸边，与烟雨迷蒙直面相对的那一点情怀，更是无处寻觅。

所以这些年，郑明明心里清楚，世间万物都逃不脱一个"钱"字。

多挣点银两，上有片瓦，下有寸土，才是为人父、为人夫、为人子的男人本色。

一等到大学毕业，郑明明也好比修炼完毕，从书院下山，直接把儿女情长、书生意气都封在雷峰塔下。哪怕偶尔情怀发作，有一星半点类似贾宝玉不食人间烟火的念头，他也毫不犹豫，立刻斩草除根，老老实实像薛宝钗所规劝的那样，功名利禄才是正道。

于是郑明明第一份工作，也紧跟社会热门，进了某会计师事务所。

文科生说是胸怀大志，其实手无缚鸡之力，跟直接赚钱的行当相距十万八千里。好在时代进步，有了会计师事务所这种机构，不怕学生专业不对口，只要基本素质不错，都愿意招进去，从零开始培训，算是给了个工作机会，让一众文科生总算能亲近金钱这种粪土。

会计师事务所业务繁忙，但是身处资本主义经济制度第一线，对资本运作的规律体会最深。简而言之，公司是现代经济社会最基本的经营组织，而支撑这一切的就是会计制度。郑明明在会计报表中领悟了金钱的威力，崇拜得五体投地。

会计制度的重要性就不消细说，早在16世纪德意志经济复兴的时候，商人雅各布·富格尔，就因为前往威尼斯学会了复式记账法，立刻先人一步，成功地由小工厂主转型为德意志乃至欧洲的大银行家，聚集了大量财富。全欧洲的皇帝、国王和领主，都纷纷找他借债。富格尔家族也繁荣好几代，可谓五世其昌。

受此激励，郑明明每天在各种账簿之间辗转，分析查证，工作中的任何点滴积累，都能转化成他憧憬美好未来的动力。白天飞来飞去做各种尽调，夜晚窝在酒店房间盘点各种报表，别人免不了还有点怨言，而他丝毫不觉得厌倦，为自己接近人类社会的核心机制而欢呼雀跃。

郑明明一度也以为自己会在会计师事务所里循序渐进，由经理、资深经理、主办经理、合伙人、资深合伙人这样一路升职，就此进入高级中产。只不过，他站位的提升速度，远超事务所能提供的节奏。

随着不断跟各种企业主打交道，看多了各种老板。其中不乏有人管着几百几千号人马，有如皇帝一样发号施令：众卿平身，有事启奏，无事退朝。虽不至于后宫佳丽三千人，但多少都有几房三妻四妾。赶上运气不错，手里拿着一两个工厂，倒腾几次之后，还能上市圈钱。郑明明耳濡目染，见贤思齐，自然心痒难挠，与其临渊羡鱼不如退而结网。

也难怪郑明明沉不住气。众多一夜暴富的故事，竟然都由他们这种毛头小伙子包装炮制，好比旧时候的喜娘媒婆，把陋室明娟一番洗礼，涂脂抹粉，乃至摇身一变，成为大家闺秀，出阁拜堂，睥睨一切。

金钱撑腰，野草闲花也俨然母仪天下。

资本主义的喜娘媒婆，如今叫作会计师事务所、律师事务所和投资银行。

郑明明彻底明白：资本游戏才是今日世界的主流，是社会精英应该从事的工作。于是郑明明不顾会计师事务所再三挽留，跳槽去了一个法国大药厂，担任投资总监，搜寻并购和投资项目，算得上是公司自己的投行业务部。

是金子都会发光，更何况郑明明真金不怕火炼。一份上市公司财务报表的炮制过程，好比经过太上老君的炼丹炉三昧真火高温锻炼。而报表的制作人，不亚于给炼丹炉煽风点火的道童，放在《西游记》里，下凡都能打败孙悟空。郑明明坚忍不拔，功力更胜过区区金角大王银角大王。

带着这种特质和勃勃雄心，他代表法国大药厂四处考察，把国内的潜在竞争对手买下来打入冷宫雪藏，倘若标的药厂有独到发展后劲，法国大药厂又可以大举入股合资，总归是戏法繁多、手段高明。

带着资金优势和国际投资的光环，郑明明马不停蹄连轴转，为公司寻找投资对象，在制药行业极为吃香。

这种好日子，烈火烹油，繁花似锦，出入各地最佳酒店，迎来送往都是最高规格接待，也就持续了三年。

突然有一天，有人发现：他曾经代表公司考察过的一个小药厂，居然上市发行股票；公开招股书显示，郑明明是重要个人股东，占公司股份百分之零点二。

这一下，他在法国公司无法继续待下去了。他考察过的项目，都有记载。经手办事或者记录的人，并非全都人间蒸发。再说，药厂新上市的，每年就那么一些公司。他郑明明成了并购对象的大股东，自然有人揭发这是因公肥私、严重违背职业操守。

郑明明知道利害关系，明白纸里包不住火。他还有其他不明不白的底细，更不为旁人所知。他索性先发制人，风声一传出，就立刻辞职走人。

他手里自然也有公司上不得台面的投资证据。这个领域灰色地带多不胜数，吃吃喝喝莺莺燕燕都还是小事，更不能见光的是各种投资策略和投后计划。郑明明扬言，如果公司要追究他的责任，就把材料捅到报社去，向国人展示法国人如何通过投资并购，扼杀中国本土企业，好让中国人民一辈子为白人打工。

这种罪名，如今杀伤力最大。一旦被贴上帝国主义亡我之心不死的标签，外资公司不死也得脱层皮。

最终郑明明得以全身而退。只是，国际大公司的薪水、一年二十多天的休假、世界水平的出差标准，以及打着公司投资旗号快速进入药厂做尽调等便利，从此不复存在。但是郑明明好歹在暗地里参股了多个药厂，资产在手，稳妥妥做个小富翁，就等两三年限售期限一过，成为先富起来的那部分人。

正好郑明明老婆肚皮争气，第一胎生了一个儿子，第二胎竟然是双胞胎，还都是儿子。这样三个儿子爬进爬出，郑明明就想着先找个安稳地方，朝九晚五地工作几年。

也就是这个原因，郑明明来到王亮的公司，起初为表诚意，还投资了现金二百万，也占了公司百分之一的股份，算是交了诚意金，把自己绑在王亮这条船上。

王亮自然欣喜万分，财务这部分工作，等闲人还托付不得，现在得到了郑明明，顿时有人照顾后院大本营，实乃天助我也。

郑明明跟王亮合作顺利，跟张芬芳也是心意相通。双方都有长远目标，想把公司做大做上市，不在乎一时半会儿的金钱得失和精力投入，所以工作起来十分默契。

工作上目标明确，稳扎稳打；生活上郑明明也就不用东张西望，全力以赴做江南好男人，认为老婆大人生养辛苦，除非有紧急情况，否则每天雷打不动准时回家照顾小孩，半夜起来喂牛奶等事都是他一手包揽。

郑明明心无旁骛，内心安定，本可以继续这人生中难得的岁月静好，不过世事如棋，有时候人算不如天算。人一旦开始赚上大钱，俯瞰众生之余，就免不了有投机的心思。这两年正赶上房价飞涨，只要是炒房子，没有人不赚个盆满钵满。郑明明在江南文化中浸染，赚钱做生意是全民皆商，哪能不动心。

虽然报纸上天天都在说房子已经是天价，面粉贵过面包，再投身房市纯粹是死路一条，但是郑明明这种财务大拿最是清楚，全国热钱涌动、无处可去，在短时间内房价决计不会下行，只要能凑钱付首付，一定是稳赚不赔。

但是郑明明自己的现钱，已经杠杆了好几倍投进了房产里，他手里再无余款。

经济景气和不景气，都是现金为王，现在郑明明是一文钱难倒英雄汉。

时间就像海绵里的水，只要愿意挤，总归是有的。可惜钱这东西，还真不像水，现金账户上空空如也，任凭你怎么摔打存折，也是"啪啪"空响。

郑明明就跑去找张芬芳。这种涉及钱的事情，当然老板娘最有发言权。

"张总，"郑明明是典型的江南人，和气生财，一脸堆笑甭提多自然，"现在房地产这么热，你和王总是不是考虑在上海再买一套房子啊？在上海滩立足，房子可是多多益善啊。"

沪上炒房风气铺天盖地，就跟英国人见面谈天气一样。在上海彼时彼刻的社交场合，没有话题，说说房子总归没错。张芬芳自然无法置身事外。

郑明明一看张芬芳对这个话题有兴趣，就开门见山地说："张总，我的一个老同学在锦绣年华地产做财务负责人。他们那里有个新楼盘，地段和户型都没得挑。我可以帮你们拿到内部优先认购的名额。"

郑明明当然知道，全上海的人都在闹钱荒，家家户户恨不得能编出法子贷款或者借款。张芬芳他们手头现金吃紧，郑明明最清楚。

不过，这就是他要来找张芬芳的原因。

郑明明七一兜八一转，就让张芬芳怦然心动。原来公司账上还趴着两千万现金呢，虽然说是公司接下来一年的总费用，但是苦于没有好的投资渠道和生意，也怕风险，一直都在银行吃利息。

王亮和郑明明早就盘算过了，觉得这样做还是最稳妥，毕竟不能拿这些命根子钱去冒险。

张芬芳对数字不敏感，平常也不怎么过问大面上的账务。这时她猛一听，公司账上有一大笔钱其实空闲着，眼下又有铁定赚钱的炒房生意，只需要一百万，就能买价值五六百万的房子，而用不着半年，按眼下房子一天一个价的行情，半年的工夫就能涨到八九百万，等于说坐着不动，就能赚二三百万。这样的好事，如何才能做得到呢？

郑明明告诉张芬芳，其实只要她同意，公司账上的钱，可以挪出来付两套房子的首付；过三五个月再卖掉一套房子，首付就赚回来，净落下一套房子慢慢还贷款。这样的操作，在财务上并不困难。

张芬芳动了心。难道自己比全上海的人都要蠢？是个人都知道赶紧买房子，不买是傻瓜，买了就赚，几个月的时间赚一套房子出来，侬勿要太划算哦。

这个事情在张芬芳点头之后就飞速运作起来。三个月之后，房价就涨了百分之三十，张芬芳卖掉一套房子，正好把另一套房子的首付赚了回来。这虽然跟王亮向来主张的谨慎财务管理有些冲突，但是一来是赚钱生意，二来张芬芳已经拿了主意，那就不算王亮的决定，自然跟他管理公司的操守与情怀并不冲突。

只不过，偏偏月有阴晴圆缺，天有不测风云。

一般情况下，都是郑明明每个月给王亮发财务报表；他自己会反复核对，确保账面清楚无误。偏偏这一次，王亮因为临时想起一件财务上的小事，就直接找公司的小会计要了银行流水单，稍微用点脑筋一核对，就猜出来郑明明也挪走了两百万买房子，因为收款方是同一个地产公司。

事情很快就清楚了。

郑明明同时给王亮夫妇和自己付了首付，各自买了两套房子。郑明明善于倒腾，很快出手了一套房子，归还了挪用公司的钱。这样他自己也算落下了一套房子。

本来这钱转出去，混在王亮夫妇的购房款中间，数目和地产公司账号都一样，又是不同时间划拨出去，只要不把几个月的账单凑在一起看，郑明明做出来的月度报表自然不会有问题，无非等到款项回来，再悄悄把旧报表改动一下就是，反正一般谁也不会核对银行流水单，没想到还是被王亮在无意中发现了。

看到王亮生气，郑明明先是赔尽了笑脸，但是随着王亮语言愈来愈严厉，郑明明也心头火起。

江浙沪这边民风实在，讲究的是我帮你赚了钱，就得有相应的好处。

这会儿抢到内部购房资格非常不容易，多少人拿着钱排队都摇不上号，那还不是他郑明明的关系。这不等于他郑明明帮王亮夫妇买下了两套房子嘛。

退一万步说，他郑明明在公司投了两百万。公司账上有闲钱趴着，那不也包括他借给公司的钱吗？无非就是自己把股本拿出来周转了一圈。明摆着稳赚不亏的地产买卖，为什么不可以？

王亮大发雷霆，把郑明明叫出来吃饭谈话的时候，双手在桌子底下把餐馆的一次性木头筷子都掰断了三双，这才强忍着没把一整盘酱爆黄鳝扣到郑明明脸上。

他没有想到，郑明明居然那么问心无愧，一点悔意都没有。

郑明明这边，一开始固然谈不上理直气壮，但他讲得清一套商业逻辑和准则，即便明知自己行为有亏，也自有强大的心理防卫机制。他说着说着甚至还觉得自己颇有道理：人不为己，天诛地灭，又不是没帮老板赚钱。

在郑明明眼中，自己的行动分成两截：从财务准则上，这是不合规的，是错误，但王亮转钱出去买房子也是不合规的；二人本来就是共谋，大家两下扯平。这种事情，郑明明觉得自己拿到了购房名额，一个就值一百多万，是他有恩在先，何况还冒着风险给老板帮忙，自己只是过个手、赚点零钱，都不声张不就好了嘛。

所以两个人就较上了劲，谁都觉得对方不通情理、不可理喻。在王亮看来，自己找来的财务一把手，居然这样没有职业操守；更可怕的是，即使一边承认错误，一边还满肚子理直气壮。郑明明还真把自己当成公司的股东了？

他最恨的就是这种不自量力——明明人赃俱获，竟然还振振有词，就差炫耀自己偷东西偷得高明巧妙，利益翻番。

好在两个人都克制住了，没有撕破脸皮。张芬芳私下跟王亮交过底，现在正忙着融资，之前投进来的钱，怎么花的，一笔笔并不都是专款专用。最熟悉这些细账的就是郑明明，天知道他能折腾出什么样的材料？！这会儿要是得罪了郑明明，万一他拿着什么把柄，即便王亮和张芬芳问心无愧，但是财务不合规这个帽子一扣，无论多小的问题都是问题，到时候宣扬出去，演讲时常用的南方土话就兑现了：黄泥巴糊了裤裆，不是屎也是屎。

　　张芬芳在心里其实还挺认同郑明明这种做法。但是王亮跟她科普了一下财务制度之后，张芬芳明白了事情的严重性。郑明明从公司账上挪用钱款私用，立刻变成是可忍孰不可忍。因为这也等于从她口袋里直接偷钱。张芬芳比王亮还要愤怒。但是女人的直觉告诉她，郑明明敢这么做，对于一个资深的财务专家来说，在有恃无恐的行为背后，他一定有什么武器还没有展示。张芬芳和王亮把各种可能分析个遍，就怕郑明明兔子急了咬人一口，破坏公司下一步融资的大计。

　　还未图穷匕见，这个时候不能跟郑明明翻脸。

　　再说，另外找一个财务负责人，也未必跟郑明明有什么区别。

　　但是会计从公司账上挪用钱款，谁都知道不是小事。那些钱虽然说是投资人打进来的款项，但都是看着王亮的面子投进来的，都是王亮和张芬芳夫妻俩的钱啊。

　　总之，这些钱，给王亮夫妇买房子，那是公司的财务运作，是资产增值。哪个创业团队融进来的钱不是这样花出去的？

　　他郑明明虽然有点小股份，但哪有什么资格来这么花钱？

　　这就上升到领土主权完整问题，一点也不能少。

　　王亮和张芬芳觉得这口气咽不下去。

　　再说，如果这次轻易把郑明明放过了，赶明儿不知道他胆大妄为，又会折腾什么花招。

　　王亮告诉郑明明：这种操作，下不为例。念在郑明明向来忠心耿耿，公司财务管理得有条不紊，所以只需要吐出买房卖房赚到的钱。考虑到大家现金都紧张，特意让他退一半的利润也就是现金五十万。整体计算，随着房价继续走高，郑明明在账面上已经赚到五百万，所以吐出一半的首付，也合情合理。

郑明明不觉得这是王亮法外开恩、放他一马。

人为财死，鸟为食亡；这些事说出去，君子坦荡荡。

王亮夫妇能挪钱去买房，凭什么他郑明明这经手人就不能落点好处？！再说那购房资格，一百万在市面上都抢不到。郑明明弄来了购房资格，不能算技术入股折现吗？至于公司账上的钱，反正都是政府投进来的钱，也闲在那里，临时用一下，谁不都是这个路数出来混的，装什么科技报国的英雄好汉？要自己归还公司现金五十万，这数对于郑明明其实也没多大，但到底也不是仨瓜俩枣，不是瓜子、矿泉水、方便面，比较犯难的是要现金。

郑明明不想和王亮翻脸，心里已经打算让一步，把这钱还了，只是需要拖上一两个月凑现金而已。

郑明明是做投资出身，也算是阅人无数。他认定王亮身上有一种独特的气场。这种气场半洋半土，多一份则显得不接地气，少一分则有点乡村草莽。倘若黑格尔在世，也会认为王亮正是时代精神的写照，符合当下的国情。

天时地利人和，应在王亮身上，凭着一纸计划书都能融来这么多钱，又收了连锁药店，又要做线上，故事和题材转得快，看眼下投资人频繁光顾，市场上肯定还有人买账。

因此，这会儿还不是拂袖而去的时机，一动不如一静，不如拖着看看。所以是否要归还现金五十万，郑明明还没给王亮一个准信。

郑明明没想到，王亮平素有些拖拉，这次动作却这么果断。

这不，王亮找郑明明谈话才过两天，就在出发去泰山之前，张芬芳迅速用邮件通知大家，要把前台小姑娘辞退。

郑明明心明眼亮，知道这是王亮逼着他摊牌。

毕竟，王亮夫妇从公司转钱出去，又贷款买房子，跑来跑去一堆杂事，除了购买合同签字之外，其他都是张芬芳写了委托书，授权让赵婷婷去帮忙办的手续。这下把赵婷婷这个经手人开除了，这事将来就死无对证、容易胡乱遮盖过去。

郑明明算是看明白了，这泰山顶上的午餐聚会铁定是鸿门宴，老板夫妻俩要向他郑明明动刀子了。

泰山之行前通知管理团队开除赵婷婷，就是先来杀人立威。

怕什么怕？

一看到张芬芳发来邮件，郑明明心想：拿前台小姑娘吓唬人，谁不会呀！信不信我比你们更不在乎这个什么赵婷婷？

即便开除一万个赵婷婷这种黄毛丫头，他郑明明眼睛都不带眨一下。

于是郑明明立刻回复邮件，写了一大段，历数这个小姑娘工作如何差劲。郑明明一边写一边想：等张芬芳和王亮读到邮件的时候，有没有觉得字字句句都在含沙射影、指桑骂槐？

郑明明早就保存好了公司避税的记录，还有各种财务上的问题。王亮夫妇买房子，之前挪用钱炒股票，这些证据他都有。万一王亮不仗义，要公开追究责任，那就等着他郑明明兔子急了还咬人吧。

所以在这家餐馆里吃面条的时候，郑明明脸上可是笑容灿烂。

通宵火车，邋遢餐馆，预定的车耽搁，更不用提连夜赶回上海，这些都不重要。这种身体困乏是小事，他郑明明将来要出手的时候，一定能让王亮和张芬芳痛不欲生，悔恨莫及。

最厉害的伤害，可不是什么摔死、淹死、毒死、车祸、火灾这些常规方法。那些都是给人身体带来物理变化。他郑明明的杀手锏，可是能够产生化学变化，能让王亮身败名裂，无人问津。

3. 王亮

北方人做的豆腐脑，简直就是酱油汤。

王亮一边吃着豆腐脑，一边专注地想事情，都没注意到刘湛山在不阴不阳地发牢骚。

离开北京很多年了，近年来又一直在江浙沪地区生活，饮食清淡，分量小，王亮冷不丁一看这大碗的北方正宗咸豆腐脑，浇着深褐色的卤汁，依稀看得出几根黄花菜，还真有些亲切。

早餐总是要吃的。这是王亮多少年来一直坚持的习惯。

每天早上六点起床，外出慢跑三十分钟，六点半到七点间吃早餐。七点半洗脸刷牙，七点五十，一切就绪。

这是从大学时期延续下来的生活方式。那时候，几乎所有同学都在抱怨，怎么上了大学，还需要早上七点五十分上第一堂课？

最开始王亮也很抗拒。当年民族学院学生要做早操，清晨六点半宿舍楼就统一亮灯，外面还有大喇叭播放进行曲，真是既老土又落后。学生们抱怨，一看就缺乏人权启蒙。

153

张爱玲在几十年前就说，看见士兵操练，觉得这种集体做操真正可怕。

王亮深以为然。

后来王亮居然琢磨出了一种理论。

可能理工科的学生，受到学习内容和方法的影响，容易因此塑造自己的生活规律。那些风花雪月的科系，比如中文、外语、历史、政治、哲学等不一而足，自由散漫、拖拖拉拉的人往往特别多。偏偏这些人看见别的同学起居有度、作息规律，一点也没有见贤思齐、三省吾身的惭愧之心。

后来到美国读书，拿奖学金的条件之一就是成绩优良。这就导致靠奖学金养家糊口的中国学生，基本都是苦读状态，早上起床早，多半也有些迫于无奈。

再说，美国的大学，对学业的要求非常严格，大考、小考、随堂考，琳琅满目，一次没考好，就影响期末总成绩，也就影响来年的奖学金。从这个角度来说，王亮特别欣赏美式教育。他甚至极端地认为，美国这种平常不间断的考试方式，也培养了美国人民对工作质量、对生活品质的高标准和严要求。

一次测验成绩不佳，就需要其他次数更为优秀的成绩才能弥补过失，所以做任何事，最好事事都不能掉以轻心。

这样培训出来的人，也许不是最聪明，但是对规则，特别是对质量的要求，养成了习惯，不至于该做好的事情没有做好，反而给自己找各种理由，振振有词。

像今天早上的司机，明明答应了准时来接站，至少应该在火车到达前，掐着点在火车站外面等候。等候期间，就算有临时生意，再多的钱也得推辞。

不过，社会就是这么一回事，不能寄予过高期望。

王亮心想：政府最明白情势，所以一再强调现在国家还处于初级阶段。这理论真是深刻，的确是对国情的准确判断。

其实也就是说，现在社会运行仍不规范，聪明人要懂得抓住机遇。

国家苦口婆心地传授致富真经。这样由国家出面来指点迷津，谁要是还看不透时局，不能理解时代的真意，那就是冥顽不化，辜负了继往开来的指路人。

像这次王亮和张芬芳怎么想起来要组织一次泰山之行，也是因为得到了高人的指点。

这位高人指点非常到位：面对现实，克服困难，创造和谐。

有时候要言不烦，更能直捣黄龙。剥开华丽辞藻和深奥表述之后，一句话惊醒梦中人。那种醍醐灌顶的领悟，不需要多少语言和动作，就能见心见性，直抵性灵。

这种点拨，简直就是给王亮和张芬芳巨大的支持。

他们夫妻俩外表上还劲头十足，但是公司内外交困，随时都可能垮台。

而前路漫漫，手下这帮人，这也不行，那也有问题，初级阶段的各种不靠谱，令人心神俱碎。种种焦虑和压力排山倒海而来。王亮和张芬芳战战兢兢，不敢有一丝疏忽。

王亮和张芬芳关起门来聊天，夫妻俩推心置腹，臧否一番公司人物，偶尔也不免落泪。

摊上一个官老爷似的北京人空谈新药报批，影子都还没见着；

又摊上一个做不出研究成果的技术带头人，隐约听说有可能带着队伍跳槽。好不容易买了个连锁药店，其实也就是一个空壳子，全都是给房东打工，哪里有什么利润？偏偏药店老板还整天觉得卖价太低，也不想想他那点破零售生意，如今谁还在路边逛街？互联网公司很快就要全面铺开，他多一天都扛不住。更离谱的是，本来还觉得贴心的财务总监，居然是个小偷。指望着天时地利之外至少有个"人和"吧，公司那管人事的老女人，偏偏整天干的都不是"人"的事，既跟技术负责人斗智斗勇，又跟财务总监拉帮结派，招不来厉害的人，却眼中有钉随时指责同事。

开门七件事，每天眼睛一睁，就要想着公司战略、人才培养、融资渠道、销售业绩、研发动向。想完自己、想员工，王亮和张芬芳绞尽脑汁，千辛万苦。有道是：

夙兴夜寐仿佛诸葛亮，日理万机胜过李中堂。

互相控诉，恨不能抱头痛哭，日子还是得照常过。

能力越大，责任越多。

是时代选择了英雄。

是历史选择了主人公。

人生在世，孰能无情？更加需要适应形势，追随大方向。

王亮说：生命诚可贵，事业价更高，能做出成绩的时间非常短暂。要想在有限的一生里做出点成就，不辜负自己，很重要的一点就是要顺应时势。

泰山名扬天下，其实也是因为在恰当的时间和地点出现，被秦始皇所看中。

自从始皇帝率先封禅，后来的皇帝全都把泰山当作彰显天意的圣山，纷纷借它来表达自己和上天是命运共同体。

这是历代帝王的顺应时势。

泰山由此进入中国人的文化，用现代文化研究的术语就是成为"表征"。

借用符号学的说法，这也是一种"再现"。山石"能指"的背后，有着家国一体的"所指"。

王亮接着说：老祖宗的哲学真是玄妙无穷。就拿他自己来说，在出国留学最热的时候，他顺利地赴美留学；在中国经济还没有起飞的时候，他在美国踏踏实实地学着技术、挣着美元；然后国家鼓励创业创新，他又顺势而为，抓住了机会回来开公司。每一步，说得好听点，叫乘势而为；说得不好听一点，叫作见风使舵。但大方向总归踏对了，永远都要认清方向。

既然到了这一步，就压根儿没有后退的可能。有时候也只能听天由命，唯愿上天有好生之德。虽然说事在人为，但是成事在人，谋事在天。这也是中国人的古老智慧。

光靠着夫妻俩在家里面面相觑，不妨也问问命里如何注定，如何渡过难关。所以循着各种生意伙伴口耳相传的神秘信息，王亮和张芬芳找到了沪上最为著名的大师，足见得福缘深厚。等闲人士，都无法得窥门径，哪里能见到大师金身！更谈不上听他耳提面命，指点迷津。

北京城著名的朝阳区，三教九流，五花八门，号称有二十万仁波切。

大师满坑满谷，其实不乏欺名盗世之徒，是否灵验都没个准。

但这个沪上大师，虽远离朝堂所在，却名扬华夏，地位尊崇。

解读天意，勘察五行，当然也有能力和道行的高下之分，当然一样有市场竞争。

你行你就上，实践是检验真理的唯一标准。

在闵行区莘庄外银都路某处别墅里居住的这位大师，虽然貌不惊人，并没有电视里那种白胡须飘飘的仙风道骨形象，但是口口相传，据说全上海一半还多的上市公司老总，逢年过节都要在他的书斋外面排队，就是为了能问问未来的运势以及驱邪避祸的方法。

王亮在开发区管委会的一个朋友，看见王亮不到一年就满头华发，估计是恻隐之心发作，就把王亮介绍给了这位大师。

大师泛泛言道：时势造英雄。倘若运交华盖，富贵逼人那真是谁也挡不住。倘若冥冥中缺少运势加持，单凭个人努力，无论如何努力也是枉然。

王亮点头称是。

公司鼓捣到今天，好不容易撑起了场面，能描绘各种投资前景，一堆有实力的人士都表明了入股兴趣。这种时候，格外需要上苍眷顾。

大师指点道：越是有大机会，越是要拼福分，不然，那股上升的"势"就没了。而要拼运气拼福泽，公司、家庭都要有和谐氛围。

心要往一处想，劲要往一处使，这样才能求仁得仁。就公司管理来说，必须人人恪尽职守。那个妖娆多姿、充满情色暗示的电视广告说得对，你好我好才是大家都好。

这也就是孔子为什么说，要讲"理"和"仁"。其实就是要厘清等级，确立规矩，坚持做人的准则，这样才有稳定平衡的"势"。镇"势"的核心就在于礼法不乱、天下才定。

管理公司也是一样。如果下面一堆副手，个个都以为自己对公司有贡献，都把小团体和个人的利益放在首位，如何能够保证公司创始人的最大利益？

天地君亲师，没有君臣父子纲常，怎么能让整个公司的人，都心悦诚服地归大老板调度？

大师接着说：为什么现在研究企业管理，都流行融入国学？多少国内大公司，还有那两所著名的商学院，为什么常年邀请国学大师开讲座办培训班？

就是因为大家都认识到，孔夫子留下来的这一套，讲究等级制度下的秩序，最适合管理中国人。

这也是为什么，从秦始皇开始，历代帝王都讲究登临泰山，实在不能御驾亲临，也要派个大官做钦差，到泰山祭祀。后世儒家当道，更提出泰山是孔夫子故乡的山。其中的天道运势，更成为儒家精髓，代表着中国的正统。尊重泰山，就意味着尊重孔子，尊重天地之间的"势"；意味着人人做事有分寸，知道自己在公司里、在社会上的地位和身份，不会逾矩越规。

要不怎么俗话说了几千年，"人心齐，泰山移"。

泰山就是五岳之尊。

就连五岳仙山，也有等级，有名分，各司其职，各谋其政。

王亮和张芬芳对视了一眼。手下人各自遵守规矩，尽心尽力，听从他们夫妻俩指挥，这种局面十分必要。

大师仿佛看出了他们的心意，倨傲地问道：你们看看，如今社会上，是不是每个工厂每个公司大楼前面都立着块大石头？

这种屋前立石头的传统，就跟孔夫子和泰山有关。

那就是强调君君臣臣父父子子的秩序！

千万莫把这种公司大楼前立的大石头，跟园林造景的太湖石弄混了。太湖石，七窍玲珑，旧时只适合放在后花园里，是女人们钩心斗角的象征。当然，那也是一种秩序，是维持三妻四妾大家庭内部稳定的必要机制。

而放在屋前的这种石头，象征的是社会秩序，要的就是结实有力，越粗大笨重越好。

"知道这种摆放巨石的文化来自哪里？"大师有点不耐烦地问王亮夫妇。

夫妻俩是第一次听说，自然摇摇头。

"知道吗，从古到今，无论是达官贵人还是贩夫走卒，但凡修房子，都要在房屋基础里埋一块石头，还刻上几个字：泰山石敢当。"

这个王亮倒是知道。

直到今天，不管是城市还是乡村，从东北到广东，无论是楼房还是民居，都还能不时见到这样的石头或石碑。这是延续至今的老传统。

大师解释道，自古以来，一般人家，也就在墙基砌进一块"泰山石敢当"的小石碑。而那些希望五世其昌的大家族，自然不满于此；真正讲究的，要在屋前立一块泰山石。注意，是真的从泰山上开采下来的泰山石哦。

所以泰山石象征什么，有些什么含义，自然不言而喻。

正因为市场需求量大，国家已经下令禁止开采泰山石。

王亮和张芬芳犹如醍醐灌顶，一脸恍然大悟。

大师顿时觉得他们孺子可教，脸色也缓和了许多。

大师接着说：如今房子越修越大，在建筑前边立块泰山石的风气，其实比古人还浓厚。几百万元还未见买得到一块泰山石。经济实力不那么雄厚的，退而求其次，好歹弄一个花岗岩的大石头，摆在那里，取个泰山石的彩头，也是一份诚意。

张芬芳吞吞吐吐地说了一句："要不我们公司也去弄块小一点的泰山石，放在前台那儿摆着。"

估计大师见多了这些还未上道的小企业家。他微微笑了一下，稍做沉吟，好像在斟酌是否要继续透露一些天机。

桌上清茶已凉，烧开水的小电炉子，噗噗地吐着水汽。在书斋某个角落里，应该是燃着淡淡的炉香，一屋子都是芬芳气息。

原来，大师还给各种企业提供咨询服务，买多大的石头，能否福泽深厚负担得起泰山石；还是退而求其次，用青岛崂山石；是华中地区常见的大别山麻骨石，还是秦岭山脉的赭石，都有讲究。

其他种种事项，比如摆在公司大楼前什么位置，上面可否题字，由谁来写，要不要留书法家的印章，在石头旁边是否要树立旗杆，凡此种种，都是学问。

大师的助手过来给王亮和张芬芳续茶。王亮事先经别人提醒，知道这是大师送客的意思，赶紧起身告辞。

大师颤巍巍地握着王亮的手，一边告别一边说：你们年轻人，又是留洋归来，不要误以为这是讲风水。这泰山石头，象征的是老祖宗的文化，是我们中国人安身立命之本，是尊重孔夫子的学说。不讲这个，怎么做中国人？你们做生意的，不敬神明可以，绝对不可以不敬重中国人的立国之本。

王亮和张芬芳一半是激动，一半是震撼，晕头晕脑地走了出来。

大师的助手送王亮夫妇出别墅区大门，看明白他们有点魂不守舍，知道他们半信半疑。

他告诉王亮夫妇：你们要是不信，可以上网查查。你搜搜看。那些著名公司都托人来找过大师咨询。它们楼前的泰山石，都是大师给安排的。

这位助手一边把印着银行账号的名片递给王亮，一边说："还别以为外国人不信这个，来找我们大师的外资大公司多去了。费用都是总部那些洋人特批的。只是，我们大师有民族情节，碰到这种国际大牌公司，没别的，收费直接翻倍。"

"一百多年前就已经进入中国的那个欧洲公司，在北京望京那里建起了独栋大楼。外国人也为此来找过大师。他们清楚得很，自己做中国生意，手下管事的人、做事的人都还是中国人啊。"王亮和张芬芳对大师助手这些江湖习气浓厚的一番话，有点摸不着底细，但是对接下来的一句话，却佩服得五体投地。

"因为孔夫子纲常伦理、君君臣臣这一套，就是管理咱们中国人的核心。"

张芬芳眼睛"唰"的一下就亮了。

她向来就有点迷信，逢人遇事，问问八字，看看黄历，月初月半不吃牛肉，等等，从来都是行礼如仪。

宁可信其有不可信其无，有时候就是求个心安。

　　而王亮对这些接触得少，顶多也就是看个属相，了解点星座基础知识，倒不是因为他秉持读书人气节，所以子不语怪力乱神，而是因为他读书时候一直住校，缺乏对这类家族祭扫、求神拜佛的细节的了解。

　　不过，自从开公司之后，看到每逢企业开业，基本上开发区都帮着查黄历，私下也会请人看风水做道场，自然而然就觉得这是经商必备的行事之道，是脚踏实地、和气生财的基本原则。

　　王亮夫妇回到家里，立刻上网查找各种泰山资料。一看吓一跳，原来这泰山的尊崇，的确超乎一般人的想象。

　　王亮心想，人的运气很重要，泰山何尝不是如此。

　　论起巍峨雄伟，或者峻峭灵秀，泰山都没有什么过人之处，就是一个大石头山，光秃秃啥也没有。但是从女娲补天、精卫填海、夸父逐日、大禹治水以来，泰山就成为中国山川河流神话中最大的传奇，成为中国成千上万座山峰之中地位最为崇高的一座。

　　连泰山的石头，都因此有了象征意义，身价惊人。

　　事实上，泰山经久不衰的历史，最能说明时势造英雄的道理；从秦始皇，到后来的各种皇帝，都把泰山尊为五岳之首。

　　这背后固然有一代又一代的帝王企图确认其继承江山的正统性，但也确实离不开后世那些儒生群策群力，焚膏继晷，想出了封禅、祭山、册封等政治仪式和程序，从而固化了泰山的正统地位，延续到今天。

　　远的不说，网上一搜"泰山"，排在第一位的就是一个熟悉的图形，让王亮不禁哑然失笑。

　　在五十元人民币上，就印着一个巨大的泰山石，上面有"五岳独尊"四个大字。其实人们天天都在和"泰山"打交道。只不过很多人可能没注意到而已。

原来泰山不光是神山、圣山、儒山，也是一座钱山！

告诉大师回家的当天晚上，王亮和张芬芳就立刻对上了心思，拜访大师这钱花得值，不仅帮助他们厘清了思路，还给出了一个振奋军心努力奋斗的实际可行的操作方法。那就是：带领部下去拜泰山！

IV

岱宗坊

1. 林丽珊

血红的嘴唇，把牙齿衬托得格外发黄；"咯嘣"一声，咬下一小块苹果，倒也干脆利落。

赵婷婷极力抑制着自己内心的厌恶，看着吃苹果的人。

脖颈的皮肤已经松弛，就像是岁月在揉皱的黄裱纸上留下细密的痕迹。啃苹果，导致这一截暗黄色的皮肤也被牵扯着，现出几根青色的静脉经络。在旁人眼里，这可能还算吃相斯文，但在赵婷婷这种小姑娘看来，总归透出一股掩饰不住的贪婪气息，十足就是一个中年妇女最不堪的模样。

首先不得不说，人事部是女人的世界。这个公司规模还小，人事部只有三个职员、一个总监。在外地不同城市的几个办公室，也都有一个前台或者类似角色的行政人员，管理着日常开门七件事，确保水电齐备桌椅灯管完整无缺，外加考勤打卡。

其次，人事部给赵婷婷的印象就是：永远都在背后嘀嘀咕咕议论人。特别是公司的这几个女人，交头接耳传播小道消息。这在职场中司空见惯，但在初出校门的赵婷婷看来，却是当面一套背后一套的典范。

无数次，林丽珊跟张芬芳关起门来讨论事情，时不时让赵婷婷送茶送咖啡进去。开门后、关门前的工夫，虽然谈话的两个人，都很注意不让赵婷婷听到谈话内容，但因为说的都是公司人和事，上下文之间，赵婷婷都能猜出点蛛丝马迹，知道她们俩在谈些什么。

最明显的一次是，负责技术的老总刘湛山，好不容易招到了一个北京大学生物系的本科生；刘湛山想多给一千元的工资，不料林丽珊坚持说，应届生入职的薪酬标准一视同仁，不得有特殊化。两个人就此事分头多次来找张芬芳，扯皮了许久。

刘湛山的态度是，这个学生基本功还不错，只是毕业那年冬天打篮球摔断了腿，在家躺着休养，错过了求职时机，一直等到毕业前夕才匆匆忙忙开始找工作。北京大学每年毕业的本科应届生不多，超过三分之一的人都继续在国内外读书，真正"流落"到上海就业市场的学生屈指可数。

刘湛山甚至在办公室里公开说，招收一个北京大学本科生，至少在公司的网站和介绍材料里可以正大光明地写"公司员工多半来自北京大学等国内外名校"。这种广告效应，与每个月多付一千元工资相比要划算太多。

薪酬号称保密，但是聘用这个学生的细节，却闹得公司里尽人皆知。这也就是因为林丽珊和刘湛山不对付。

林丽珊就是死活不允许在工资上优待这个应届生，跟刘湛山大会、小会吵过好几次，打得头破血流，打得天崩地裂，打得浩气长存，最后要闹到王亮拍板，才录用入职。而林丽珊还一直为这事耿耿于怀。

有一次赵婷婷送急件进去签字，林丽珊和张芬芳正在小茶几旁边谈事情。

赵婷婷看见，在茶几上放着一张眼熟的表格，正是头天林丽珊让自己找出来的应聘登记表。

公司前台负责接待所有的面试者，并让他们填写求职登记表，记录一些个人信息，作为简历的补充；面试后这些表格也由前台保存。

赵婷婷隐约听到林丽珊后面一句："字写得这么差，面试过他的同事怀疑，他是不是真的是北京大学毕业生。再说北大的学生，怎么只能找到咱们这种小公司。肯定是人品和学问特别差。有同事反映说，觉得刘总招聘来这么个人，肯定有特殊安排。"

结合前言后语，赵婷婷再迟钝也明白，这是林丽珊仍然在拿那个刚入职的北大学生来做文章，打击刘湛山。

赵婷婷又一次见识了人心叵测。

这年头，虽然说是办公室的文职员工，但哪里需要写字，全都是邮件和电子文档，顶多就是在纸上签个名字。所谓字写得好坏，其实无关紧要。

何况，所谓字如其人，也难免不准确；否则，警察审案，让嫌疑人写字不就行了。

而林丽珊拿着这学生的书法说事，表面上好像是开玩笑，说北京大学的学生至少字迹应该会好一点，其实是想凸显刘湛山招人有误。这直接在暗示老板娘：这背后有猫腻。

这种借着"同事反映"路数，是人事部的核心攻击方法。

赵婷婷对这个男生关注得多一些。因为他们两个人都是应届毕业生，虽然学历不一样，但同为社会新鲜人，赵婷婷自然就跟他亲近许多。

这个男生入职不多久，公司在亳州的分公司正式成立，从上海总部派了五六个人过去轮班，好歹要做个样子，让人感觉在启动科研项目。在被派到亳州去的第一拨人里，就有这个北大学生。

很快，人事总监林丽珊在公司管理会议上说：在派去亳州办公室的同事中，这个北大学生每天晚上都在宿舍里打电脑游戏；平常在办公室里让他搬个桌子椅子的，特别不主动，以至于同时被派去亳州的同事反映，这个员工是不是嫌弃公司的工作？还说，是不是觉得他是北京大学毕业生，所以不应当做这种杂事？

隔了一段时间，赵婷婷才知道这些风言风语。但是到了这个时候，这个北大学生也已经准备离职了。

他和赵婷婷一起吃告别午餐的时候，赵婷婷就问起这些传闻。这个男生神经比较大条，在公司又很孤单，说起什么传言，都不知道。他只是觉得，公司没有什么正经工作任务，想早点试试别的地方。

看着他很没有心机的样子，赵婷婷心想：不知道这些人事纷争，未尝不是一种福气。自己要不是岗位低级，人畜无害，否则一样被卷入各种纠葛。

学生时代永远不会明白，即使公司规模如此之小，也天天上演着宫廷大戏。

铁打的营盘流水的兵，人不要在一棵树上吊死。这也算是自己的职场收获吧。而在一个公司里，可以做一天和尚撞一天钟，也千万不要得罪人事经理；否则，都像林丽珊这样明里暗里散布流言，然后打着民意的旗号，开口闭口说有同事反映这个反映那个，义正词严，慷慨激昂，让人感觉已经不杀不足以平民愤。

赵婷婷也听说过，在亳州的分公司到目前为止还是个空壳公司，设立办公室和留置人员，纯粹是为了申请亳州当地的补助。但是先去的一拨人，需要布置办公室。所以就有人张罗说，来来来，大家一起来，挪桌子、搬椅子、扫扫地。大概是那位北大学生，觉得反正也无事可做，整天的工作也就折腾一下几个座位，听到别人叫唤，并没有像其他人那样，动若脱兔，一迭声地答应。就有人搜集到这种工作表现，把消息传回上海总部。林丽珊在管理会议上大说特说，嘲笑公司招来的所谓北京大学毕业生眼高手低，安排整理办公室这么简单轻松的劳动，都推三阻四，一点也不积极。

传话的人自然知道，这种道德评判最容易被人借题发挥。而有心的听众，自然也就顺理成章地配合，感慨世风日下，原先只属于资本主义特有的"垮掉的一代"，如今朗朗乾坤光天化日之下竟然出现在我们注定伟大的公司；刚告别大学象牙塔，就这样四体不勤地游走于江湖。

然后开会的众人，天马行空地断言：这个学生的品质有问题，三观不正。归根结底一句话，从今以后，招聘的时候，务必要好好把关，没有共同价值观的人，不符合公司企业文化的人，条件再好，教育背景再出色，也要慎重。

这个学生还有一个罪名，就是在亳州出差期间，每晚在宿舍里打电脑游戏直到深夜。

赵婷婷知道亳州那个开发区的情况，离著名的亳州国家级中药材交易市场很远，附近荒无人烟。目前零星入住开发区的企业，都靠班车往返于园区和市内。

而自家公司这些从上海出差到亳州的人员，也就是在左近的农家乐院子，租了两间房子算是宿舍，好歹有无线网络。出差去的都是男生。大家都打电脑游戏，只不过是打电脑游戏的时间长短有所不同罢了。

在亳州宿舍通宵打电脑游戏，别人也还罢了，但北大学生哪怕只有一次，也被人揪住辫子，报告给上海总部的有心人。于是这故事就传得颇具深意：出差期间，废寝忘食，通宵达旦打电脑游戏。

扣上这顶帽子，性质就不一样了。

老板和老板娘比较爱面子，爱用自己白手起家从最低级职位做起的人生故事证明他们的奋斗精神；而老板自称受西方企业文化影响至深，认为人具有自由意志，就业是主动选择，因此最恨员工摆架子，觉得来公司是屈就，是怀才不遇，是形势逼人，是情不得已。所以人事总监告状，拿住这些脉门，一说一个准。

听说员工在亳州嫌弃搬桌椅的小事，老板娘在公司管理会议上立刻发飙：这种不踏实工作，搬桌椅都不情愿的人，个人品质肯定有问题。

王亮也附和道：古话说得好，一屋不扫，何以扫天下？何况身为成年人，还这么狂热地打电脑游戏。这分明是缺乏毅力和责任心。公司也养不起这种人。

老板娘还拿王亮做例子，从大学时候起，王亮就常年早起锻炼，一天都不落，所以到现在还是六块腹肌。

一群开会的人，听到这里就有人凑趣，起哄道：难怪老板娘喜欢老板，原来是喜欢雄赳赳气昂昂的腹肌。

众人嘻嘻哈哈哈地说着说着，气氛突然一派和谐团结。最后老板娘恍然大悟：难怪，之前有同事反映，这个年轻人水平不行、配不上北大的牌子。现在看来，肯定是在大学里就光顾着打电脑游戏，所以最后毕业找不到北京的工作，才辗转来到我们公司。

这个论断本来是林丽珊旁敲侧击，在私下零零碎碎塞给老板娘的，但是一经老板娘转述，也就形同于盖棺定论。

老板娘平素最忌讳被人说是小公司。她自己开玩笑、装谦虚是可以的，但是在上海滩，做生意讲究排场；有人嫌弃公司小，摆明了就是损老板娘的面子。

开会的人，当然都知道这一番故事背后的指向，明摆着针对刘湛山。要么是他招人没招对，没有判断好人品和水平；要么是他带队伍没带好，派去出差的人只晓得打电脑游戏。

总归都是罪过。

大家先是茫然，不知道在会议上提出这个话题的背后深意，也不清楚单纯是人事部和技术团队互相拆台，还是老板有所授意，有意让老板娘的心腹女将跳出来当先锋。刘湛山向来以为技术团队才是公司顶梁柱；功高震主，其他人早就愤愤不平，老板估计也想偶尔杀杀刘湛山的威风。

其他部门的人起初拿不准脉搏，就不敢贸然表态，只顾得上附和着说些没油没盐的车轱辘话，如做事要有责任心、小事见大。

　　刘湛山有心帮这个孩子说两句话，但是这个御状告得太准，不仅有细节，还预留好了道德标签，惹得老板和老板娘齐齐出动，夫妻俩在讨论中给那孩子戴的帽子更加上纲上线，所以刘湛山一时不知虚实底细，明明知道自己部下被人暗算，也只好打个哈哈，没有辩解。

　　临了，刘湛山依然没逃脱难堪。王亮语重心长地提醒他：团队的同事，既要培养也要管理。刘总您经验丰富，管管年轻人。他们最终也会理解。这也是对年轻人负责。

　　领导说话讲艺术，这样说话等于是批评刘湛山。

　　所以这一场讨论下来，刘湛山吃了闷亏。

　　这些消息，当然最后总有人装作无意传开。

　　这也算是让赵婷婷再次见识到人事部门的阴险。

　　她还一直庆幸自己只是前台，不会跟大家有什么利益冲突，总是觉得她的工作跟餐馆和酒店的迎宾员一样，只要确保笑脸相迎就行了。

　　种豆得豆，种瓜得瓜，也难怪人家在邮件里背后评价她赵婷婷像是每天飘在云里雾里，工作不踏实。

　　说起来，林丽珊对自己团队里的前台，还真的没有什么特别意见。林丽珊素来十分高调，自诩是人力资源领域的专业人士。公司规模小，还不需要专门设立行政部门，所以行政工作这种没有含金量的事务，纯粹是委屈她来临时代管而已。言外之意是，出了什么问题跟她没关系。

　　林丽珊坐在岱宗坊附近的台阶上，慢慢啃着苹果，避免咀嚼声太过突兀。还没有怎么爬山，她已经觉得有点累了。

人近五十，也就快知天命。所谓工作、职业生涯，所谓成就公司愿景，共同创造伟大事业，这些她说了大半辈子的话，都不如在这泰山上一个水灵灵、脆生生、生津解渴、健脾舒胃的苹果来得实在。

干净、卫生、营养的苹果，怎么也比早晨那乌烟瘴气的早餐要好上几倍。厨师刚刚自乡下进城，手脚都还没洗干净，做事远谈不上走心。这般青年才俊烹煮的早餐，林丽珊花大力气忍住才没有随手泼掉。她心想：这种餐馆也能开张？

还不提那粗瓷大碗，恨不得每一个都有缺口，大概以为碗碟缺边少块，如同维纳斯的断臂，也体现着一种东西贯通的残缺美。可以想象那些面无表情、躲在后厨角落的兼职农妇洗碗工，更是敷衍塞责，漫不经心；一边诅咒着顾客乱摆架子，仗着花钱消费，光知道一天到晚扯着嗓门儿使唤人，一副副嘴脸，活脱脱就是清代肥皂剧里逛八大胡同的大爷，一边诅咒着餐馆老板，克扣工钱不说，还只让用最劣质的洗洁精，隔着橡胶手套都能感觉两只手掌已经被腐蚀。

这类员工，哪会精心细致地做清洁，自然只会简单粗暴地洗涤这些碗筷。要是真的能轻拿轻放，让这些碗碟留个全尸，同时还遵照流程，反复漂洗干净，让洗洁精里的表面活性成分包裹着细菌冲走，挥挥手不带走一片云彩，那才叫天外奇谈。

林丽珊顶不喜欢邋遢的餐馆。

打算开餐馆做生意，那些老板们也是不会算经济账，已经都投入那么多钱装修，就是不肯再把卫生情况弄得好一些。

今天早餐，她也就只是喝了一杯豆浆，好歹是用煮沸过的开水，勾兑了香精调配而成的豆浆粉，在一个充满廉价洗涤剂残留物的玻璃杯里，迅速搅拌而成的混合溶液。

为了不显得自己各色，林丽珊也跟着大家一道，胡乱点了点其他东西，但最后她的筷子没碰一下那些食品。

这种到处是黑色污垢的餐馆，面条、馄饨和油条什么的，在她眼中，都是捏着鼻子哄嘴巴的自欺欺人。

古时候孙二娘开黑店，顾客倒下一个，拊掌大笑：饶你奸似鬼，也得喝老娘的洗脚水。

跟什么公司愿景、企业发展远景一个样，表面上章法得当，谁知道在底子里是些什么名堂。

说起来，林丽珊一年多以前就来到这个公司，和老板夫妻俩一起共事。她可是一点也没有幻想未来。

首要任务是生存，是站稳脚跟，赖住不走。就好比喝下这穷乡僻壤的所谓"现磨"豆浆，哪怕是化学品溶液，也得咽下。

其他的各种高大上说词，都是白云苍狗，不值得品尝回味。

此前她一直在上海的各种电信公司里，见多了公司内部的倾轧厮杀，人事斗争纷繁往复；如今腾挪辗转没得好去处了，也就选了这个刚刚起步的小公司。

人事工作，说得好听，关系到公司最宝贵的财富——人才，但是她近三十年工龄，从中得到的真知灼见都充分说明，那些动人的辞藻都是说给投资人和公众听的。

真正有效的人事部门，第一件事和最后一件事，就是得到老板的信任。能够为老板所信任，成为老板的嫡系心腹，比什么都有用。

特别是像王亮和张芬芳这种老板，其实还没有在国内大公司里见识过人事斗争，服侍起来比较容易。

林丽珊偶尔也稍有惆怅，心想：老娘跟人斗争的本事，还没用出十分之一呢。

至于说公司的业务如何，林丽珊其实不在意。反正最近几年，她都是在上海几个电信公司里跳槽打转，每一个最后都垮了。

只要自己工资准时发了，人生不就是一步步前进？

谁还指望打个工，还打出个天长地久，打出个一日夫妻百日恩？

人是有意识的生命主体，公司是无意识的客观存在。两者的根本属性，中间隔着一个太平洋。话语体系截然不同，自然有如对牛弹琴、鸡同鸭讲，再怎么伶牙俐齿要倾诉衷肠，也不要轻易山盟海誓。

抓紧时间做好理财投资，小心不要在退休前弄丢了工作和社保，古今中外继往开来的打工族，不都是仅有这样一点卑微的期望？

本来，林丽珊觉得自己已经把张芬芳搞定了。对公司每个人，林丽珊心里都有一本账，随时翻阅增删。这是老板最需要的信息，好对属下都心中有数。在许多场合，张芬芳都表达了对林丽珊作为人事总监的满意，但是林丽珊知道：

革命尚未成功，老娘还需努力。

她还没有确切把握，自己是否真正"搞定"了王亮。

毕竟对内对外，这个公司的负责人是王亮。虽说张芬芳在日常管理方面，基本是最高决策者，但王亮到底是公司的门面和创始人。涉及药品、实验这些技术事项，全部是王亮拿主意。

随着公司逐渐增加人手，建起了研发团队，近来又收购了连锁药店，越来越显示出王亮在做生意方面的潜力。在所有场合，张芬芳也越发刻意突出王亮的权威。

这样一来，林丽珊和王亮之间缺乏默契和互信的短板，顿时显得突兀。

林丽珊对王亮这种偏技术路线的人，其实非常熟悉。她之前在电信行当，见过太多技术员，也见过太多技术员转成生意人，按说跟这类人合作是轻车熟路。只不过，尽管人事部门的三十六般武器七十二种变化，她用得纯属无比，但每逢和王亮讨论事情，她常用的那些方法和手段，跟王亮并不咬弦。

王亮非常熟悉美国公司的文化，但是他忽略了水土不服的基本道理。那种张口愿景、闭口理念的管理环境，并不能够自动套用于自己公司。

而林丽珊这样在小公司里混了几十年的人，出发点总是直截了当，要急老板所急、想老板所想，一切只是唯上，并不觉得公司理所当然处处是文化、步步是规则。她的人生信念可真不是这个路数。

所以她和王亮并不太合拍。往往是王亮眉飞色舞讲如何吸引天下英豪共创大业，她满眼含笑，情真意切，在心里却翻来覆去就是一句：有钱吗？钱够吗？

之前，她和王亮之间稍显生分。林丽珊都说是因为王亮的书生气太重，跟政府和媒体打交道太多，总是打官腔，说多了引起认知反应，真的以为他是在做一番拯救经济、造福社会的大事业。

　　林丽珊要花费非常大的力气，才能谨慎地控制自己，千万不要流露出一丁点这样的意思："阁下所念念有词之宏图伟业，其实不过是另外一个PPT公司罢了。"

　　PPT公司，是投资界对某一类创业公司的称呼，专门做出漂亮文档来申请政府补助和忽悠投资人。这类公司格外擅长画大饼、讲故事、谈理想，但是最后项目如何落地、如何赚钱，都是不确定。

　　至少林丽珊不确定，到底王亮是演技过于高超，以至于完全看不出痕迹，还是说，这些真诚的话语都是从他内心深处汩汩流出，由衷地发自肺腑。

2. 张芬芳

林丽珊觉得，自己跟张芬芳合作就容易多了。

两个人都是女人，好比是禅宗所说的"明心见性"，看待事情直抵利害关系的核心所在，比较符合自然的状态。

张芬芳自己，向来也是跟女性相处更加轻松。她有个理论，女人的能力训练，来自生活的每个环节，从而比男人更加全面，所以女人之间沟通，更容易有共同之处。

张芬芳总是说，女人的成长，从小时候的洋娃娃玩具，到成年后各种化妆品、各种五花八门的小食品，对各种商品的占有趣味，一路沿袭到老。这些庸俗琐碎的细节，将女人养成实用主义者，轻易不会让幻想迷惑了眼睛。

倒是王亮这样的读书人，在男权社会长大，被灌输的都是男子汉的大道理，只管寻找天上的星，无暇细看脚下的路，不像女人在鸡零狗碎的现实中生活，磨炼出敏锐的观察力，她们对人性的了解非常直观。

早在公司洽谈购买连锁药店之时，张芬芳就意识到，公司可能要开发网上药店，得先做一些人事上的准备，就跑来对林丽珊说：公司有了新机遇，得赶紧筹划聘请一个互联网领域的人力资源经理，来主持线上业务。

这个线上业务，按照设想，将依托收购来的实体药店，不光是做线上销售，随着平台用户群的壮大，可以涉足药品领域的广告服务，甚至是诊疗咨询服务，从长远来看，可以做成一个医药领域的互联网公司。第一步就要找到一个有互联网领域从业经历的人事经理，从人员招聘、制度设立等方面，尽快切入。

林丽珊当然是忙不迭赞叹，公司发展既与时俱进，又高瞻远瞩，战略和步骤齐飞，行动共境界一色。她一边强调说，自己也有信息科技领域的工作经验，其实对互联网也不算外行，一边也兵贵神速，隔三差五就让猎头公司推荐几个人来面试。

最后还是张芬芳自己找到一个合适的人选。她去参加一个医药行业大会，在会上结识了一个互联网销售平台的人力资源经理。首先是张芬芳相中了人家，年龄、资历和思路都非常合适；跟互联网公司常见的人一样，那个姑娘大学毕业不多久，比传统医药行当的人，恨不得要年轻一半，十分有活力和冲劲。

那个姑娘扑闪着大眼睛，说话不紧不慢，每一句都不是废话，一听就知道很有推动力，让张芬芳想起了十年前的自己。

张芬芳初到美国的时候，小家庭日子分外清寒。只靠着王亮一份奖学金，手头拮据姑且不说，关键是张芬芳闲不住。没有工作许可证，她只能四处打零工，补贴家用。当年那种独立自强，脚踏实地，能够为家庭做出贡献时候的意气风发，她在这女孩身上一眼就看得清清楚楚。那种有信心面对所有问题的气场，再踏实的外表也无法隐藏。

就素质能力和经验而言，这个姑娘是上佳人选。但是林丽珊知道，这种个性明显、思路明确的人，决计不能找来和自己共事。对于林丽珊来说，铁定是要找一个比自己弱的人；这样的话，她自己还能有操作和控制的空间，不至于被人家挤走。

所以在最后例行公事做背景调查的时候，林丽珊不经意地对张芬芳提了几句：据说，在这个女孩现在的公司里有她跟多个男上级暧昧的传闻；那边公司的人都在传，这也是这个女孩想跳槽的原因，因为一个未婚女青年，脸皮再厚也架不住这类流言蜚语。这个女孩在更早之前的公司，也是这样跟男上司不清不楚。这貌似都成了习惯。

信息爆炸的时代，互联网公司各种飞短流长，瞬间都在网上传播。这个行业节奏快，人年轻，桃色新闻多似牛毛。对此，张芬芳早有耳闻。互联网公司号称996，员工整天窝在办公室里加班加点，披星戴月，基本见不到外人。所以互联网公司的管理层，不少人有办公室恋情，离婚再娶女下属，甚至彼此重新组合。这俨然是该行业人士的宿命。林丽珊又作出公平公正的态度说，但凡职场女能人，漂亮又有活力，有些人爱泼脏水也是常有的事情。互联网公司加班特别多，朝夕相处的时间超过家人，外人不知情，以为那是办公室恋情，其实多数时候可能只是互相欣赏。总的来说，这个姑娘无论是工作能力还是行业经验，都是上上之选。能吸引她加盟最理想。

后面的话是套话。主要传递的信息，都在前面。林丽珊如愿以偿，在张芬芳心里留下了一大片阴影。

常常有人怪罪男人喜新厌旧，但是张芬芳深知，做互联网的也都是理工科毕业生，天性里容易红杏出墙。说到底，他们都是中国教育体系训练出来的工程师，至少就目前这一代人来说，在本质上这些男人都缺少人的趣味。所以办公室恋情发生在这些宅男身上，一点也不令人吃惊。

情趣寡淡的人，要么容易把性当作商品，把两性关系当作物理过程，自以为原谅我一生放纵不羁爱自由；要么容易一厢情愿，把两性关系当作权力斗争，情感都附着在外在的优势上，有权有钱就都是宋玉潘安，就都是现代社会的潘驴邓小闲。

正因为如此，这种理工男，在狭小的办公空间里，一旦生出好感，也就更加危险。

张芬芳深思片刻，有些犹疑不决。因为那个姑娘一看就是个愿意为了事业放弃一切的野心家，决计不会愿意做个小鸟依人的地下情人。

但既然这个姑娘有办公室恋情的前科，就宁可信其有不可信其无。

后院起火、赔了老公又折兵的风险，不得不防。

前后脚一起回来的留学生朋友，离婚再娶的已经有好几个。按照坊间传闻和闺蜜私语，更多的例子只是没有流传开来而已。

多少夫妻回来创业，白手起家，当年两手空空，自然海誓山盟，你侬我侬。一旦创业有了点眉目，腰间有了几个铜板，立刻缺乏共同语言。

投资圈里都开玩笑说，不来几次家庭并购重组，哪能有公司的上市IPO！

　　在家庭观念上，张芬芳自认为非常传统。她可不愿意在自己的老公身边有这么一个美女，独立能干肯拼搏不说，还如花似玉有女性魅力。传说中男人之间的友谊，最铁的就是一起扛过枪，一起贪过赃。这男女同事，从早到晚并肩在公司工作，不正是一起扛过枪吗？

　　不行，张芬芳宁可自己辛苦点，让一起扛枪的人是自己，也不能是别的女人。

　　有了这种小心思，张芬芳招聘那个姑娘的意愿突然就淡了许多。这种态度虽然微妙，但是最能影响默契。那个姑娘一下子就打退堂鼓，说不想跳槽了。

　　参与决策的王亮、张芬芳和林丽珊，只有王亮是真的有点失望。如果那个姑娘加盟的话，说不定很快就能挖一大拨人过来，组建互联网团队。这种互联网业务没有什么诀窍，建起团队快速推进迭代是重点。哪知道，头两天那姑娘还谈得热火朝天，相逢恨晚，说好共同创业，怎么隔了几天，就变成了退避三舍。难道她那份热情都是假装？

　　张芬芳看着王亮那沮丧的神情，左看右看，怎么都像仅仅是对一个人才的遗憾与惋惜，看不出一点点是因为不能亲近美色而失落。以致张芬芳也有点迷茫。因为找到一个合适的人来筹划这部分互联网业务并不容易。公司如果跟投资界大热门的互联网沾上边，运气好的话，分分钟就能融来大笔资金；生死攸关，其实一点点也不能拖延。

　　但是不知道为什么，看着王亮满脸的惋惜之意，张芬芳又觉得有点轻松，有点庆幸。她自己这种心态，有些什么意味？张芬芳摇摇头，决定不去深思。

所以林丽珊依然还是人事部负责人。张芬芳对她在关键时候能够挖掘出重要信息很是欣赏。

林丽珊也暗自松了口气，暂时没人来威胁她的职位，至少给她赢得了一些时间。

不过呢，按下葫芦浮起瓢。另外一方面，公司技术负责人刘湛山，跟她的冲突倒是越来越明显。

说起来，刘湛山也是林丽珊招聘进来的。起初两个人倒还相安无事，有说有笑，但随着刘湛山的团队急剧扩大，两个人之间也就不断发生冲突。

人事部最烦恼的是招聘。像这种新创立的医药开发公司，光是大上海周边，算上苏州、常州、无锡和南京，恨不得有上万家，招聘技术人员多半来自传统的化工专业。只不过，刘湛山在招人的时候，几乎就架空了人事部。无论林丽珊让手下从招聘网站找了多少份简历，刘湛山都直接打回来说"不行"。当然他也不会明着对抗。他总是说：那些人资历不行，真正医药化工行当的技术人员，靠满世界收简历是招不到的。

这话也对，也不对。只不过，厚厚一沓简历转给刘湛山，最后决定可以录用的，总是刘湛山自己推荐来的人；稍微一问，还多半都沾亲带故，算是从前这里那里的老部下。

一个如此，两个如此，三个还是如此。刘湛山自己找来五个这样的小组负责人，然后每个人又组建自己的小组，最后整个技术团队几乎都是刘湛山散落在不同公司的徒子徒孙大会师；剩下几个，不成气候，则是各种院校毕业不到一两年的应届生，以从外地刚到上海的居多。

林丽珊认为这是刘湛山在搞山头主义。

本来，涉及技术的行业都这样。无论是传统的IT、电信行当，还是新兴的互联网公司，都靠一个技术领头人，呼朋引伴，组建整个技术团队。

只不过这样一来，林丽珊在整个招聘过程中没机会行使否决权，只是最后按录用流程签个字跑完合同；而决策细节和筛选关键点，她都被排除在外。这对人事部负责人来说，是一件很糟糕的事情。

人事部安身立命的职能就是招聘。倘若在这个过程中插不上手，决定不了录用的人员，就意味着自己没有任何影响力。

通俗地说，不能决定别人的命运，就没有人怕自己，自己的地位也就不稳固。

职场都这样，任何经理人的稀缺程度，都跟自己把控的资源有关系。手下没有一堆人，没有关键时候能帮自己说话的人，那可不行。

于是林丽珊跟刘湛山结下了梁子，吵来吵去，一到管理团队开会，就互相告状。

碰到这种高管之间吵架，现在都是张芬芳出马调解。所以吵架的两个人，隔着张芬芳互相扔话。唇枪舌剑，针尖麦芒。各种招数层出不穷，开头如猎人的飞去来器，绕着弯投奔对方怀抱；结尾还来一招武侠小说中的神拳，能够隔山打牛。

刘湛山反驳道：公司最重要的工作就是药品研发，现在招聘进度太慢；人事部安排来面试的人，水平特别低；每周送来的有效简历太少，不得不降低标准。

林丽珊一边端详自己的美甲，一边柔声细语地说：人事部安排的人，至少都是正规本科毕业，还有一堆来自华东大学这样的老牌化工学校。这样的人，技术团队凭什么看不上？凭什么不愿意招进来？难道不比现在在岗的人强多了？公司上下，得统一用人思路和用人标准。必须尽可能找到水平高的；否则，谈什么人才，谈什么研究水平？

而一听说要确保高水平的研究，刘湛山就抱怨道：咱们公司是应用技术研究，也需要大量的操作人员。具体的测试和分析岗位工作性质都是做实验，并不需要特别高的学历背景。目前招来的人，全都符合要求。这些任劳任怨的员工，都是在人事部一点点协助都没有的情况下，靠技术团队自己努力招进来的。

刘湛山也调整了一下语气，格外温和亲切地说：就是因为公司要求人事部主导招聘，所以现在队伍扩张太慢。从前靠技术团队自己招聘反而都很顺利。

过了一个星期开管理会议，林丽珊就甩出一张图表，对现有五十多个研发人员进行了学历背景分析。这一下，连王亮也大吃一惊。因为目前在技术人员里，百分之八十的人第一学历是专科，或者某些民办学院的本科。

用数据说话的工作作风让王亮非常赞许。他在美国待过，知道美国人貌似民主平等，其实对第一学历的歧视相当严重。养孩子稍微努力一点的北美华人，都以培养孩子"爬藤"为人生成就；孩子考进常青藤名校，可以算作人生最大成就，死能瞑目。

　　就是因为技术团队学历并不抢眼，刘湛山才对碰到的北大学生格外青睐。这种规模的公司，能有一个北大学生加入，也的确是稀罕事。

　　但是林丽珊一眼就看穿了刘湛山的心思。

　　刘湛山把这个北京大学毕业生招进来，为的就是可以堵她的口，免得她说技术团队招人不看学历背景；同时也是向王亮邀功，明摆着就是说，单靠他们技术团队自己做招聘，反而更厉害。这不，连北大学生都找来了，还有什么好说的？

　　于是录用这个北大学生的时候，林丽珊就跟刘湛山吵了个痛快，拿着公司的工资政策，以同工同酬做理由，坚决不同意给这个北大学生高薪。

　　刘湛山当然知道这个北大学生来之不易，深知如果比照目前员工的起点薪水，确实很难体现用人的诚意。但是林丽珊大吵大闹，搬出一堆同工同酬原则，就差投诉到联合国人权理事会强调不分肤色宗教性别人人生而平等，总归就是不松口。刘湛山知难而退，转而以退为进，极力推荐这个孩子给王亮做助理。理由有两个，一来人才难得，放在王亮身边，培养懂管理、会协调的技术后备力量，二来男生也合适跟王亮一起出差，可以照应王亮。

　　张芬芳一听刘湛山这个安排，也觉得很不错。除了年轻人可以照顾王亮出差的起居和行程，她还有个私心：这样王亮外出的时候，独处的机会就少了很多。

　　张芬芳就有点动心，想拍板同意刘湛山的提议，也免得林丽珊和刘湛山吵个不停，自己不好驳了哪一个人的面子。

　　林丽珊一看局势发生变化，即刻进入最高级别的应急状态。

她牙齿紧咬着，顾不上腮边的法令纹呈现深深的两条沟。绝不能让刘湛山的提议成了决议。那样岂不是她自认下风，输给了刘湛山？

林丽珊立马让人翻出那个北大学生的应聘表格，稍一琢磨就跑去找张芬芳，说：这个孩子字迹难看；参加面试的同事，一致认为他水平很差；这样的人跟王总一起出差，可能给王总丢脸，影响公司的形象。

转过头，林丽珊又去找王亮，说：考虑到王亮是总经理，在外面谈事情，百分之八十以上都是寻求投资和项目合作，所以王亮的助理，最好有投资背景，能够给王亮一些协助，比如准备一些财务数据、回头跟公司的财务对接，专业技能更为重要。

这话也打动了王亮。他确实觉得自己在资本运作方面，经验有所欠缺，虽然几番学习，日夜琢磨，但总是效果不彰，底气不足；如果有懂行的人在身边，会非常有帮助。

林丽珊接着说：王亮是美国做派，非常独立，不像国内先富起来的土豪劣绅，爱摆架子使唤部下。公司上下，向来都钦佩王亮自己处理琐事，订机票、订酒店有时为了效率都自己在手机上操作，亲力亲为，不愧是经过欧风美雨熏陶。这会儿如果要招助理，决计不需要一个生活秘书，不需要一个让人以为摆架子撑场面的跟班，而是一个吸引投资、拓展业务方面的高参。身边有这样一个专业人士做助理，才显出王亮的国际阅历，有利于塑造公司的形象。

这话的确打动王亮了。

此前，王亮对林丽珊的工作不置可否，并无可圈可点的业绩，总体上，也不过是工作多年，过了许多桥，吃了许多盐，做事中规中矩而已。

这次听了林丽珊对总裁助理岗位的一番分析，王亮第一次觉得林丽珊还挺有见地。难得林丽珊对公司的情况和王亮分身乏术的状态有深入了解，看来在这件事情上，还是应该听林丽珊的。

更难能可贵的是，林丽珊半滴洋墨水都没有喝过，据说她出国旅游只限于东南亚；不承想，她居然能够发自内心认同王亮凡事亲力亲为和不注重排场面子的民主作风，倘若不是从前相处并不融洽，王亮简直都要感激林丽珊的一片知音之情。

相比之下，刘湛山推荐一个乳臭未干的应届生来给王亮做助理，反而显得幼稚急迫，缺乏考虑；明显是为了录用北大学生入职，才因人设岗，塞给他王亮来曲线救国。这种居心，明显带有谋略，并不正大光明。

所以让北大学生做助理这件事情，也就耽搁下来了。当然，为了不让刘湛山继续难堪，也体现对技术大拿的尊重和怀柔，王亮也就破例同意以高一个薪水档次录用了这个北大学生，依然将其放在刘湛山的技术团队。

但是林丽珊几十年摸爬滚打下来，深知职场斗争的规则：宜将剩勇追穷寇，不可沽名学霸王。这件事情还真不能就这样结束。

你刘湛山不是洋洋得意，你们技术团队不依靠人事部，就能招聘来北大学生吗？说得沸沸扬扬，不就是想以此来证明你刘湛山招聘有眼光吗？不也是想证明你们技术团队也注重名校背景吗？

林丽珊瞪大了眼睛，专门要看看这个北大学生到底行不行。

这不，林丽珊主张在亳州暂不招聘人员，由上海总部轮流派人去出差。亳州开发区百废待兴的办公室，也如林丽珊所愿，如同试金石、炼金炉，立刻测试出了谁是真革命、谁是投机分子。

一屋不扫何以扫天下？在办公室里不愿搬桌椅，暴露了这个北大学生眼高手低的本性；在荒郊野外、天高皇帝远的农家院宿舍彻夜打电脑游戏，又暴露了这个北大学生缺乏理想和自制力。

那个学生很快就知趣地辞职了。

这也算是给刘湛山一个教训。

在这方面，林丽珊立场坚定，一点也不含糊。在公司里，一定要维护自己的权威，要让别人不敢欺负你，你才有自己的一块自留地。这个北大学生短暂的出现又消失，想必已经让刘湛山知道她林丽珊的本事。

张芬芳冷眼旁观，觉得林丽珊敢打敢拼，有勇有谋，不愧是资深人事工作者。这刘湛山眼高于顶，自以为公司缺了他不转；有个林丽珊冲锋陷阵，不时敲打一番，只要不太过分，张芬芳倒颇有点乐观其成的平衡感。

但是形势变化飞快。林丽珊很快又发现，三十年河东四十年河西，自己和刘湛山突然又需要结成统一战线。

不久前，刘湛山还如日中天，是公司在技术方面的总负责人；感觉离了他的技术团队，这个以研发为主导的公司就剩下一个空壳子，神仙变戏法也兜不住。

不过，形势瞬息万变，如今公司收购了连锁药店，正谋划全力往互联网方面转型。刘湛山这个针插不进水泼不进的团队，眼看着要被边缘化。

这样一想，林丽珊也就敏锐地意识到，现在自己反倒要借助刘湛山的力量，肩并肩、手牵手，共同筑成新的长城。

简单来说，有技术团队的存在，人事部才有存在的必要。一个不懂互联网的人事部和一个不懂互联网的技术团队，在公司推进互联网转型的战略面前，都是可以被淘汰的。

因此，头几天还是你死我活的阶级斗争，一转眼就结成了唇亡齿寒的统一战线。

林丽珊立刻偃旗息鼓，不再跟刘湛山闹别扭了，反而在公司管理会议上主动提出：要和刘湛山一道，全力推进医药技术业务培训、人才盘点和后备力量培养等。一定要把这宝贵的医药开发技术队伍，打造成招之即来、来之能战、战之必胜的尖刀连、突击队。只要人才梯队完备，就能建设基业长青永续经营的伟大企业，能够成为黄浦江畔的科技企业之星。

随后，围绕着五十多人的技术团队，人事部温情脉脉，组织起各种活动，什么生日会，单车会，郊游踏青，跟其他公司单身联谊，技术研讨会，冷餐会，真可谓：

借问酒家何处有，一片冰心在玉壶。

这充分彰显技术团队在公司的重要地位，烘托出万众一心、秣马厉兵、摩拳擦掌、奋不顾身，要全力以赴投入到药品研发当中的豪迈气魄。

但是林丽珊心里清楚，自己跟刘湛山之间还有一层窗户纸没捅破。两个人怎么评估公司现状和走势，以及如何互相支持，还需要敞开心扉互相交代一下。

怎么说呢？公司要横向开拓，增加互联网业务，好吸引投资者。这是张芬芳的官样说法。但是林丽珊深信，王亮和张芬芳心思缜密，在这些话术背后一定还有层层算计。先是药品业务上线，因此要组建互联网技术团队。但是长远来看，公司是否会全做互联网业务，最后只需要互联网团队？这不仅是林丽珊关心的问题，也是刘湛山要关心的问题。

林丽珊和刘湛山，反而变成了一荣俱荣、一损俱损的同盟。

这次来泰山，其实大家都心存观望，等待王亮就下一步的工作与组织安排，做一个说明。

林丽珊想到这里，看了看坐在附近休息的刘湛山，三下五除二，用水果刀削了一个苹果，朝刘湛山招手，满脸笑容地说：刘总，刘总，给你一个泰山有机水果，既鲜又脆！

赵婷婷受不了两个人竞相露出白牙，笑得天真无邪。她扭过头去，心里鄙夷极了。看你们这些人钩心斗角，一个个表面上都是亲如一家，里头都是些花花肠子，真是无耻。

林丽珊小心翼翼地张开嘴，避免苹果蹭上唇膏；由侧脸看过去，那嘴型丑陋又下流。刘湛山那中年男人肥硕的身体，胖乎乎的巨灵之爪正拿着一个削了皮的苹果，也是说不出的淫邪诡异。

听着两个人吃苹果的清脆声音，赵婷婷想起白雪公主吃苹果的故事。

她脑海中立刻浮现神奇的一幕，盼望着白雪公主的后娘能够在苹果上投毒下药，让这两个中年男女吃了以后一命呜呼。

3. 孙太平

孙太平强压着内心的不满，本来三步能并做两步走，现在为了不把大家甩得太远，不得不左右横向运动、慢吞吞一级一级地爬台阶。

真不喜欢这些人如此磨磨蹭蹭。

他心想：也真难为赵婷婷这个小姑娘。这些人，明摆着分头有话要谈，爬山只是幌子，所以走走停停。只有赵婷婷一个人落单。因为爬山，赵婷婷穿着宽松的运动裤，身影单薄，仍然看得出那两条秀美的长腿。

孙太平不由得心头一热。

如果四周没有人，他真的不敢担保，自己会不会冲动地扑上去，把这个斯文秀气的女孩抱在自己怀里。但是跟同事一起出门就是不方便，他不好意思只跟赵婷婷并肩同行；否则，他真要拉着赵婷婷，甩下这些中年人，也不坐缆车，直接沿着石头台阶，一鼓作气，冲到山顶的南天门。

那才是年轻人的活力。

那才是登泰山该有的样子。

孙太平个子不高，是江西人，在公司里负责华东地区的销售业务，这两年来，也还真说不清做了些什么销售，但是在公司里，论忙碌劲头，估计他要算第一。

因为他有个长处，就是做了多少事情，整天叫喊不歇，能让所有人都知道。

偏偏王亮还觉得这样是对的，在隐约之中已经把孙太平当成了徒弟。

孙太平读的是海事大学，本科和研究生都是管理学方向，是个声誉卓著的万金油专业。管理系毕业生，就业去向五花八门，靠着学校的背景，倒有一大半都跟海事运输、船舶代理什么的沾沾边。而孙太平呢，一直到毕业时候，都还不知道自己想做什么。

上海的夏天酷热无比，想到自己很快就要搬出宿舍，十有八九成为在上海流浪的应届毕业生，孙太平就算是正在吃着冰凉的西瓜，也仍然觉得五脏在燃烧。

他在校园西门外的路边摊上，一个人要了半个冰镇西瓜。

那种南方本地产的西瓜，粉红色的瓜瓤包含着一些颜色深浅不一的瓜籽。高才生如他，也不禁幽幽地想到，自己毕业即失业的人生，就像是这西瓜里未发育好的瓜籽。

幸好这一腔怀才不遇、举目无亲的思绪，让他百无聊赖地抚平了西瓜摊上包东西的一张报纸。

当期报纸刊登了一篇王亮的专访。

文章写得壮怀激烈，气势宏大。

通篇归总为一句名言：21世纪是生物技术的世纪。

这句话放到研究生物学的圈子里，是个出了名的笑话，常常用来取笑生物系的学生误入火坑。但是，这个圈子之外的人，比如说孙太平，听到这话，想起的可都是关系到人类未来的伟大事业：攻克艾滋病、白血病，太空育种亩产一万斤。如此等等，不一而足。

这让孙太平记住了这个公司。尤其是公司的老板王亮，如何下定决心，毅然决然从美国头部的医药公司回国创业。公司虽然筚路蓝缕，然则海外赤子拳拳之心，一步一个脚印，迈向药品研发这个面向21世纪的核心领域。

更为重要的是，文章在最后还引用王亮的话：公司现在求贤若渴，欢迎有心人和他直接联系。

也不知道是出于什么心态，孙太平吃完西瓜，回到已经基本搬迁一空的宿舍，就按照文章中提到的社交账号，给王亮发了一封求职信。

当然了，通过这个账号反馈的求职信，这是有且仅有的一封。当时公司刚刚创立，王亮眼看着自己的粉丝数量增长缓慢，并没有登高一呼，万人响应，心里渴盼知音知己的那份焦灼，不亚于太平歌词：

奴好比貂蝉思吕布，又好似阎婆惜，坐楼想张三。

居然有人求职！王亮当然以迅雷不及掩耳之势安排了会面，然后一看孙太平是个二十五六岁的年轻人，身材瘦高，戴着深度近视眼镜，仍然保持着乡下孩子某种无法言传的不合时宜气质，在繁华的都市氛围里，显得格外真诚和执着。

王亮一看，这分明跟他自己二十年前的样子十分类似。他心思一动，就立刻录用了孙太平。

工作了两年之后，比较起来，除了刘湛山的技术团队，其他人员都走马灯似的换了好几拨，就剩下孙太平一直没有动过窝。公司的情况，他现在最清楚。每个人的脾性，他也了若指掌。开发区里的各种关系对接，他也熟极而流。自然就给了他一个总监的头衔，统一负责对外接待工作，比如申请基金项目、园区补贴以及接待各路人马视察，就统一由他来安排，也算是公司的一个高管。

用王亮的话来说，打算做公司，就是成就百年基业，核心就是要有人才。而孙太平就是这种人才观的现成模板，算是王亮诲人不倦、言传身教培养出来的。

说起来，王亮在公司上下，还真没有什么人可以分享一下自己的管理理念，张芬芳是他的商量对象，刘湛山是他的技术伙伴，只有孙太平一张白纸等待描画，才是个好听众。王亮做什么事情，都可以像给徒弟上课一样，把来龙去脉说一说。有时候也不在乎学生是否能听懂，而是在讲述的过程中，王亮把思路梳理了一遍。

孙太平受过管理学的科班训练，从会计常识到公司估值，从日本的看板生产流程管理到商品营销的三个C五个P，从麦肯锡面试技巧到蓝海战略，都能在名词解释和方法论上说得头头是道。即便实际运作，很多事情他似懂非懂，但经过王亮一解说，他就能够很快明白诀窍。这每每也让王亮更加生出孺子可教的感叹。

一个总裁身边，总是需要一些年轻人。

岳飞有马前张保、马后王横。

包公有王朝、马汉。

就连杨六郎，也有孟良和焦赞。

武则天有个狄仁杰。

狄仁杰有个李元芳。

就连说个相声，还得有个捧哏。

好在孙太平明白自己有多少斤两，伴君如伴虎，得牢记古时候藩王起兵清君侧的教训，切忌恃宠生娇。所以他向来谨慎小心，早就琢磨出如何应对公司几个头头脑脑的策略。

聪明人最忌讳自作聪明。

杨修如果不是看破了一人一口酥，也不会被曹操斩首。

老板让人事部负责这次泰山会议，无意中也投射出一个信息——老板和老板娘现在心里最关切的都跟人有关。所以这次泰山之行，老板要运作的事项都不涉及孙太平，他也就难得无事一身轻，乐得逍遥。

然而也并非没有事情值得他牵肠挂肚。

他一样满腹心思，期待着在泰山之行之后，有些结果。

孙太平喜欢泰山，因为这跟他在高中时代的记忆有关。

在他们小县城的那所中学里，孙太平是几届学生里少有的机灵人。语文老师最欣赏他。高中入学不到半年，孙太平居然能把高中的所有语文课文，都滚瓜烂熟地背下来。这就包括高一开学的课文《雨中登泰山》。

当然，老师不知道的是，孙太平为什么那么投入地背诵课文。

比如，同学们最厌烦的屈原，一篇文章里二三十个生字，且不说一辈子都不会碰见第二次。

"余虽好修姱以鞿羁兮，謇朝谇而夕替"。就连吃个橘子，这么大路货的水果，屈原还变着花样唱颂歌。

什么曾枝剡棘，圆果抟兮，什么纷缊宜修，姱而不丑兮。这些公认特别难读的课文，孙太平都能够提前背熟。

高一刚开学，孙太平情窦已开；个子长得飞快，很快就穿不下几个月前还合身的衣服，紧巴巴的长裤下面，总是露出一大截瘦骨嶙峋的脚腕子。孙太平好像自己都不明白他身体里发生了什么，在混沌之中，浑身上下总透露出一点局促。

同学们都是从各个初中考过来的，彼此都有点拘谨。只有同桌的长发女生清秀苗条，待人亲切，对孙太平最是温和客气。

其他女生未必对孙太平不屑一顾，这个同桌也并非对他另眼相看，但是孙太平正处在不尴不尬的年纪，一会儿怀疑自己长得古怪，一会儿觉得自己腹有诗书气自华，刚刚考进著名高中，未免不时有点林黛玉进贾府的感觉，言行谨慎。这个女同学的亲切友好，让人不再拘束，孙太平浑身的提防放下，逐渐松弛下来，让他感念至今。

而那个同桌，在开学的第一周，举手朗读了《雨中登泰山》部分段落。清脆流利的语音，让孙太平听得如痴如醉；落落大方的气质，算是他无数个春宵梦想里，捉摸不定的一个模糊影像。

不知不觉，孙太平没事就拿起课本，反复看《雨中登泰山》这篇课文，脑海中回响着那迷人的语音，结果整篇课文就被他背熟了。在以后的人生里，他惊奇地发现，这篇文章已经终生不会忘记，成为语言经验里最深刻的潜意识。

而他背熟各种课文的秘诀，就是一边看着课文，一边想象着那个女生会怎样温柔亲切地朗诵这些文字。这种方法，起初是偶尔的一种幻想，后来就逐渐变成一种习惯，变成能够拯救他高中时代孤寂生活的好办法。

正是那温柔的嗓音，让孙太平能够在激烈复杂的全方位竞争当中，找到一种寄托。于是靠着会背课文，孙太平成为语文老师的得意门生。

所以听说要来泰山，可想而知，孙太平心里，有那么一瞬间，还真的是小鹿乱撞，"咯噔"了一下。

青春岁月，最美好的一段回忆，就那么活灵活现地浮现在眼前。泰山这个地方，崇高伟大，本来不适合投射他卑微的向往。对泰山的一点念想，纯粹是少年时候一点悸动的绮思，深藏在内心的某个角落，本来以为自己不会再去触动，只当作一个久远的记忆，而且逐渐模糊。

结果，一听说要来泰山，他的脑海里即刻自然而然浮现起《雨中登泰山》的文字。一个婉转动听的声音仿佛在说：

> 蹚过中溪水浅的地方，走不太远，就是有名的经石峪，一片大水漫过一亩大小的一个大石坪，光光的石头刻着一部《金刚经》，字有斗来大，年月久了，大部分都让水磨平了。

《雨中登泰山》作者是个老人家，在即将退休的年龄，夹裹在一群年轻人当中，轻松自在地爬山。纯粹是拉家常风格，却又不乏知识分子的趣味。

作者在文章中引用了杜甫攀登泰山的诗作，孙太平永远记得。

望　岳

岱宗夫如何，齐鲁青未了。

造化钟神秀，阴阳割昏晓。

荡胸生曾云，决眦入归鸟。

会当凌绝顶，一览众山小。

这么些年过去了，孙太平早已经成熟，再不会见着心仪的女孩子还腼腆木讷，双手不知所措，只好把一份好感和向往寄托于文章与声音。

但人就是这样，有时候，一点远方的影子，也许是一个人的声音，也许是一个人回眸一笑，会定格成一幅画面，在记忆中凝固起来。

孙太平看到赵婷婷，每次都感觉莫名的熟悉。起初他还没意识到。因为公司的前台来来去去，总归都是些年轻姑娘。她们都差不多，刚来的头一个月还有些生涩，过了一两个月，神情镇定了一些，气质也就显得沉稳许多。

最开始，孙太平看见赵婷婷那稚嫩的脸庞，而头发工工整整地贴在头皮上，正中间分开，两边使劲地拉下去，再在脑袋后面结成一个发髻；觉得这个女生好生奇怪，年纪太小，发型却太老。

等过了一个多月，这个小姑娘还坚持在前台没辞职，平常坐在前台桌子后，只露出上半个身子；一旦站在人群面前，居然亭亭玉立，虽然看得出来还有些羞涩，但仪态大方。

孙太平开始有事没事跟赵婷婷聊一会儿。赵婷婷还是个小姑娘样子，每次看到他，都还很拘谨地守着上下级之间的分寸，问一句才答一句。

孙太平看到赵婷婷这么美丽动人的小姑娘，内心深处虽然非常有好感，却没有勇气去追求。明明自己在公司前台晃了好几个来回，想跟赵婷婷说点什么，但是急切间好像找不到什么可展开的话题。

"周末放假回家乡吗？"

有时候他假装随口这么一问。

"不回去呢。"赵婷婷温婉的声音，总是这么不疾不徐。不知为什么，平时能够跟人们插科打诨的孙太平，就接不上话，只好点头笑笑。

赵婷婷的仪态，有一种她自己都不知道的风姿。她外貌出众，但好像自己从不在意；她对任何人都谨守礼仪略显拘谨，但是她的身材又是那样曼妙轻盈，揭穿她低调朴实的姿态里并不寻常的气质。

普罗大众万千庸脂俗粉，哪有这样的仪表？！

不知道为什么，孙太平看到赵婷婷就立刻言语短缺，总有种血液一下子奔涌到嗓子眼儿的紧张，让他平素的油腔滑调变得哑口无言。

很多个时刻，他鼓足了勇气，想约赵婷婷下班后一起看电影，但是往往事到临头，又觉得同在一个公司，他的职位还高很多，这样去邀请她，怕她觉得是在利用工作之便。

　　有时候，好不容易时机合适了，年轻同事约着下班一起闲逛，他自己的时间又不凑巧。就这样拖了几个月，他心里开始忐忑不安，挂念着赵婷婷的一举一动。这种患得患失的难受劲，让孙太平意识到，他真的喜欢这个言语客气、斯文有礼的前台小姑娘。

　　但是明白这一点，对他却不是什么好消息。

　　大上海的生活如此现实，他在这个城市生活了八年，非常了解从旧式弄堂到新式洋房，这座城市生活细节的背后，是根深蒂固的计算和精明。

　　他并不抵触这种海派价值观。相反，和多数来沪读大学的外省孩子一样，住久了，这种气质也深入骨髓，理所当然。

　　后工业化的都市，一切都是价值交换；人钱两清，反而自由体面。

　　没有钱，没有房子，没有家底的乡下男人，在这个都市里，没有资格给人一个承诺。

　　特别是像赵婷婷这样柔弱美丽的女孩，需要人精心呵护。把这样一朵娇美的鲜花，放到自己租来的一个远郊区两居室里，简直就是不尊重。

　　的确，赵婷婷也没见得有多娇气，也没见得有多么不能吃苦。这份鸡肋一样的前台工作，她不也坚持下来了嘛！还逐渐承担了很多人事部的跑腿工作，比起之前公司聘用的那些前台小姑娘，她一个人做了两三个人的工作，不也没有叫苦嘛。

　　说到底，还是因为孙太平也不能免俗，觉得是个男人就应该创造养家糊口的物质条件，让赵婷婷这样的女孩，过得轻松一些、不那么艰难。

换作其他的女孩子，也许孙太平不会这样犹豫不决。这种情形，《三言二拍》已经说了千百遍：

命中注定终需有，不是冤家不聚头。

这就是孙太平的命中注定。他喜欢的女孩就是这样，代表着他从小到大的生活里一直都缺乏的那种娴静美好。

这一次老板娘突然发作，给核心管理团队的人发邮件，要解雇赵婷婷。

消息来得突然，孙太平自然也立刻警觉起来。

工作中没有小事，每一件事情背后都有原因。这也是为什么公司里职位越高的人，越有高度的政治敏感。

辞退一个前台，邮件却发给管理团队，事出反常。收件的每个人免不了就会有自己的解读，孙太平当然也不例外。

老板娘这是冲着谁来的呢？公司虽然说要控制成本，但是开源总比节流要重要。真正成本的大头，目前都是刘湛山的技术团队。然而谁都知道，这个团队目前工作并不多，或者说，忙碌倒是忙碌，但都是瞎忙空忙。

如果说是杀鸡给猴看，把前台给解雇了，这不明摆着要吓唬谁呢。

下一步十有八九要裁员减薪，先来个辕门斩马谡。拿前台祭旗，也算是打三百杀威棍，告诫大家谁才是真正当家做主。

如果真的是要发动什么整改运动、启动什么裁员计划，开除前台应该就是信号旗，是消息树，也是警报器。

孙太平知道，老板和老板娘虽然口称美国风格，但是实际上在很多方面，却是彻头彻尾的中国习气。说粗俗点是杀鸡骇猴，说斯文点是常敲边鼓，期待听众闻弦歌而知雅意。

举几个小例子。比如，和很多创业公司不一样，王亮就要求大家互相都称呼"总"，王总张总李总刘总，结果公司里就一堆"总"。

又比如，王亮就特别期待下属要及时表忠心；对他来说，忠诚比业绩还重要。很多时候，他孙太平即使做错了事情，不也都没有人追究嘛。也就是因为他的忠诚得到了王亮的认可。

老板最在乎的是下属的忠心。这是几年来他在工作中得到的切身经验。

只要是中国人，就会讲究等级，就会讲究排场和威风。

拍马屁总归不会错。

表达忠心至为关键。

无论在哪里工作，这可是金科玉律。

他想了一会儿，就回了个邮件，模棱两可地表达：目前的前台工作好像也还不错，不过前台有些行政工作，需要一点体力，换个能做重活、能搬东西的人也好。

孙太平心想：反正自己也就这么一说，读邮件的人都能明白，他就是仗着年纪小、职位低，说话不讲究站位高低，找个理由搪塞过去。他不想像其他人那样，拼命找个冠冕堂皇的借口，扯出来的理由简直上不了台面。比如，有个人的言外之意就是说，现在这个前台太漂亮了，招蜂引蝶。这种阴暗心理，足以表明人心叵测。

看看那个人事总监，自己是女人，还公开在邮件里睁眼说瞎话，影射人家小姑娘衣着不得体。

但是孙太平转念一想，这不也就是自己做这份工作的收获嘛。如果自己不是在这个位置上，孙太平怎么有可能在二十七八岁的时候，理解职场、领悟人生这么透彻？

古话说得好，人不为己，天诛地灭。这话的的确确是真理。

天子今天还在泰山封禅，和各路诸侯会饮，明天就能兴兵讨伐，大动干戈。

皇亲国戚，翻脸就是生死仇人。

杀戮完毕，仍旧来泰山下一道祭祀圣旨，赞颂仁者无敌。

看看公司里这些中年人的表现，每个人都是把自己的利益摆在第一位，在公司即将出台未来规划的紧要关头，先来个明哲保身，顺着老板娘的话说。

古话也说，福兮祸所伏，祸兮福所倚。

孙太平想开了，赵婷婷离开公司，也未尝不是好事。她还很年轻，按照她的工作态度，在上海找到类似的工作，然后逐步积累经验，生存没有问题。

所以，在火车上，他左思右想，脑筋一刻都没有停息过，兴奋得睡不着觉。

他跟开发区管委会总有联络。开发区其他公司的人，免不了常去管委会开会，孙太平也刻意多有结识。这些人彼此惺惺相惜，互相认可在这类迎来送往工作中锻炼出来的眼光。孙太平在火车上连夜给好多熟人发短信，咨询有没有前台或者文员之类的岗位；他有一个人选，愿意毫无保留地推荐。

火车"哐当哐当"地前行，孙太平逐个发完短信，想着今天是星期五，周末的夜晚，估计很多人得星期一上班才会回消息。哪知居然有三个公司即时答复，简直就是秒回。

其中一个公司甚至是美国著名药厂，在行业里数一数二。他们需要一个科研助理，工作职责主要是跑腿送材料。所以只要不是行动不便的残疾人，就凭他孙太平全力以赴这样担保推荐，铁定能录用。那边还催着问，孙太平推荐的这姑娘，能否立刻到岗上班；甚至夸张地说，这么踏实肯干的姑娘，倘如下星期一就能开始工作，那简直最理想不过。

一看局势这么变化，孙太平不由得慨叹：所谓人算不如天算，甲之砒霜，乙之灵药，一方弃之如敝帚，总归有人当作掌中宝。

孙太平都有点迫不及待，渴望下星期一快快来临。

他躺在火车卧铺的被子里，眼睛睁得老大，一眨不眨地看着车窗外光影的变换，想象着星期一该如何找赵婷婷谈话。

他想象着自己星期一到办公室以后，一早就跟赵婷婷约好时间；等人事部跟她谈完话，他就拉着赵婷婷去楼下咖啡馆，告诉她：东方不亮西方亮，有一个行业最著名的美国公司愿意面试她，去看一下应该没问题。

这种空想，能让人上瘾。

而赵婷婷一旦不在这个公司，大家不做同事了，他反而更有勇气去追求她。

外滩公园的亲水平台，世纪公园的绿地，十八里铺的轮渡，是他在上海红尘万丈的繁华中最爱的去处；而多伦路上小巧的名人故居，莫干山路苏州河边的老仓库，是他认为最有老上海气质的所在。此外，还有大学路的几家书店，卢湾区法国梧桐虬枝舒展的小马路。

　　也许等赵婷婷换了公司，他就有机会，牵着赵婷婷的小手，带领这个仍然算是初来乍到的新上海人，循着孙太平这些年在上海的足迹，耳鬓厮磨，絮絮叨叨，告诉赵婷婷，这些地方是怎么成为他上海生活里最为难忘的回忆。然后在未来的日子里，他们并肩奋斗；申城故国，沪上新城，留给他们的就是共同的回忆。

　　也许孙太平讲述的故事，对于赵婷婷来说，也是娓娓道来的亲切，如同多年以前那篇《雨中登泰山》。

V

第 五 章

Chapter 05

天厨

1. 赵婷婷

吃午餐的地方叫作天厨。

这样命名当然有它的道理。

泰山山顶有一处牌坊，叫作南天门，象征着过了此门，就到了洞天福地，相当于升天了。所以泰山山顶的一条小街，叫作天街。

所以这个比天街海拔更高一些的餐厅叫作天厨，再合理不过。

只是这顿饭从头到尾都吃得不愉快。

找到地方已经费了不少时间。餐厅设在宾馆一楼。大堂烟雾缭绕，酒气熏天，人一进去就被呛得不能呼吸。此时已经过了午餐时间，食客们进入了闹酒阶段；桌上残羹冷炙，显示正是酒过三巡之后的热闹时光。

幸好，赵婷婷预定的包间有一扇隔音效果还不错的玻璃门；关上门，总算能躲进小楼成一统，把乌烟瘴气拒于门外。

泰山顶上，少有大型宾馆酒店。一般游客上山用餐，主要就在紧挨南天门的天街。那里有一整排餐馆、商店和小旅馆。多半餐馆挂出来的招牌，无非都是什么刀削面、盖饭一类，炒菜也是简单家常菜，酸辣土豆丝、宫保鸡丁、麻婆豆腐等，不一而足。

事先赵婷婷做了一些功课，知道泰山顶上餐馆有限，有资格利用索道搬运蔬菜肉类上山的，要么是最贵的那几家高档酒楼，要么就是历史上流传下来的国营餐馆。其他普通私人餐馆，都是靠人力挑夫运食材上山，所以食物供应困难，吃饭也就一切从简。

泰山上的大宾馆，到这个季节，都是供不应求，所以一听她需要包间开会，人少、预算少不说，吃饭时间还长，基本都一口回绝。就算好不容易找到两家有包间可以预定，结果对方一听说，吃完午饭还要租包间开会两小时，立刻就把价码涨了一倍。

这样打听来打听去，都没有找到合适的地方。好在折腾个把星期，赵婷婷无意中在一篇陈年旧账的旅游攻略里看到，山顶的背后，还有一家大一点的宾馆，地点颇为隐蔽，需要翻过泰山顶最高处的碧霞祠，下到游人罕至的后山。那里藏着这家国有企业经营的内部宾馆，里头有个能接待游客的餐厅叫天厨。

抱着最后一线希望，赵婷婷打了个电话……人家居然还有包间，也愿意出租包间给他们开会。

在后来的电话往来中，宾馆员工告诉赵婷婷：他们平常只做本系统国企内部生意，并不对外营业，都没挂在旅游网站上售卖。不过呢，今年因为总公司反腐倡廉抓得厉害，所以没有什么内部生意，也只好对外开放，半公开地接待游客。

赵婷婷好不容易找到这个地方，恨不得立刻锁定，什么付款条件都好商量，最后总算把所有事情都安排好。

宾馆负责预订的人还贴心地提醒她：下山时可以直接从宾馆

后头抄近道，绕回南天门坐缆车，省时省力。

赵婷婷对照着地图，研究得清楚明白：这泰山顶其实就是一个耸立的巨大石头柱子，四面都是悬崖峭壁。一般游客到达山顶南天门之后，基本都是沿着天街走了个半圆到碧霞祠，然后原路返回南天门。

其实从碧霞祠继续前行，路过这家宾馆之后，前行走不多远就直接回到南天门，比起半道折返，路途反而近得多。

这么一看，这家宾馆还真是性价比高，服务好，考虑又贴心，不愧是大牌国企招待机构，服务员都被培训得无微不至。

赵婷婷在出发前手工绘制了一个路线示意图，附在发放给同事们的行程表里，特意标明在泰山顶上的这家宾馆里用餐并开会。

在南天门下了缆车，沿着商业街"天街"，逆时针观光，沿途有秦始皇登临泰山纪念碑等古迹，以及历代勒石铭金，最后爬上高高台阶，峰顶上是祭祀泰山圣母的碧霞祠。他们一行人从碧霞祠背后的小路，绕着山顶继续前行，不过三四百米，就看到了那家内部宾馆。

到达宾馆的这条小道，人迹罕至。这边风景独特，正对着泰山北山后的大峡谷，云蒸霞蔚，山顶都是岩石，随处可见大自然造山运动所留下来的大小砾石。

跟宾馆预订餐厅的时候，赵婷婷还多了个心眼儿，按照店家传真来的菜谱和价格，预定好了菜品，拍照之后由双方确认无误。

外出旅游再小心也不为过。赵婷婷心想：只要店家是明码标价，贵一点其实也没啥。宾馆要额外收取包间费，以及一笔茶水费。这个费用也还算合理，毕竟要占用人家的地方开会。

哪知道大家找到餐厅坐下之后，这明码标价就变了味道。

服务员穿着有点皱巴巴的猩红礼服，低着头、哈着腰，不住气地道歉，说：因为山下运输的原因，挑山工今天运上来的食材种类有变。虽然餐厅尽最大努力，要求挑山工按照预定的蔬菜肉类送货，可惜这没有办法百分之百保证，山上餐厅菜肴的品种没法跟菜单里一样。这也是泰山顶上的常事。

圆圆脸蛋，尚未开口就笑容可掬，服务员满怀歉意地说：原来定的菜单里，有六个热菜没有了。需要重新点菜。

这时候再递上来明码标价的菜谱，让赵婷婷倒吸一口凉气。

好家伙！

原来八个人，预定好的是按二千五百元一桌所谓商务宴会餐的标准安排；结果十二个菜里头，价格最低的六道菜都没有了。而服务员呈上来的菜谱，价格最低的菜也是四百元一个。就算把菜谱里最便宜的菜点上六个，这一桌午餐的费用，一下子就变成小五千元了。

赵婷婷立刻就急了，订餐是她的工作，突然变成这样，她怎么交差啊。

到底是小姑娘，她一着急就嚷嚷道：这么贵，那我这餐费超标怎么办啊！

服务员一脸微笑，态度倒是特别好，一点也不让人觉得突兀和不自在。她对赵婷婷柔声细语地说：这泰山顶上就是供应有限，我特能理解您的心情。不过，我们确实没法保证山下会送什么菜上来；冰箱容量有限，没法储存太多食材，再说也不新鲜。请您多包涵。这是泰山顶上的实际情况。你去打听一下，家家都是如此。

赵婷婷脸憋得通红。她不知道该怎么跟这个服务员吵架。一来，自己脸皮也薄，说话都不大声；二来，这个服务员摆明了经验丰富老道，句句话都绵里藏针，知道怎么以柔克刚来对付这种散客。

赵婷婷讷讷地说：我都跟你们确认好了啊！反复说了，价格已经那么高，都不跟你要折扣，就是想你们能履行合同，按事先说好的安排。后面的包间费，我们也不少给钱啊！干吗这么说话不算数，临到地头起价呢？

那服务员一迭声地说"对不起，请多包涵，请多包涵"，说得好像电视剧里的日本人；然后低着头，一脸含笑，一声也不吭。看得出，她非常熟悉该怎么应付这种场面。

林丽珊鼻子里哼了一声，脱口而出："这叫什么事呀？怎么做的工作？"

也不知道她是在说赵婷婷呢，还是说这餐厅。

但是这话听在赵婷婷耳朵里，她的脑袋又是"嗡"的一声，像是被炭火给熏烤了一下。

她立刻想起林丽珊在邮件里对她的评论：社会经验少，做前台还需要磨炼。

这餐饭，平地起波澜，好像坐实了林丽珊提出辞退她的原因，连预定酒席都做不好。赵婷婷脸上挂不住，眼前就一阵模糊。她赶紧眨巴眨巴眼睛，把要涌上来的泪水强行封闭住。

一瞬间，赵婷婷觉得，这真的都是命中注定。她翻来覆去打了好多电话，发了无数短信，千辛万苦好不容易敲定这家宾馆，结果还是个黑店。

哪里知道店家竟然用这种花招，临时说缺菜，从而堵死了其他可能性。这不正是反映了自己缺乏社会经验吗？

赵婷婷一时间有点无地自容，心想：自己还真是自作聪明，还以为找到了好宾馆！居然还觉得人家服务贴心。什么指点下山道路、反复发菜单等，看来纯粹是套路，就是要让你觉得他们规矩做生意，然后坐地起价。

再次应了那句话："货到地头死。"

团团围坐在餐桌旁的人，也都愣住了。谁也没想到会有这种情况。

财务总监郑明明拿过菜谱，估算了一下，到了这种霸王地方，也就是填饱肚子为上，不能指望什么泰山特色美食；想通了这一点，估摸着再增加五个菜，四千五百元也能拿下。在上海，要是正式宴请，不算酒水，一桌也得三四千元。在这泰山顶上，比上海多一两千元的标准，也还算正常。

这么想的话，郑明明飞快地盘算了一下，觉得这家宾馆，也还算不上绝对的黑店。国内旅游景点，常常有万元一桌的饭，几千元一盘的虾。客人不顺从，立刻就有黑社会打手老拳相向。相比之下，这天厨到目前为止，还只是一个服务员在道歉。

再说，事到如今，估计也没有别的变通办法。都预定在这里开会了，在这泰山顶上，就算能潇洒地拂袖而去，还能换到什么地方去？

郑明明一边看着菜谱，一边心里扒拉着点些什么菜，算算钱数，同时跟着其他人一道，仗着人多势众，七嘴八舌地对服务员抱怨。

有人开玩笑："你们签了合同也不算，难道挑山工就是不可抗拒力？"

这时候，包间外面新落座的客人，也有人开始咆哮："你们这儿就没低于三百元的菜吗？面条多少钱一碗？我们统统吃面条好了。"

包间里的人哄堂大笑。看来临时变菜谱涨价的事，并不只是他们才碰上。

在嬉笑中，郑明明向前探着身子，凑近王亮，压低声音，简明扼要地说了一下大概要比原计划多花多少钱，以及有些什么建议。王亮点点头。

于是郑明明对那服务员慢条斯理地说："你们菜的分量多大？先说清楚，换了菜之后，你可得确保我们这么多男子汉能吃饱啊！"

得到肯定答复之后，郑明明这才重新点了五个菜，另外要了一个山东大馒头，就菜谱上山东大馒头照片看，足足有脸盆那么大。

问了一下，的确是鲁东出名的大馒头，十个人当主食吃都够。郑明明心想：万一菜量不够，就拿馒头凑合。

郑明明微笑着对大家说：今天到泰山来专攻健康食品，这三百元一道的茄子、豆角什么的，用来配馒头，素食为主，那不是一般健康啊。

赵婷婷一看是财务总监郑明明亲自出面点菜，也就没作声。想来这餐饭，虽然贵得很，但报销起来应该没问题了。

最近公司里为餐费住宿超标的问题吵得很厉害。财务总监甚至嚷嚷说：大小老总们不要外出参加论坛或者讲座了；就算为了生意要去参加会议，也不能入住会议所在的酒店，只能住经济酒店。

后来派生的规矩是，只要用餐和住宿超出标准，不问原因和理由，都由经手人自动补差价。这个规定，在大会、小会上已经跟全体员工说了不下十次。

其实多数员工都不出差，一干普通同事早就烦透了隔三差五强调这些规定。"就那么几个老总出差，八九上十个人而已，这么几个人的事情都管不好，还整天跟员工强调财务纪律，算个屁事？"

但是赵婷婷就知道，这顿餐费如果超标，真的追究起来，那两千元缺口就得自己扛，半个月的工资就没了。赔钱也还罢了，但是自己办事不力，不正好坐实了人家批评自己的口舌嘛。

财务总监郑明明大概也想安抚一下赵婷婷，就对她点点头，跟大家解释道：这顿午餐超出的预算，不能按照经办人支付的原则处理，因为真的是不可控力。出门在外容易被宰肥羊，是现实的国情。超出来的钱，本来应该在座的各位分摊。

大家七嘴八舌地说：分摊给大家其实没关系；反正大家来泰山看风景，自己掏点钱也值得的。如果严格按照规定，让前台小姑娘来承担，那是教条主义。

教条主义要不得，害死人。

财务总监就岔开话题，大家闲聊起来。旅游遭遇宰客属于当今最常见的话题，类似的故事，花样翻新，层出不穷，恨不得天天见报。说到风景点各种坑蒙拐骗，每个人都攒有一堆惊世骇俗的奇闻，开头就是"我有一个朋友"。

赵婷婷有点感激地看了郑明明一眼。虽然她知道这种情形大概只能这样处理，但是郑明明却主动把事情揽在他身上，没有推诿责任；知道赵婷婷工资低，就要求大家分摊费用。郑明明出于一片好心，迅速解决了赵婷婷所顾虑的问题。

王亮接过郑明明的话茬儿，说：中国人做生意，就是不遵守信用。答应的时候是一回事，真正落实的时候，又是一回事。像自己上次去哈尔滨出差，知道东北的出租车司机，都有在路上"捡"乘客拼车的做法。王亮了解这些情况，返程去机场的时候，上车之前就跟司机说好了，正赶时间、不能误飞机，可以多给钱，只要快点送到就好。好家伙，那司机口头答应了，最后还是左弯右拐，绕道接了一个人又一个人；等赶到机场的时候，就差五分钟关闭值机柜台。

林丽珊也说：咱们这初级阶段，出租车、酒店、餐馆、中巴车，宰客都不是稀罕事。就说香港吧，那么发达先进的国际大都市，听说那边卖中药材，都是先告诉你一个价格，多少钱一斤。等你觉得价格还算合理的时候，想着香港东西质量应该靠得住，赶紧买个半斤八两，人家立马扔进机器里打成粉末，最后说那价格是多少元一克。单价从一斤变成一克，你说那诈骗空间多大？一般人都被敲诈个几万块。

王南生就笑着说：估计这泰山顶上的青菜、豆角，也都是按多少钱一克出售的。

李大维也凑趣说：其实啊，这泰山顶上应该做另外一门生意，不靠青菜宰人，应该卖泰山石！也别学什么丽江的骑马、海口的海鲜、桂林的鳄鱼包、九寨沟的牦牛肉、青岛的大虾等骗人手段了，就学这香港的中药材做法，按重量计算。一个有分量的泰山石，轻则几吨，重的随随便便就十几吨，更有气派，要是把单价从多少钱一公斤，直接变成多少钱一两，那整座泰山的石头，估计得被搬空了。没有卖出去的，也被附近居民抢回家囤起来了。

大家一片欢声笑语，气氛融洽，越来越有管理团队建设该有的样子，既团结又和谐。

只有赵婷婷一个人情绪低落。

她觉得多少是自己工作没有做好，选了家黑店，午餐严重超标。虽说最终问题也得到解决，但毕竟让大家都掏钱，她还是有些内疚。本来就没胃口，出于礼貌也要了一碗饭，却只拣了两三样菜，食不知味。

老板娘看赵婷婷没顾得上吃饭，特意用公筷夹了菜给她，问寒问暖，还讲了个她自己当年出糗被宰的往事，明摆着要给她台阶下，安慰她。其他人也跟着劝她要宽心，说：这次旅游，赵婷婷的组织功劳不小。

赵婷婷也逐渐不再尴尬，脸色也温和了起来。她不用参加午餐后的会议，所以格外迅速地吃了饭，跟她的上司林丽珊再次交代，付账都安排好了，自己也跟服务员确认过开会时候的茶水点心。

她打算去外面找块石头，坐着晒晒太阳，等着会议结束。

但是赵婷婷走出包间没多远，在餐厅出口附近，就被一个醉鬼给搂住了。

2. 李大维

李大维根本没想到，自己会冲过去，给赵婷婷挡了那么一道，还挨了几个耳光。

李大维身材圆滚滚，平常对饮食的控制已经相当严格，基本上外出就餐不敢多吃。

也难怪，人到了一定年纪之后，就已经不在乎吃什么东西了。至少在"口福"之欲上，李大维觉得自己已经到了超然物外的阶段。

只有在金钱方面，他还是充满热望。

中国有句老话：人越老越贪财。李大维倒是特别认同这个道理。

说实在的，什么哥们儿情意，战友缘分，同窗义气，他已经不知道见过多少次。到头来，没有人经得起金钱的考验。

还好，现代家庭人少，没有那么多孩子，至少可以避免同胞骨肉相残，不再有李世民杀李建成李元吉、明成祖灭建文帝那种狗血剧。

可是这个民族，自古以来就擅长演出家族传奇，什么煮豆燃豆萁、豆在釜中泣，七步之内，必有诗篇。

多少年了，极品故事都还在流传：孩子们成年，各自过日子；为了分家，以至于家里最后的一双筷子，都要分成两根，天各一方。家庭尚且如此，何况现代社会靠劳务合同组建起来的公司。所以毫不意外，李大维对这餐饭从头到尾一点也不感兴趣。

原先，李大维还以为这个会议百分之百针对他自己，不过一路行来，看这气氛和格局，好像也不完全针对他一个人：

表面上人人笑逐颜开，背地里个个疑神疑鬼。

李大维冷眼旁观，这一行人，虽然谈不上各自心怀鬼胎，但是各自都有心事，彼此之间也都有不对付。

一个个说吧。并购加盟的连锁药店老板王南生，这次算是第一次见面聊天，虽然也没多几句话，不过呢，看样子也是一个有自己想法的人。其他人呢，看起来早就默认了王南生的股东地位，明显对王南生十分尊敬。财务总监郑明明，人事总监林丽珊，还特别明显地照顾王南生的情绪；早餐桌上，中巴车上，包括刚才登山路上，都还没忘记借机找王南生扯起话头，有一句没一句地凑趣。

这也难怪，公司大概要花多少股份和钱，才把王南生的连锁药店弄到旗下？这是一个妙招。在李大维看来，一般的医药开发公司，可没有勇气来做这种收购。药店不是什么朝阳产业，竞争也激烈，但好处也再显眼不过，现金流充沛。

李大维心想：他一个人光杆司令驻扎在北京，还是离上海远了点，没有及时掌握公司动态；自己虽然对这个公司没怎么上心，但是呢，看样子，这个王亮还是有一些长远打算。

最近李大维一直在盘算：怎么想办法，在公司股权进一步分散之前，确保自己以政府关系算作技术入股。他跟王亮提出百分之二十到二十五的股份。

对此，王亮自然会宛如心头割肉。但是这个问题必须问，能试探出王亮的长远打算。

李大维担心，如果王亮不明确表态，王南生这个新来的股东，就不知道他李大维可供深度挖掘的价值，不会应允给李大维多一点股份。

李大维看到王亮这几年的变化，反而越来越欣赏王亮。他认为，王亮知道社会大势，并非拘泥冥顽，做生意的后劲比较足。

所谓识时务者为俊杰。王亮的所作所为，表明王亮是个了解社会的人，用今天的话说，叫作非常接地气，并没有飘在半空。刘湛山则不然。

李大维当然知道，这家所谓的高科技公司，并没有什么实际的药品研发项目，目前所做的，基本上也就是到处接点测试分析的外包项目，没有什么技术含量。但奇怪的是，技术负责人刘湛山好像一点都没意识到王亮现在是唱空城计，公司在骨子里还是个皮包公司的架势。刘湛山看上去甚至比王亮劲头还足，俨然一副整装待发，要大展宏图研发新药的架势。

李大维就有点摸不准。他不知道刘湛山是装傻呢，还是迂腐不堪，看不清形势。

按照李大维的判断，刘湛山这是典型的技术人员拉不下面子。明明没啥技术实力，但还是贪图个研发的名声，以为自己真能带着技术团队做出点名堂。李大维找王亮打听过多次，并没有听说刘湛山对如何寻找药品项目有什么见解，也没听说刘湛山在哪个技术领域有独特的关注甚至是兴趣。

这种外企培训出来的人，就容易有这类毛病。看资历，好像很牛，但是对在中国做生意的核心一套，还不知道皮毛。

相比之下，王亮就不同。没有路，王亮能试着找一条路，也敢于做自我宣传，肚子里有五分底气，就敢吹出十分胆色。明明是在美国做新药测试，就敢说全程参与研发。好在王亮在美国新泽西州工作了八九年，至少知道国外的新药名录，在哪些地方能够跟踪。

这也是为什么国家需要海归派，人家没吃过猪肉也见过猪走路。现在国家的政策导向也很明显，让见过猪走路的人来领路，好歹还能找到猪窝的方位，后来再跟着一群人一拥而上，前赴后继。

说不定就真的趟出一条路。

一窝蜂乱飞，说不定飞来的蜜蜂多了，就自然能找出花蜜。

李大维一边胡思乱想，一边听着其他人闲聊。一桌子人都在跟着张芬芳的话题走。这是个典型的某一类女性，习惯于抓小放大，反而以为自己很聪明。但是在公司里，这种强悍型的女人，最容易树立自己的权威，自然也吸引着人们的目光。

李大维心想：幸好这不是自己的公司；越是看老板娘脸色的人，越是做不成事。

李大维倒觉得，刘湛山纵然有缺点，至少还有一些职场基本原则。虽然说是有些不灵活，但是作为一个男人，好歹他没在餐桌上专拣老板娘爱听的话说。说起旅游景点宰客的传闻，什么香港中药几万块，李大维觉得这种道听途说的段位有点低。

在这种场合应酬，本来是李大维的擅长。他在北京的医药生意圈子里还有些名气，是饭局上特别受欢迎的人。一口京片子，从小就以"贫嘴"出名；至少各个机构的轶事传闻，半真半假他都知道。混北京的某一类人都有这些特点，天生适合在这种场合插科打诨，但是要想套出他的真话，那也得拿出真金白银的利益。

不过，今天李大维倒没有太多兴趣跟大家拉近关系。一来，这些人，除了财务总监之外，他都没有太多交道。虽然客气，但是他深知言多必失。表面上大家都嘻嘻哈哈，但估计心里都在琢磨对方的只言片语。反正他李大维在坐缆车的时候，已经跟王亮交过底，亮过底牌是要股份。现在最好是安坐不动，静观变化为妙。

李大维想起黄历上的俗话，心里不禁一乐。他在心里念叨着"今日不宜动土，不宜出方，不宜上梁，不宜婚丧嫁娶，诸事不宜"。

所以一桌子的人各怀心思，嘻嘻哈哈聊得特别开心。只有李大维最气定神闲，言语缝隙间，饶有兴趣地观察赵婷婷。

这么纤巧可爱的女孩子，真像花骨朵一样，来做这些跑腿的事情，实在是有些可惜。李大维自己的女儿也差不多这么大，刚刚上大学一年级。北方姑娘高高大大，跟小时候千差万别。而赵婷婷现在这种瘦骨嶙峋的样子，倒依稀能够看出自己女儿几年前的样子。

那是七八年前吧。李大维还记得每个星期六，跟北京所有的家长一样，周末总有一天属于补习班。一大早他就送自己的女儿去五公里之外的海淀黄庄。那里云集着全北京水准最高的课外辅导班。

上午是语文，中午是奥数，下午是英语，傍晚还去老师家学习声乐和美术。父女俩中午没法回家吃饭，有一个多小时的自由时间，有时候就走到民族大学南边，那儿有各类苍蝇馆。女儿最喜欢的是一家云南菜。然后父女俩再多走几步路，在路边的一个书店里买当期的《故事会》。

做父母的都极力培养孩子的高雅趣味，但充满讽刺意味的是，女儿班里的同学，不约而同全都是这本俗气市井期刊的忠实读者。

就当减轻读书压力好了。

他背着女儿周末上兴趣班专用的大书包，里面有她所需要的文具，包括绘画的颜料盒、松节油、画笔盒子、调色板。这些都用好几个塑料袋紧紧包裹着。此外，还有声乐课本、视唱乐谱和舞蹈包。

舞蹈包里有粉红色的练功纱裙、白色的长袜，还有白色的练功鞋。李大维的女儿刚上初中那时候，也是微微昂着头，脊背挺直，走起路来一股坚毅骄傲的神色，跟这个赵婷婷现在的神色有点相似。

不过呢，任是再怎么娇气柔弱的小姑娘，一旦开始工作了，就没有那么多人宠爱了。

清秀动人的小姑娘，是这个桌子上唯一的边缘人。

李大维发现这个前台小姑娘倒很知趣，知道在这种场合不能久待，免得别人不好讨论事情。所以赵婷婷勉强吃了几口饭，就放下筷子出去了。

这个女孩怎么出现在这个公司里？

这着实让李大维吃了一惊。

有些人天生就是不属于某个环境，强求不来。像这种小公司的前台工作，估计也就是一些特别普通人家的孩子才来做。真正大的大外企另当别论，那里的前台往往还是个本科，至少英语都很溜。

这个赵婷婷，人如其名，确实亭亭玉立，看上去完全不应该做这么个庸俗琐碎的行政助理。

公司小，自然没有什么职业前途，前台就只是端茶倒水。

反过来说，公司的人事部真够差劲，招人也不看看情况。

李大维心想：说好听一点，公司现在还没起步，聘请一个演员似的女孩子坐在那里，有点错配资源。从命相来看，目前公司的福分压不住。这样乱摆花瓶陈设，就跟那些娶美女做老婆的人一样，自己如果没有点本事，就算娶到家，迟早也会有问题。

也真不知道是什么原因，隔着大圆餐桌看过去，赵婷婷明亮的双眼，今天看起来有些哀怨，里面好像隐藏着一层云翳。

赵婷婷匆忙站起来，好让服务员上菜。服务员将浅浅一盘油麦菜放到玻璃转盘上，"砰"的一下，砸得整个桌面都颤抖起来。

因为包间太小，桌椅摆放很紧凑，转不开身，所以赵婷婷侧着身子，一边避开服务员的衣服，一边把菜盘子调整顺当，有点手忙脚乱。

李大维很少去上海办公室。而这次泰山之行，全部是赵婷婷安排。所以李大维也接过赵婷婷几次电话，听上去还挺机灵；商量起预定李大维的火车车次，也知道她事先做好了功课，明显是把前后几天的所有车次信息都整理清楚，打电话时就摆在面前，随时查找，随时征询李大维意见。当时李大维还暗自称奇，新来的小姑娘，比之前他接触过的一连串前台姑娘，貌似高明太多。

哪知道昨天他到了上海办公室，才发现小姑娘不光头脑清楚，口齿伶俐，更出人意料的是，容貌外形竟然也这么出色。瘦削的身形，笔直挺拔，五官轮廓分明，神色中微微有一股冷傲气，但是眼神却很温柔。看年龄不过十八九岁，一副未经人间烟火气的样子。

李大维心想：这个公司用人很奇特，形形色色的人都有。不过，至少这个前台小姑娘做行政助理是称职的，思维敏捷不说，难得口齿清楚；在一屋子南方人当中，也就这个小姑娘说普通话没有什么口音。

老北京出身的李大维，对口音这件事固然不介意，但是架不住天生就有灵敏的耳朵，普通话说得是否标准，给他的印象也就不一样。

今天这一路上，李大维对泰山没啥兴趣，所以一直在琢磨公司的这些人，个个都不是善茬儿。

当然，这里头不包括赵婷婷。一跑腿打杂的，势单力薄，无毒无害，偏偏长得如此赏心悦目。

这个小姑娘看上去心事重重，不经意的时候还不觉得，一旦多观察一会儿，就能察觉她在把头扭过去独自沉思的时候，眉头紧锁，眼睛里隐约有泪花。

李大维位列公司副总裁，张芬芳也把邮件抄送给了他。昨天下午的那一串邮件，李大维不仅都看了，也回复邮件发表了他个人的意见。

难道说她已经知道自己要被解雇了吗？

按理说不会啊。

李大维知道，张芬芳的邮件是昨天下午发出的；邮件发出后，大家就去火车站了。很难说这群人能在旅途中给赵婷婷走漏风声。

李大维常年在北京，公司在北京也没有办公室，多数时间就是挂个名，自由行动。偏偏他一到上海办公室，正在跟大家寒暄，手机就收到邮件。张芬芳通知说要控制成本，从解雇上海的前台开始。

起初他还不以为然，看到张芬芳的邮件，心想：这不过就是一个样子，她要解雇人，只不过顺手抄送给管理团队，显示对这些副总的尊重而已。

很快，大家都看到了张芬芳的邮件，匆匆忙忙，一个邮件接一个邮件地回复回来，都显示发自手机。看起来大家都把张芬芳的邮件列为第一优先处理。

这下倒把李大维弄糊涂了，怎么解雇一个前台，还得要公司所有的副总知晓。而张芬芳在邮件中表示，顺便征求大家的意见。

当然，张芬芳也解释了，现在是非常时期，一定要提升效率，创造效益，从现在开始，公司要减员。她对这个前台不很满意，就从前台开始调整。

收到邮件的人，估计都感受到敲山震虎的威慑力，有各自的理解。

在邮件里，有的人为了顺着老板娘，往十几岁的小姑娘头上泼脏水。这实在是卑鄙龌龊，人心险恶，连老江湖李大维都看不下去了。

他想了半天，既然大家都给老板娘回邮件，他也不能例外。特别是现在这个时候，他也必须表达对公司的忠诚和对老板娘的尊重。

李大维好歹凑一句不痛不痒的话发出去：太艺术气质了，跟公司高科技形象不符。

他一边在手机上敲字，一边在心里蔑视自己。这是什么评论？自己年近半百，还要来回复这种邮件，好拍老板娘的马屁；说不准老板娘就是心血来潮走个过场，压根儿没指望大家回复呢。

不过，做老板娘至少有个好处，收到邮件的人都迅速回复了。

李大维心想：自己挤牙膏挤出来的评论，严格来说也没错。这个小姑娘气质就是跟公司形象不符。只是李大维这么想并没有恶意。因为他真心认为，赵婷婷这种小姑娘，可能更适合去博物馆、芭蕾舞团工作。

人在职场有多么可悲！小姑娘还被蒙在鼓里，哪会知道她自己的命运就被几个人这么决定了。而他李大维，也为了迎合一下老板娘，在老板娘面前表现一下存在感和参与感，居然也随声附和，推波助澜。

非常奇怪的是，邮件发出去了，按说这事就此翻页，跟他再没有什么关系，但李大维心里竟然隐隐有一丝愧疚。

当天晚上大家就要去火车站前往泰山，进行团队建设。老板娘在临行前通知大家，具体组织这次旅行的员工，下星期一就要被解雇。这不是杀鸡骇猴是什么？

想必在泰山会议上，老板娘还要抛出更厉害的杀手锏。

所谓职场，就是尔虞我诈，就是两面三刀，就是过河拆桥，就是鱼死网破。

你听听王亮在餐桌上说的都是什么啊。什么中国人不讲诚信，什么宰客都是短视行为。他王亮都忘记自己曾对着全公司说，卖出医疗仪器，提成就是百分之十。结果这话兑现了吗？王亮还真的进入了角色，真当自己是游子归来报效祖国呢。

洋装虽然穿在身。

天边飘过故乡的云。

不也就是为了赚钱嘛，哪有那么高尚。

想到这里，李大维的嘴角不禁浮现一抹冷笑。

一旦权在手，便把令来行。这世道就是这样。既然你是老板，那行，你说你是为了祖国的健康事业奉献聪明才智，那就是你的崇高理想。想在你的公司里混，那我李大维也就跟着你的话说。

李大维最担心的无非就是两个：一个是公司想赖掉他倒卖医疗仪器应该得到的提成，另外一个就是公司往互联网转型之后，药品审批的政府关系暂时用不上，虽说不会立即开人，但保不准不会继续让李大维挂名。

但这些都是小事。李大维不想退出，反而想进一步成为这个公司的主要股东。如何把药品审批的关系，变现成技术入股。为此，他需要摸清公司的下一步发展战略。只要还有可能研发新药，就涉及审批问题，就需要他李大维。

李大维一边沉思着，耳听餐桌上笑语喧天，一边关切地看着赵婷婷轻轻掩上包间的门。她饭没吃完，匆忙退席，估计还需要赶着去安排下一步的事情。

可能是李大维内心愧疚所致，这两天他格外留意赵婷婷。他看到赵婷婷退席出去，隔一会儿也跟了出去。他想安慰这个姑娘，一个费用超标的午餐没多大事。

等他走出包间，远远看到在餐厅门口那里几个人冲到赵婷婷的身边，隐约传来赵婷婷的几声尖叫和呵斥。

李大维几个箭步冲过去，把一个借着酒意来拉扯赵婷婷的人一脚踹开。那人反手就是"噼里啪啦"几个耳光，打得李大维眼冒金星。

好在那人的同伴知道自己理亏，几个人簇拥过来，把那个醉汉拉走了，一迭声对赵婷婷和李大维说"对不起"。

3.张芬芳

所谓泰山也不过如此。

刚才看到路边某个介绍牌子上还写着，古人说登泰山而小鲁。这话在今天听着真是好笑。换句话说，鲁国是个小国，一眼就能看穿。且不提青藏高原这种世界屋脊，如今去个湘西、鄂西、川西，都能看到重峦叠嶂，连绵不断。想来这座泰山孤零零地耸立在邹鲁大地上，自然能把古人吓一大跳。

但是张芬芳觉得这才是泰山的本事。

别的大山，缺少的不就是这个地理位置嘛。很多时候，所谓时势造英雄，其实说的就是，谁先占据制高点，早点到达领跑的位置，谁就永远占有先机。

所以现在有些商学院不是整天在鼓吹什么要借用国学和传统文化来治理公司吗？听上去虽然土，估计所谓的研究成果，也就只能在国内的期刊报纸网站上自产自销。不过，话得说回来，中国的土壤里，开不出西洋的花朵。别小看这些国学派，虽然做的是中国文章，发不了国际paper，但出席国内各种论坛，被公司请去做咨询开讲座，有什么不好？名利双收，反倒真的是电视上留影、广播上留声、报纸上有照片，要多主流就多主流。

今天做生意也是如此。

张芬芳习惯于把自己正在做的创业，按照自己家乡的习惯，说成"做生意"。事实上也是如此。叫创业是说得好听，本质上不就是做生意嘛。

既然是做生意，就要跟得上形势。回顾这过去的两年，其实公司也是跟上了国家大形势。首先是赶上了国家对医药和健康产业的扶持，得到了各种资金和政策上的好处，等于说是国家给你钱，让你试着闯荡。这笔钱虽然数目不大，但是比起一般人的工资所得已经不少了。账面上稍微腾挪了一下，这些钱也让张芬芳在上海买了几套房子。在房价每年翻一番的时代，这已经是留在美国十年都未见得赚得到的钱。

可是，这也是张芬芳和王亮接下来的分歧。张芬芳觉得王亮是书生意气，老是按在美国做研究的思路看待做生意，忘记了做生意永远是要赚更多的钱。王亮多少有些念念不忘要做药品研发。这是他的本行，也是安身立命之本。再说，就算研发不成功，现在自己不也落下了几套房子？回国这两年也有收入，各种资产算起来也赚了三千多万，就该安心搞科研了。

可是张芬芳有不一样的直觉。她认为，公司虽然是靠医药开发起家，但是国家并没有规定说只得做一门生意啊。公司最首要的是生存，其次是增长。在某种程度上，增长更加重要，只有不断增长，才能把事业做大，才能融资筹来更多的钱。

简单的事实摆在眼前，那些成为标杆的创业企业，多半都没有盈利，全跟互联网公司一个路数来估值：看你接触到的用户数量，看你拥有的增长潜能。

谁还管你什么时候研发出新药？重要的是要敢想、敢计划。五年之后，谁管你有没有结果，有则更好；没有结果，至少你拿到了钱。

投我以琼瑶，到底是报以木瓜，还是报以玛瑙，全在一念之差。

也正是这样几番争吵，王亮很快醒过神来，碰撞一圈之后，居然运气极好，碰到了王南生，三下五除二就谈妥了，收购了王南生的连锁药店。这样至少公司的流水和盈利更容易在账面上做出来。

哪知道，药店生意从外面看上去很美，并购之后才发现，里头是一本烂账。王南生也不知是糊涂还是精明，还一个劲叫苦，说是卖亏了。

这个老狐狸！这是张芬芳对王南生的评价。

还居然来我们前台这里搜集公司的情报。这更让张芬芳厌恶。

张芬芳在公司里耳目众多，自然有好事之人，把各种动向，不分巨细跟她汇报。

但是张芬芳对王南生的这种嫌恶，没有办法发作。她冷静之后，反而把这种情绪都转移到前台赵婷婷身上。是这个姑娘没心眼儿，跟傻帽儿似的，什么都跟王南生说。

张芬芳明明知道赵婷婷不具备这么复杂老练的眼光，但是她在心里认定，这种漂亮纯情的小姑娘，迟早都是祸害。

张芬芳心里清楚，王亮目前绝对没有心思搞什么婚外恋，搞什么出轨。再说，毕竟王亮已经是快五十岁的人了，如今日理万机，朝思暮想的都是挣钱，一看就是心无旁骛。

昼夜都在思考怎么出人头地，哪有精力折腾那些花花草草。

再说自己夫妻俩同进同出，王亮也根本就没机会单独在外面待着。这方面张芬芳倒是放心。

但是啊，但是，张芬芳在回国之前和回国之后，早就被人警告过无数次，国内女孩热情奔放，对闺房三步之外的任何动静都不能掉以轻心。否则，后院起火，婚姻触礁，这些归国留学生们的必由之路，也就会成为他们的家庭肥皂剧，荣誉上演。

张芬芳清楚，这么些年来，自己跟王亮确实在生活情趣上沟通很少，各人能保持自己的一番天地，但那主要是因为在美国，王亮碰到年轻女孩的机会比较少。而最近两年在国内，又天天捆绑在一起做生意，更觉有几分互相扶持、相依为命。

只不过，人性经不起考验。张芬芳早年在医院里见惯了生老病死，深知：命运的无常，往往就在一转念之间。她可不愿意把自己在王亮心中的地位，拱手让给别人。

不过呢，临到自家头上倒不担心。张芬芳了解王亮还是有上进心，不至于小富即安，就寻摸着养小老婆。但是也不能大意，架不住这上海的氛围，开门七件事，样样事情都需要钱。

钱多了，就需要感情。

有点钱了，再木讷的男人，也会突然发现，自己原来有一颗诗情画意的心。

追求红袖添香情投意合灵魂伴侣，是解放思想，是个人主义，是民主气质，是当下最大的政治。但这也是上海的好处，什么东西都说得清楚明白，要想追求情感和身体的自由，先把钱赚足。

谁要是能抢在前头捞着钱，只会引来羡慕的眼光排山倒海而来，压根儿不会有人嫉妒和憎恨。

满社会都是单一线条看待金钱的势利眼，带来的好处就是尊敬那些成功人士。

适者生存，赢家通吃，社会分分钟教你什么是进化论。

张芬芳久居上海，深知：嫌贫爱富是本地美德。沐浴在这种德行光芒下的城市，是经商创业的最好地界。

爱富、想富、羡富，才是推动社会发展的动力。

这也是张芬芳最近几年辗转中、美两国之后最大的体会。

所以从做生意的角度，王南生的选择没有什么不对。把一个乱摊子包装成潜力无限的连锁药店，成功地卖了，也是王南生的精明之处。有这么智慧的合作伙伴，严格来说是公司的福气。

但问题是，就因为王南生太过精明，一些幕后的资本操作手段，就必须瞒过他，毕竟药店那边全都还是王南生在控制，随时就可以把好事弄砸。在下一步的运作里，到底该给他出个什么价格？还是说想办法再筹点钱，彻底买断了这门生意，让王南生退出？

自己手里的算盘可得先打好，怎么把连锁药店这笔资产效益最大化。这张牌不能先让王南生知道。

哎，这些事情堆积在一起，简直令人头疼。今天来泰山的每个人，除了分分钟可以一脚踢开的赵婷婷这种角色，个个都有点牵藤引蔓，都不是赔点钱就能自动离去的。

张芬芳和王亮想了半天，觉得有些决定必须得做了，但是怎么也得有一点仪式感，也显得公司有人在操持这些。

于是他们就想找个度假村或者风景胜地，把未来的形势和思路透露一二，鼓励一下士气；同时也是树立威信，让这些人知道：离开了谁，这个夫妻店还会运转下去。

谁是话事人，谁是掌权者，这种权势的力量，张芬芳最知道。

她在医院里做护士的时候，见多了实力不如权力的例子。那些自以为能靠着医术维持体面独立的医生，不懂溜须拍马趋炎附势；管着一个小小科室的主任，打压这些"异己"，方法手段层出不穷，挤对得那些下属生不如死。

这就是权力的厉害。而如今时代，资本就是权力。

公司是他们夫妻俩的，下面的人再怎么都是他们雇佣的。别给脸不要脸，翻过来骑在他们俩头上，拿着架子想多要好处，那可没门儿。

像那个刘湛山，老觉得整个技术团队都是他的，自以为针插不进水泼不进。还真以为他走了，能把全部的人都带走？嘴上跟你刘湛山表忠心的人，回过头就到我这儿来献殷勤。你还真以为资本时代有人身依附关系啊？就算带着技术员走，也得有能开支的地方发钱，不是吗？有那么容易，随时都有一堆公司等着你这个软蛋团队加盟？用脚指头想就知道。

早就有聪明人，天天都来汇报刘湛山的动态。他跟外面什么公司接触，他给部下许诺了什么好处，消息都很快传给了张芬芳。

这不，还有林丽珊。她虽然年纪大了，但是毕竟是老江湖。有她坐镇，大小事情，张芬芳不在的时候，都有个靠得住的人兜底。

什么企业文化，都是美国人发明了骗人的。你看人家美国公司CEO多高的收入！在美国，开除一个人多容易！人家美国号称国家是民主制，但美国公司里可全靠一把手独裁。公司里有什么民主和人权？不喜欢，自己换个地方凉快去。中国就是因为国有企业把社会风气带坏了，拿着工资也没见什么成绩，还老觉得自己受委屈了。刘湛山和李大维，全都是这种思路，所以国家才落后啊！

张芬芳最近爱把公司的人和事扒拉来扒拉去，反复盘算。

外出开会的主意，最终是王亮和张芬芳一起想出来的。一说起管理团队找地方开会，谈谈公司战略，这些部下倒好，跟安排家庭度假似的，账上都快没钱了，一开口居然是上邮轮，四天往返韩国，在邮轮上就能开会。

这大家都在邮轮上吃吃喝喝，酒池肉林，歌舞升平，红男绿女，眉来眼去，还有斗志思考未来吗？

还有团队成员说：不如去海南岛。这会儿正值淡季，价格合适。

还有说莫干山的。

千岛湖。

黄山。

还没做成事业，就开始想着享受和排场。

张芬芳和王亮在家里讨论良久，反倒理解大家了。老板提出要搞团队建设，大家五花八门提建议，其实都是在凑趣。老板大手一挥指引方向，大家自然理解成这是引蛇出洞，各种故意装傻的建议自然纷纷出笼，反倒是他们夫妻俩不可因此乱了方寸，该拿主意还得自己拿。

响鼓不用重槌。王亮和张芬芳一旦明白这个事实，立刻就想清楚了，到哪里去，必须跟目的捆绑在一起。做事情要想好目的。那么，最近他们有些什么目的呢？怎么样才能实现？这些才是决定去哪里旅游的因素。

张芬芳暗自盘算：现阶段，一个是要展示美好前景，激励斗志，不然公司垮了，下一笔融资就没法进来；装门面的话，也需要几十号人在办公室里坐着。同时呢，顺势把李大维和王南生给收服了，把刘湛山给安抚住了。这样，林丽珊那边招聘来的几个技术人员才好顺利入职。还有一个呢，得让这些人了解，虽然公司融了一些钱，但还是要过苦日子；否则，很快钱烧没了，苦日子也没有了。

不当家不知道柴米贵，打工者心态就是永远指望公司提供这个、提供那个。

肯尼迪不是有句名言嘛，不要问你的国家为你做了什么，要问你为国家做了什么。

管理国家、管理家庭和管理公司有异曲同工的地方。

张芬芳总觉得，女人管理家庭的直觉，用来管理公司和国家其实都是一样的。任凭什么样的家庭，总归要量入为出，精打细算，同时为未来做准备。

这还没有赚到大钱呢，什么李大维、王南生、刘湛山之流，就想着要分享果实。你们也不看看，公司融来的几千万，不都是靠着王亮和张芬芳嘛。你们有本事，自己拿几千万来啊！

讨论来讨论去，沪上公司的所谓外出团队建设活动，都好像已经成为模式了。夏天还只是到处旅行度假，到了秋天，还得加上去阳澄湖吃大闸蟹。

长三角怎么都是这种习气？真是骄奢淫逸！

张芬芳有点愤愤不平。

王亮觉得有些好笑，但是又觉得张芬芳说得在理。

想来想去没个主意。去哪里事小，要决定的事情很大。此时大师的指点让他们犹如醍醐灌顶。

在他们的朋友圈子里，大师早已经是都市传奇，是世纪传奇，是国家级、世界级的传奇，号称从村长升官到美国总统选举，都能预言和影响。这些人当面尊称大师为"大德"，背后偷偷摸摸直接称呼"半仙"。

现在的市场价是跟他聊半个小时收费五万元，如果涉及生意、家庭或官场决策，就得另外再捐赠一笔现金给大师的基金会，赞助大师做慈善事业。看他门庭若市，就知道不是一般灵验。

若非富贵，等闲没人引荐，无疑会缘悭一面。

王亮见过一次大师，跟他非常投缘。估计大师也是高处不胜寒，老在生意人圈子里打转，人人求他泄露天机，多少违背他修行性灵的初衷。反而是王亮这种背景简单、目前还没有什么大野心的海归，让大师觉得亲切可喜。大师说，王亮是懂科学、有知识的人，更能理解他宏大的精神世界，是有缘人。

半年前王亮决定收购王南生连锁药店的时候，还特意去问了大师的意见。这是生意上的大事，所以照例还是封了一个十万元的大红包。大师的意思是，今年是王亮夫妇的上升年份，所有生意上的筹划，都是大机会，能够带来很多机遇，所以需要谨记，当机立断，不要入宝山空手而归。只要牢记这几句，今年都能够逢凶化吉，把危机变成机遇，才有大突破。

第二次再去问大师的时候，大师提到了要从传统文化和儒家思想中挖掘管理理念，几次提到泰山石。再想起大师说过的"当机立断，不要入宝山空手而归"。王亮和张芬芳不约而同，福至心灵，就是要去泰山。

张芬芳越想越觉得泰山就是他们的福山。去这个地方，必须得带着团队一起去。她顺手在网络上搜索了一下，立刻蹦出一堆关于泰山石的结果。

大师说得一点也不错。生意人，早就把泰山石当作宝贝，放在大门前、家门口、办公桌上，叫作"稳如泰山"；放在办公桌后、大楼后，寓意"有靠山"；如果是一块挺拔、壁立的石头，叫作"五岳独尊"，寓意身份独特、尊贵；还有"鹤鸣九天""繁花似锦"等，形状和摆放的位置，都能体现特别的保佑含义。所以泰山石，一直都是大公司和机构重点采购的装饰品。

王亮一听也来了兴致，凑到张芬芳手机上看搜索结果。有篇关于某大学百年校庆新闻——校友会送的最贵重礼物就是一块十五吨重的泰山石，价值五百万元，摆在学校门口。这说明泰山石能镇邪除妖，保佑全校安宁。

翻开地图仔细看看，泰山是个好地方，火车能够到达，还有夜班车，比高铁还便宜。登山路上也能有很多单独相处的时间，跟这些人一对一摸个底，交个心。

还有呢，再往深处想，就跟大师点破的那样，泰山是五岳之首，历朝历代的皇帝为了祈祷天下太平、万民归心，都要去泰山封禅。尊重泰山，就是尊重秩序，尊重等级，尊重彼此在公司的地位。

去泰山这座神山圣山开管理会议，也就应了大师那句话："不要入宝山空手而返"。

张芬芳有些激动。泰山石敢当，是不是也可以说，泰山石头特别坚硬，敢于担当，象征着人能够承担责任？去朝拜泰山，也彰显我们的员工就是要勇于承担责任，大家都要像泰山石一样，在关键的时候能够挑大梁。

王亮也忍不住点头。

夫妻俩想着去泰山的这个决定背后还有这么多的寓意，内心真是乐开了花。大师预测的这一年，果真是顺利无比。收购了连锁药店，公司的题材和故事一下子就变大了，不再只是一个实验室一样的医药开发小公司，而是有线上线下零售，可以进入互联网领域的高科技公司。朝着这个方向发展，感兴趣的投资人不是一个两个，正是：

好风凭借力，送我上青云。

不过，在这里，张芬芳把薛宝钗的这句诗改为：好风凭借力，送我上泰山。

一切都还顺利。赵婷婷这个小姑娘做事，考虑得相当全面，发出的泰山行程方案，很多细节都预先考虑周到。比如，有些费用没有发票，早已请教了财务部门，可以用哪一类发票冲抵，事前或者事后需要哪几个人的审批，是否需要证明人签字，等等。等到碰到具体事情的时候，套用一下这些规则就好了。

就在出发前星期五下午，赵婷婷来跟王亮和张芬芳最后汇报一下行程安排。她说话有条不紊，点到为止，遇到的问题，关键点和难点以及备案是什么，都一清二楚。王亮和张芬芳听得不住点头。只是，王亮看着赵婷婷的目光里，多了一丝温柔。那种温柔，像春风吹拂花瓣，像雪花飘零水面，是内心深处的柔情一瞬，是天边某处低回的一绺琴音。

这让张芬芳想起了某些时候，王亮也曾流露出这种神情。比如，小心翼翼地抱着亲戚家的婴儿；从前在美国的时候，攒了三个月的钱买了一台特别贵重的相机；捧着他第一次发表论文的美国学术刊物。

如果说，之前招聘那个互联网公司的姑娘，王亮也会投以温柔的目光，但那只是工作中的欣赏，是对有才华的年轻人的赞叹。与怀抱婴儿、高举相机、手捧论文都一样，那只是一种珍视，是小心翼翼地欣赏。而现在王亮看着赵婷婷的时候，是情感、向往和回忆的温暖目光。那背后有一层无法触及的隐秘信息，是人类借助小说、诗歌、音乐、舞蹈、绘画等艺术形式虚构出来的美好境界。

她喜欢王亮不经意显出来的这种神情，像一个单纯的小孩。她也自豪地想，王亮这样真情流露的瞬间，是人生的珍贵时刻，都得和她一起分享、一起经历。这是做妻子的特权。

但是，她不能接受，王亮把这温柔的目光投在另外一个女人身上。对张芬芳而言，这预示着精神出轨。

一个小时之后，张芬芳开完另外一个会议出来，就立刻给管理团队发了一封邮件，大意是：因为费用的原因，需要逐步裁员；第一个要解雇的，就是前台赵婷婷。

VI

第 六 章

Chapter　06

天石

赵婷婷想起艺校长脸老师的名言：生活已经太苦了，学习艺术，就能够忍受更多痛苦；经历过这些的孩子，总会有自己的一条路。

从泰山回来，我画了一幅画——在陡直的似乎没有尽头的山道上，一个穿红背心的挑山工给肩头的重物压弯了腰，他一步一步地向上登攀。这幅画一直挂在我的书桌前，因为我需要它。

这是赵婷婷小学语文课文《挑山工》。她回忆起来，多数段落自然而然地在脑海中闪过。

想起来非常久远了。那时候，每篇课文都需要背得滚瓜烂熟；放学的时候，老师手握一根教鞭，装模作样地吓唬大家，威胁道：没有背熟课文的孩子，放学不准回家。而她每次都挺直脊背，微微昂起下巴，像舞蹈老师训练的那样，自信又轻盈地走到老师面前。

赵婷婷这一刻猛然想到，泰山对中国人生活的影响，不光体现在纷繁复杂的历史文化和根深叶茂的儒家思想里。冥冥之中，泰山作为一种象征，跟中国人精神与生活的联系，连绵不断，远远超过其他自然造化。仅仅从泰山在语文课本中的渗透程度，还有出现频率，就可见一斑。

在中国读书长大的孩子，多半都是在《挑山工》这篇课文里第一次知道泰山。

只是如今，学生对名山大川的了解，不再局限于纸上谈兵。从前老师上课，主要靠照片来展示在课文中出现的泰山等风景名胜。而今天交通便利，一般孩子，至少都外出旅行过，由此及彼，举一反三，实在是要容易得多。

赵婷婷记得《桂林山水》也是小学语文课文。她记得最清楚的，就是提及泰山的这段：

我攀登过峰峦雄伟的泰山，游览过红叶似火的香山，却从没看见过桂林这一带的山。桂林的山真奇啊，一座座拔地而起，各不相连，像老人，像巨象，像骆驼，奇峰罗列，形态万千；桂林的山真秀啊，像翠绿的屏障，像新生的竹笋，色彩明丽，倒映水中；桂林的山真险啊，危峰兀立，怪石嶙峋，好像一不小心就会栽倒下来。

老师告诉大家：也可以把这种比拟的手法视为一种排比，就是把内容或者形式相近的文字，组合在一起，表达一种复杂深沉的情感。

赵婷婷不无恶意地联想到，老板娘率先发难，丢出个邮件，说要解雇前台，其他收件人此起彼伏跳出来表个态，争先恐后地围绕这个话题，每个人都找一个理由来支持老板娘。

这就是排比的手法嘛。

多么一气呵成，多么酣畅淋漓！

这么想着，赵婷婷觉得有点滑稽，嘴角不由泛起一缕微笑，但到底还是有些悲怆，苦中作乐只是一瞬，随即心里一阵酸楚。

正午阳光晃眼，十分明亮，眯着眼睛本来就难受，偏偏山顶上还山风浩荡，吹得人越发泪水满眶。

刚才在餐厅，那个无赖跑过来调戏自己，也不知是真的醉了，还是装醉，好在基本上只是言语上冒犯，隔空伸手乱晃了几下，就被李大维踹开。醉鬼的同伴也迅速扑过来，死命地把醉鬼按在椅子上动弹不得，嘴里齐声一个劲道歉。李大维早就趁这间隙，一手揪住赵婷婷的衣服，把她拉到身后保护起来，场面倒也没有多混乱。

一场风波，还没有开始就已经平息。那拨人拉拉扯扯地自己散了。赵婷婷的同事在包间里，都没留意到外面的这点骚动。赵婷婷涨红着脸，心想也就只能忍着不声张。她看了李大维一眼，下意识地扯住了他的胳膊。

这种时候，中年大叔还真是保护伞。

餐厅的圆脸服务员远远听到这边喧嚣不止，飞奔过来，对着李大维使了个眼色，示意让她来照顾赵婷婷。她搀扶着赵婷婷走到结账柜台挡板背后，还给赵婷婷倒了一杯水。

服务员这会儿也没有点菜时候的故作客套，赵婷婷感受到了她的好意。

宰客归宰客，那是老板的旨意，而女孩子之间的体谅和安慰还是十分真切。

赵婷婷定了定神，明白这不过是酒客喝多了之后的骚扰，幸好还没什么实质性的伤害，只是被从头到脚泼了一堆污言秽语。那人满嘴嚷嚷着，大概是方言，赵婷婷也没听懂几句。一腔怒火之外，更多的还是羞辱。

她强忍着泪水，一个人安安静静地走出来，迈过餐厅高大的仿古门槛时，腿一软，还差点崴脚。

一出门，眼泪情不自禁地从脸上滑落。

这让她想起来，也就是小时候她才这么眼泪"啪嗒啪嗒"往下掉。一别经年，脸皮和泪水大概彼此都有久违的感受。那时候刚学跳舞，骨头虽然还软着呢，但是也经不起每个星期去压腿开背。舞蹈老师总要求小孩子要开绷直立，练了半年青蛙趴，就觉得已经有基础了，开始劈叉下腰什么的，一点不客气。

小孩子压腿压不下去，老师抬起脚，就直接往下踩。

那种疼痛和辛酸，半夜睡着了还能让人哭醒。

不过，那种肢体的痛苦，反而可以直接面对，试着去克服。

学舞蹈的孩子，哪有怕痛的。即使一身伤病，也还得永远保持表情。老师说：观众很远，舞台很大，脸很小，得夸张，表情不要含蓄；就算是脚指头断了，脸上该笑也得笑，还必须使出吃奶的力气咧嘴笑。

学跳舞的痛苦，跟这职场明刀暗箭相比，又是小菜一碟。

唱歌、跳舞，顶多是个天赋问题。除此之外，其实就是比赛谁下的功夫多，衡量标准和考核办法都是简单粗暴、直截了当。

艺校第一年，同学之间最为争强好胜，一个个比赛着看谁起床最早，练功最勤。那时候判断是否是真心好友的标准也简单，就是看两个人会不会互相督促，一起偷偷起床练功。不像现在的社会，都是当面一套背后一套。这日子比跳舞难受多了。

赵婷婷一个人坐在石头上，心情慢慢平静下来。从这个位置远远看去，是泰山北坡的大深谷。目光不能看清的最远处，是一片大平原，在雾霭中模糊了。

阳光肆意地洒下来，空气都有些轻微的蓝色。这让赵婷婷想起李白的诗。什么日照香炉生紫烟，大概也就是这种蓝色透明的大气层。

她思绪飘忽，甚至还有点亢奋。毕竟从昨天下午到这会儿，一直都是神经紧绷，现在总算能够松弛下来。

她出神地看着自己所在的这一片山坡，大大小小的石头，密密麻麻地堆积着。与其说是乱石堆在一起，不如说整个泰山就是一整块巨大的泰山石，天长地久，风化松脆，散落成这些石头，像犁铧翻过之后地里的大小土豆。

赵婷婷盯着这些石头左看右看，眼前景象不免单调了些。她知道工作已经完成，好像心头的大石头索性被挪开，紧张了一天的神经一旦放松下来，反而有一股无所畏惧的勇气，心情已经比昨天晚上在火车上不断抽泣的时候开朗了太多。

是呀，反正马上就下山回上海了，大半个旅程也就过去了。

她胡乱思想着，于是就有点百无聊赖。

她一会儿看看远方，一会儿想想心事。

其他的人，都留在餐厅包间开会。赵婷婷琢磨着，兴师动众，千里迢迢来到泰山，虽然说是团队建设，集体出游，估计真实的目的也就是在这次会议上。

　　在会场里坐着的每个人，都经验丰富，是人生赛场的真正选手。在赵婷婷有限的人生经验里，这些人一个个都高不可攀。他们讨论的，肯定是公司的大事。各种方针政策，该怎么经营，怎么才成功，怎么挣大钱，估计赵婷婷一辈子也捉摸不透。

　　也许他们全然忘却，就在昨天下午，每个人都对解雇赵婷婷发表过意见。对他们来说，那只不过是忠于职守；老板娘发邮件询问，所有部下逐个回答。

　　发言表态，是他们的工作本分。

　　至于老板娘为什么要在这个时候开除人，或许他们压根儿就没兴趣了解。公司里换一个前台，就跟餐馆换一个跑堂一样，如同鸭背上泼水，不留痕迹，对任何人都没有影响。就跟这一坡石头一样，大大小小，成千上万，谁也分不清。就那样散漫而没有边际地填充整个山头。

　　人生在世，彼此而言，互相都只是一块块形状各异、大小不尽相同的石头。

　　赵婷婷相信，自己离开这个公司一个星期之后，绝大多数人会很快忘记她，仿佛她全然不曾来过。

　　她只不过是在历史的某一个时刻，出现在江南开发区某一栋建筑里。公司所在的大楼设计得毫无章法，只是单纯的体量庞大，令人望而生畏；管理不善，总有人络绎不绝地躲在楼梯间抽烟；洗手间则永远都充满着异味，向楼道弥漫，而女厕所门口总是排着长长的队伍；一脸愁苦郁闷的清洁工阿姨，不太整洁的制服上夸张地印着一个卡通海豚的欢乐头像。

　　江南开发区那绵延但彼此隔绝的办公楼，与巍峨耸立的座座孤峰，何其相似。

泰山很壮美吗？其实远远没有自己想象得崇高。

古代的诗人，估计也是因为在鲁东平原，看到孤零零拔地而起的一座泰山，才这么大惊小怪。

赵婷婷家乡亳州西边的大别山，山峰青翠碧绿，比这光秃秃的大石头山，要秀美得多。

不过，谁叫泰山是这方圆几百里齐鲁大地上的最高峰呢。

朝东边眺望，据说是大海的方向。

广袤大地，都笼罩着一层若有若无的薄雾。

赵婷婷的沮丧之情，也像蜡烛熄灭后袅袅飘动的青烟，油然浮现出来。

今晚坐通宵火车回到上海，明天休息一天，后天星期一，一大早到办公室，林丽珊应该很快就会来找自己谈话，通知解雇的事情。

那挥之不去的挫折感，总归藏在心里，并没有因为忙碌完毕欣赏风景而被洗涤一空。这会儿她稍微回过神来。烦恼、愤恨、沮丧，也"荡胸生曾云"，重新在脑海里翻腾着。

不过呢，想太多也没有必要。不就是一份鸡肋一样的工作嘛。

你看看，今天来爬山的这些人，还不是都把她赵婷婷看成了空气。对他们来说，公司前台，这种岗位的人来来去去，就如同泰山上千千万万块小石头。

还真的指望着公司会把这一块块石头镶嵌入墙基，刻上"泰山石敢当"，好让公司矗立不倒？

那样才怪呢。

每个人都是一粒小石子。并不是说，每个人都有潜能，成就

252

一个泰山石敢当。而是说，每个人都有千百万替补，轮流等候着，一个接一个，前赴后继地顶上去。

这个时候，赵婷婷突然想起同样来上海闯荡的艺校同学。她们那一届音乐舞蹈各专业，加起来有二十多人在迪士尼乐园担任演员。

她羡慕做演员，刻苦练习，就为了在舞台上绽放的那一瞬间；剧终人散，也就安安稳稳地回到台下，不用想别的，单等着下一次登台的机会。那种生活，好像不用这么琢磨其他人的脸色，不用揣摩别人的心思。

舞台，其实是一片特殊的小天地。当你站在舞台上，那个空间自有一种力量和底气，把人和观众分割开来；再怎么情绪交流，互相感动，作为一个经过专业训练的演员，赵婷婷知道，观众感动的只是你呈现的虚构形象。

幕布落下，彼此两不相欠。这样的生活多简单！

她想起小二黑。他正等着自己回去，开办一个艺术幼儿园，让孩子们的笑脸，每天陪伴在身边，而自己的每一分努力，都能在孩子们身上得到回报。

赵婷婷想象着自己教导着十几个小孩子，在地上来个青蛙趴。小女孩们身着粉红色的练功服，像一朵朵粉色荷花绽放在墨绿色的舞蹈毯上。调皮的孩子们此起彼伏地抬头喊老师。她自己则像救火队员一样，佯装生气地呵斥这个，呵斥那个。学生们也不恼，继续嬉皮笑脸，晃着脑袋，甩着小辫，不时摇摇腿。

也许运气不错，舞蹈班里也能有一个两个小男孩，穿着黑色短裤，白色汗衫，规规矩矩地混杂在一片粉嘟嘟的小姑娘中间，可不就像是荷塘里刚刚长出尾巴的几只小蝌蚪？

赵婷婷脸上不由得浮现一缕微笑。

她想起了儿童舞蹈班，心里总算有了一点底气。她按了一下手里呈沉睡状态的手机，想给小二黑打个电话。

不过呢，她点一下已拨电话的页面，翻查着小二黑的号码；手指在屏幕上滑动着，又有点迟疑起来。

看着小二黑的名字，赵婷婷不知道为什么，手指头就是点不下去。

赵婷婷心想：万一小二黑问她怎么突然一下子想通了，爽快地答应要回亳州了呢？

赵婷婷还没有足够的勇气说，是自己再也不想跟这些浑蛋一起工作了，要离开这个既缺德又龌龊的公司。

但是在少年人的心底，她多少还是被重重的失败感所笼罩。说到底，自己在这个公司才半年，但是就这么一点点时间，公司的管理层，除了王亮，几乎人人都异口同声地嫌弃她，批评她，恨不得立刻把她扫地出门。这一现实，赵婷婷实在没法忘记。

离职的同事，绝大多数都是面带笑容，把工牌和门卡往前台桌上一放，轻松道别，真的就是扭头就走，再也不见踪影。

碰巧有些人平常跟赵婷婷还有点来往，赵婷婷也客气地问一句："就这么走了吗？"

回答多半是简单一句话："后会有期。"

掷地有声！

即便是心里对公司恨得牙齿发痒，但也都是潇洒地挥挥手，从此相忘于江湖。

这样的心态，多洒脱！

赵婷婷想到这里，有点悔恨自己看了那些无聊的邮件。她宁可自己被直接炒鱿鱼，也不想知道人家在背后如何议论她。

被公司炒鱿鱼，也不是什么见不得人的事情，所谓双向选择嘛。

结了婚，还可以离婚，一结再结，一离再离。据说，北京、上海这类大城市的离婚率都超过百分之六十，可想多普遍。

一拍两散，从此陌路，才是人生真谛。

但是千不该万不该，不该看了那些邮件。

赵婷婷隐约也有点后悔，没有早点听从小二黑的话，主动辞职。

找工作也好比谈恋爱，自己甩人家和被别人甩，这中间大有区别。无论男生如何出色，预感到要分手的时候，女生一定得先下手为强。读书时，女生宿舍里交流经验，都把这句话奉为人生第一准则。

赵婷婷不由得想起长脸老师听到这些讨论的时候，还打趣学生说：想不到简单幼稚的中专生宿舍卧谈，偶尔也闪耀着真理的光芒。

这个时候愿意跟小二黑说说话，谈谈未来的计划，其实表明她自己心里还是有他。如果小二黑知道赵婷婷此时的所思所想，或许一辈子都会感激赵婷婷在这一瞬间所萌生的找他倾诉的信任。

但是赵婷婷心里仍然有点自我暗示，觉得小二黑会一眼看穿，是自己在上海混不下去了，才想着来找他。

在这个世界上，只有自己的父母，才永远不嫌弃自己。

想到父母，赵婷婷阴郁的心情，突然有了一点点暖意。鬼使神差，就这么一瞬间的思绪牵动，她就点了一下通话录上妈妈的头像。

拨完号，她有点后悔，但是听到听筒里电话接通的"嘟嘟"声，又突然觉得，有妈妈真好，只有妈妈，才可以随时随地拨打电话，永远也不用担心自己唐突。可能这就是子女的特权吧。

她一边把耳朵贴在听筒上，一边心想：还是妈妈最贴心，不管怎么样，即使没话可说，也能抄起电话就打。

但她有一点是确定的，这个电话拨通了之后，她要告诉妈妈：自己打电话没有别的原因，就是突然想妈妈了，想回到亳州，回到妈妈身边。

然后，她也要坚定地告诉妈妈：自己计划跟小二黑一起开办一个艺术幼儿园。凭着他们自己的努力，再有野心的话，争取成为连锁幼儿园。做老师的话，也许还要向艺校的长脸老师请教呢。

她接着想：索性就直接告诉妈妈，自己下个星期就回亳州老家，再也不想离开亳州了。她只想离家近一点，在父母跟前，踏实地做个老师，同时做一个快乐孝顺的女儿；一边在幼儿园工作，一边享受着和父母相依为命的简单生活。

这样想着，电话接通了。

在电话那头的妈妈，声音听上去很着急："婷婷啊，这些天我们早就想给你打电话了！你还好吗？"

一大堆语言早已在赵婷婷脑海中打转，但是，不等她斟酌词句袒露心声，妈妈就"叽里咕噜"一堆话，如同俗话说的连珠炮，把赵婷婷的想法都堵了回来。

妈妈一点也没有给她说话的机会，叽里呱啦，迫不及待地告诉了赵婷婷一件事。

原来，就在大前天，给赵婷婷介绍这份工作的副市长表舅，因为贪污腐败，被抓了。

这个副市长凭一己之力，强力推进建设了一个中药现代化开发区，号称跟其他的开发区不同，专注于中药材的现代科技应用，折腾了三五年，一点进展都没有，反倒是房地产开发红红火火。坊间都在传，这个副市长老早就跟房地产商串通好了，目的就是卖房子，从一开头就把中药材开发当作幌子。现在传言坐实，这个副市长终于被抓起来了。

赵婷婷的妈妈担心，这个消息是否已经传到了上海。自己女儿的工作，当初全靠这位表舅帮忙。虽然副市长本人说不准早已经忘记了这桩小事，毕竟也没有什么利益关系，只是顺手人情，介绍的也不是什么重要岗位，不过是一个前台，算不上什么特权腐败。但是，自家人心里明白，赵婷婷能进这个公司，百分之百凭借的是副市长的面子。现在，这个"介绍人"倒台了，妈妈担心赵婷婷的饭碗也保不住。特别是亳州这个开发区受此影响，也传说要大整顿，入驻的企业如果没有当地业绩，不能再拿国家补贴。赵婷婷所在公司的亳州分公司，自然也在清理之列。

换句话说，赵婷婷的存在，现在对公司没有任何价值，反倒会让公司因而被卷入腐败案件的查处中。

赵婷婷的妈妈心急如焚，生怕赵婷婷受到牵连；没想到，赵婷婷听到这个消息，居然喜极而泣，高兴得跳了起来。

此时此刻，如果有人恰好在附近，能看得清赵婷婷的面容，一定会莫名惊诧，感慨一个人的面部肌肉，不断组合扭动，居然可以传达出如此丰富的情感。

先是嘴角微微牵动，如同墨汁在宣纸上渲染开来；明眸中波光潋滟，云烟氤氲；又像收到了一个秘密的提示，需要凝神思考，然后那几乎没有痕迹的嘴角牵动，悄无声息地演变为一个浅浅的微笑，接着又仿佛明白了什么道理，睫毛往上方一扬，眼角随即舒展开来，应了一句老话，叫作喜上眉梢。

毫无征兆，赵婷婷的嘴角一下子完全咧开，露出洁白整齐的门牙；然后，她不住地喘息，好像呼吸失去了控制，嘴唇如同提线木偶得到了指令，立刻机械般彻底张开，把牙龈全部露了出来。

她"咯咯"地笑出了声。

她笑得半边身子都酸酸痒痒，有点上气不接下气。赵婷婷用手揉了半天肚子，好像打通了任督二脉一般，然后狂笑起来。

一会儿低头靠在弯曲的膝盖上，努力抑制着气息在肺部里游动；一会儿仰起头，俨然要在瞬间吐尽所有二氧化碳，同时任凭阳光从天上一泻而下，照在她瘦削的脸庞和白皙的脖颈上。

俯仰之间，她渐渐笑得无法发出声音，笑得眼泪和鼻涕在脸上纵横交错。

为了不让在电话那头的妈妈糊涂，她说了一句"再见"，就挂断了电话，才让自己纵情地无声狂笑。

那种乌云散尽的快乐，就好比一阵罡风吹过，把雾气、水蒸气、阴影、阴霾、青草味道、松树味道、腐殖土味道，天地之间的暧昧、混沌、复杂、游移和进化，一下子清扫一空。

留下一山一坡的青色泰山石。

坚硬。

镇定。

沉默。

孤寂。

勇敢。

在耀眼的阳光下，山谷两侧巨石悬崖，青色中还微微泛出淡淡的蓝色。

这一瞬间，赵婷婷好像一下子明白了，为什么有句老话叫作"青出于蓝而胜于蓝"。这泰山石标志性的青色，也许在本质上就是太阳光穿过云层，从蓝色天空上染来的颜色。只不过，因为这风、这水、这云、这空气、这山林溪涧、这灌木花草、这千百年来吟诵不断的诗词歌赋，酝酿出的独特泰山气质，才让这艳阳里无所不在的浅蓝色，混杂在一起，融汇成了泰山石微微的青色。

她无法控制激动的情绪，哽咽起来；泪水再次自眼底涌出，从脸上往下滚落。

她觉得自己好傻好傻，昨天晚上坐火车，还在被子里哭泣，彻夜不眠，以为公司里的这些人，为了赶走自己，全部都无情无义，竞相血口喷人，落井下石。

原来只不过是自己的"后台"垮了，介绍自己来这个公司工作的副市长被抓起来了。公司自然就没有任何义务，要留下自己这个非主流的前台。

肯定是公司在亳州办公室的员工，把副市长被抓的消息，立刻报告给了上海总部。老板娘何等精明，一眼看出她赵婷婷再没有什么利用价值，留着没啥意义，反而弄不好惹出麻烦。当断则断，丝毫不犹豫，立时就决定把她赵婷婷踢走。

至于让其他人回复邮件，只不过是找个借口，避免赤裸裸地

259

说赵婷婷的靠山倒台了，人就得赶紧滚蛋。

这种消息自然传得快。管理层的人各个心知肚明，所以顺手找了几个查无实据但又并非无中生有的理由，方便公司直接启动解雇流程。

《劳动法》就是这么规定的，公司单方面解雇员工，必须是有重大过错。

赵婷婷一下子想通了这中间的诀窍。漫天的乌云和烦恼，也就烟消云散。

那种开朗顺意的舒坦，她从小到大迄今为止没有体验过，强烈得胜过这泰山的阳光，也胜过山顶骀荡的微风。

她好像明白了孙悟空被压在五行山之下，突然背上一轻，没有了压力，没有了负重，霎时得到自由的感觉。

于是她迅速理解和原谅了老板娘。

换作是她赵婷婷，没准也会这么考虑。亳州的财政补贴已经拿到了，而当地正在整顿开发区，估计一两年内都不消停，分公司自然要撤回来，避嫌还怕来不及呢，不用再顾忌赵婷婷的所谓背景。

赵婷婷想起了老板娘和老板的辛苦。他们夫妻俩白手起家，自己做个公司，求爹爹告奶奶，团团作揖打拱；为了各种财政补贴、优惠政策，不得不四处注册公司，免不了顾此失彼，到处起火。种种艰辛，别人不知道，赵婷婷都能看得到。她光是帮老板订车票机票、订酒店，粘贴各种报销单据，就知道他没日没夜奔波在外，没有个停息。

随后赵婷婷也想起，她向来都是真心感谢公司把她招聘进来，让她有机会了解上海，认识这么多新同事。

还有呢，真是在工作中才会学到那么多东西。且不说朝夕相处的普通同事，今天来泰山的这些人，每个人其实都教会了自己很多做事方法。

和在迪士尼乐园做表演的那几个同学相比较，赵婷婷觉得自己长了更多见识。甚至让她再去别的公司求职，申请做前台，她现在都有了底气。

真难想象，积累这么多经验，也只是来上海六个月之后。

这一刻浮上心头的骄傲和自得，让赵婷婷觉得自己可以高昂着脑袋，一直等到公司两天后解雇自己。

到时候，她也可以骄傲地挥手作别。

人算不如天算，这两天自己饱受煎熬，明明因为自己的靠山垮台而导致她丢掉工作，却疑神疑鬼，甚至诅咒他人生死，如今看来，多么荒唐可笑！

简单看看自己，赵婷婷的这次泰山之行，就让她的内心如此波澜起伏，颠簸动荡，从极度悲伤和自卑，到现在豁然开朗，对人生又充满了信心；从诅咒他人，到又发现了同事们的脉脉温情。

她突然想起来，很早就存在的泰山挑山工，如果真的要用语文老师的总结来描述，那就是：任你山再高，困难再多，也总是能用自己的脚一步一步地走过去。

好吧！赵婷婷心里好笑起来，到底是受过总结中心思想段落大意的训练，一辈子都保留着这种神奇的能力，随时随地，无论什么场景，都能提炼出核心观点，拔高出精神境界。

赵婷婷情不自禁地跳了起来，手和脚习惯性地摆出一个芭蕾舞练习姿势"half point"，沉下腰，左腿伸出去，用脚底扫一下地面，手同样向相反的方向使劲延展，接着轮到右脚。这是舞台上表现女孩子天真烂漫、快乐欣喜的时候，常用的姿势。

而就在这时候，她看到不远处，同事们已经开完会，从那偏僻陈旧的宾馆里走了出来。他们走下宾馆后面的台阶，斜穿山坡，朝她这个方向走过来。

她看到他们几个人鱼贯而行，互相拉扯着衣袖和挎包，关键时候还搀扶一把；也有虚做手势彼此照应着，对着地面上的石头指指点点，想必是提醒着小心脚下，远远看去十分温馨和睦。

他们跌跌撞撞，磕磕绊绊，不时要绕开身边的大石头，但是侧着光看过去，只见一个个身影，断断续续，蜿蜒前行；不时传来畅怀的笑声和夸张的尖叫，隔着这乱石嶙峋的石头坡，即便听不十分真切，也能感受到他们的欢乐友好。

赵婷婷轻快地跳上一块不大不小的石头，好让自己站得高一点，然后拼命地朝他们挥手，好让他们看见自己。

她看见那边的人也一起挥手回应。这一瞬间，她似乎看见他们满脸笑容，比阳光还要灿烂。

应该是开了一个非常成功的会议。赵婷婷这么想着。

她突然特别强烈地想祝福他们，祝福这些人都健康平安，都四世同堂，都长命百岁，都万寿无疆。

自从她明白了自己被解雇的原因，只不过是因为她那所谓的"关系"锒铛入狱，也一下子就原谅了公司所有的人和事。

树倒猢狲散，人走茶就凉，在今天的社会里，这一类的世情冷暖，小学生都能理解。她自然而然地认为，因为家乡副市长的变故，她被解雇是一种宿命，是社会的必然，而不是对她工作能力或者人格的判断。于是她又有了自信，找回了自尊。

对自己居然恶毒地诅咒这些同事，赵婷婷不由地深深后悔。幸好那些暗地里的诅咒并没有产生效果，所以悔恨一过去，赵婷婷心里立时涌起一股强烈的感恩之情。

虽然此时已是下午，但山顶上阳光依然仿佛直射，空气也被日光晒热，过滤了早上那会儿的雾气、湿润和阴郁。

同事们小心翼翼，互相搀扶着，在乱石之间穿行；阳光过于强烈，远看像一片片剪纸人物。

赵婷婷感激这些在乱石之间蹒跚的人，感激这些人，在她初出茅庐、毫无工作经验的时候，收留了她，接受了她，给了她一个在大上海立足的机会，让她成为他们中间的一员，甚至还一度并肩同行。

哪怕只是公司的前台。

当她回到亳州之后，这六个月在上海留下的记忆，想来她一辈子也不会忘记。到了她垂垂老去，或者对着一群孩子讲故事的时候，她还可以说，很多年以前，一个阳光明亮的下午，她在泰山顶上，想明白了一些道理，她终生难以忘怀。

她恍然领悟，有些经历，不在乎时间的长短，而在于给人生留下什么样的印记。

她心中汹涌澎湃着的，是感激，是温暖，是依依惜别的情谊。

是的，别了，泰山！

别了，上海！

赵婷婷的脸上充满了笑意，尽管眼睛已经被阳光晃得睁不开，胳膊也举酸了，但仍然开心地朝着远远的人群挥动着手臂。

而这时，她看到对面的一行人，都已经沿着石头坡上稍加整理出来的小路，下到小山坡的底下，马上就要横切过来，走到自己这个方向。他们脚下是乱石嶙峋的坡地，大大小小的泰山石互相堆叠，并不稳固，特别是漫山遍野的小卵石，踩上去特别容易滑动。

依稀听到有人发出短促的一声尖叫。

不知是否是因为被几个人轮流用手触碰而打破了平衡？还是说底部固定的小石头被踩松了？一块原本耸立在石头坡中间、差不多两米高的大石头，慢慢栽倒下去。

这块大石头先是跌倒在众多小卵石上，然后在斜坡上由高往低，由慢到快加速滑落，"哗哗"作响。

紧接着唰地一声，竟然从后往前，一口气把八个前后排成直线的人，撞飞几十米。

刚开始的时候，赵婷婷还隐约听得到大石头在坡上滚动、碰撞的声音。后来，也就几秒钟的工夫，声音突然就没有了，她迎着光，强忍着眼睛的刺痛，看到一片青芒芒的石头里，夹杂着几个黑色的人影，冲出了悬崖，迅速地坠落下去，再也看不见。

掉下悬崖之后，连回音也都没有。

那是泰山壁立万仞的北坡悬崖。

赵婷婷双腿一软，漫无声息地跪着坐了下来。

她想象着自己会哭泣会嚎叫，眼泪也会哗啦啦流淌，但是好像又有什么东西一把捏住了她的咽喉，让她无法呼吸，无法咆哮，所有的注意力都消失了，脑海中只有空洞的一片麻木。

但是一滩水迹，却在她身子底下漫延开来。

赵婷婷坐在泰山顶的石头上，汪洋恣肆地尿了。